Louisenstraße 13

Der Erinnerungsladen

PETRA TEUFL

Im ersten Band über die Bewohner der Louisenstraße 13 geht es um den Hausbesitzer, Robert Schröder. Er kennt die Erinnerungen, die seine Kunden mit speziellen Objekten verbinden, in- und auswendig. Eines Tages betritt Julia sein Antiquitätengeschäft und legt ihm ein vergilbtes Foto vor. Darauf ist er mit ihrer Großmutter Isabelle als Liebespaar zu sehen. Doch Schröder erinnert sich nicht; weder an Isabelle noch an diese Liebe. Da Julia ihrer sterbenskranken Großmutter den Wunsch, den Mann auf dem Foto noch einmal zu treffen, unbedingt erfüllen will, begibt sich Schröder widerwillig auf die Suche nach seinen eigenen Erinnerungen. Was er findet, gefällt ihm überhaupt nicht und ebenso wenig, dass sein Sohn Patrick und Julia sich näherkommen.

PETRA TEUFL

Louisenstraße 13

Der Erinnerungsladen

BAND 1

Lektorat: Ursula Hahnenberg · BÜCHERMACHEREI · buechermacherei.de

Satz u. Layout/e-Book: Gabi Schmid · BÜCHERMACHEREI · buechermacherei.de

Covergestaltung: OOOGRAFIK · ooografik.de

Bildquellen: #288233233 | AdobeStock

Druck und Distribution im Auftrag des Autors:
tredition GmbH, An der Strusbek 10, 22926 Ahrensburg, Germany

ISBN Softcover: 978-3-347-83098-1

ISBN Hardcover: 978-3-347-83103-2

amazon: B0BSXL8RRG

Vor 35 Jahren

Schröder bereute, die Mieter seines jüngst erworbenen Hauses, Louisenstraße 13, zu einem ersten Gespräch in seine Küche gebeten zu haben. Was hatte er sich nur dabei gedacht? Die Vertreter der vier Parteien standen wie eine Wand aus Fragen und Forderungen um seinen Küchentisch und er wusste nicht, was er sagen sollte. Die Hände in die Hosentaschen gesteckt, sah er in die erwartungsvollen Gesichter seiner Mieter. Er sollte sie freundlich begrüßen. Eigentlich keine große Sache, doch er suchte vergeblich nach passenden Worten. Frau Woller, Mieterin der Wohnung im 1. Stock links, unterbrach das unangenehme Schweigen.

»Hier ist die Liste der Mängel im Haus. Wir haben sie schon mal zusammengetragen.« Sie streckte Schröder einen Zettel hin, den er ihr dankbar abnahm.

»Als Erstes müssen Sie das Treppengeländer reparieren«, forderte Schmid, 2. Stock links, ein Mann in Anzug. »Das wackelt und ist nicht mehr sicher.«

Frau Mertens, eine grauhaarige Frau, 1. Stock rechts, nickte heftig. Schröder studierte die Liste. Ein zugiges Fenster, Schimmel im Schlafzimmer, welliger Flurboden, tropfende Wasserhähne und defekte Heizkörper. Typische Schwachpunkte eines Altbaus. Ein junger Mann mit langen Haaren, Studenten-WG zweiter Stock links, meldete noch einen Wackelkontakt in der Elektrik nach. Schröder schrieb es ans Ende der Liste. Arbeit für die nächsten Wochen, stellte er zufrieden fest. Das würde ihm helfen, im Haus, in der ungewohnten Rolle als Vermieter und überhaupt in seinem neuen Leben anzukommen. Er hätte gern sofort damit angefangen, doch die Leute standen immer noch in seiner Küche. Auf was warteten die denn noch? Eine Rede? Tee und Gebäck?

»Ich denke, wir sind fertig«, sagte er. »Ich komme bei jedem vorbei und sehe mir die Schäden an.«

»Sie sollten die Schäden beheben und nicht nur ansehen«, forderte der Anzug.

»Selbstverständlich«, bestätigte Schröder und drängte sich durch die Gruppe in den Hausflur.

»Und Ihre Familie? Gattin, Kinder, wann ziehen die ein?«, fragte Frau Mertens.

Schröder überhörte die Frage. Wen ging es etwas an, dass er nie geheiratet und hoffentlich auch keine Kinder gezeugt hatte? Schröder steckte den Schlüssel in das Schloss der Hintertür zum Ladenraum. Er hörte das Getuschel der Frauen aus der Küche. Er sei ja noch in den besten Jahren und sähe passabel aus, da könne noch so manches passieren.

»Lassen Sie doch den Mann in Ruhe«, wies Schmid die Nachbarinnen zurecht. »Sie sehen doch, dass er nicht darüber reden will.«

Das Schloss der Ladentür klemmte. Ungeduldig stemmte sich Schröder gegen das Türblatt, bis es nachgab. Erleichtert flüchtete er in den Laden und schloss die Tür hinter sich. Damit war hoffentlich allen klar, dass er das Haus nicht gekauft hatte, um mit Mietern, Nachbarn oder sonst wem sein Leben zu diskutieren.

»Und was machen Sie mit dem Laden?«, rief die Woller durch die Tür. »Ich hoffe nicht, dass Sie so einen Kiosk reinlassen, wo die Leute Bier kaufen und dann besoffen vor dem Haus herumlungern.«

Schröder verdrehte die Augen und atmete durch. »Keine Ahnung, Frau Woller. Ich habe noch keine Idee«, rief er und horchte auf das Knarzen der alten Holztreppe. Die Mieter zogen ab. Endlich kehrte Ruhe ein.

Er setzte sich gegen die Wand gelehnt auf den Boden und

betrachtete den fast leeren Raum. Auf den dunkelbraun gestrichenen Eichendielen breitete sich der Schatten des Schriftzugs »Gerlach Bau GmbH« aus, der auf der grau verschmierten Schaufensterscheibe stand. Es drang gerade genug Tageslicht durchs Fenster, um die fleckigen Wände, Spinnweben und Staubflusen zu beleuchten. Schröder fuhr mit der Hand über die massiven Eichendielen. Zuerst würde er den alten Firmennamen von der Scheibe abkratzen, beschloss er, und dann die hässliche Farbe von den Bodendielen entfernen. Er stand auf und nahm das einzige Möbelstück im Raum in Augenschein, eine wuchtige Verkaufsvitrine, vermutlich aus den Fünfzigern. Schröder fuhr mit den Händen prüfend die Kanten entlang. Das Gestell und die Schubladen aus hell lackiertem Buchenholz, stabil, kaum abgenutzte Stellen. Die Glaswände hatten eine leichte Grünfärbung, dahinter fünfzehn Fächer. Der Staub auf der Abdeckplatte klebte. Mit dem Zeigefinger schrieb er »Schröders Laden« in die Schicht, hielt inne, ließ seinen Blick durch den Raum schweifen und malte ein Fragezeichen dahinter.

Später kam Schröder mit zwei prall gefüllten Einkaufstaschen vom Supermarkt zurück in die Louisenstraße. In Gedanken stellte er eine Liste der Werkzeuge und Materialien zusammen, die er in den nächsten Tagen für die Reparaturen in den Wohnungen brauchen würde. Auf der Mängelliste stand nichts, was er als geschickter Handwerker nicht selbst beheben konnte. Und was kam dann? Der Laden. Er könnte ihn selbst nutzen. Alte Möbel restaurieren zum Beispiel, darin war er gut. Solange er etwas mit seinen Händen tun konnte, war das Leben in Ordnung.

Als er am Südpark vorbeikam, lenkte ihn das Bellen einer Horde großer und kleiner Hunde ab. Die Meute tollte ausgelassen über eine Wiese, während die dazugehörenden Menschen am Rand standen und sich unterhielten. Schröder setzte sich auf eine Bank, lehnte sich zurück, streckte die Beine aus und beobachtete vergnügt das Treiben der Hunde. Sie jagten sich, kläfften, knurrten und hin und wieder trollte sich einer mit eingezogenem Schwanz davon. Ein junger Mann setzte sich ans andere Ende der Parkbank. In den Händen hielt er eine kurze, geflochtene Lederleine. Eine Leine für einen großen, kräftigen Hund, den man am besten nahe bei sich führte. Schröder bemerkte eine riesige Dogge, einen Schäferhund und noch einen großen Zottelhund in der Hundemeute. Wenn einer von denen zu seinem Banknachbarn gehörte und auf diesen zurannte und womöglich an ihm hochsprang, war es schnell passiert, dass der Hund auch ihn sabbernd umwedelte.

»Gehört die Dogge zu Ihnen oder der Schäferhund?«, fragte er seinen Banknachbarn misstrauisch.

Den Blick auf das Treiben der Hunde geheftet, schüttelte der junge Mann den Kopf, wobei er das Leder drehte und knetete. »Nein, der Hund zu der Leine ist schon lange tot.«

Die Wehmut, die in der Stimme des jungen Mannes mitschwang, ließ Schröder aufhorchen. Der Tod eines Hundes hinterließ in der Regel keine andauernde Traurigkeit. Schröder setzte sich auf, stützte die Unterarme auf die Schenkel und wandte den Kopf leicht dem Banknachbarn zu, wobei er den Blick an ihm vorbei in die Ferne lenkte.

»Was ist passiert?«

»Boris, er hieß Boris. Er war ein Boxer«, erzählte der junge Mann. »Mein Vater hat ihn mir zu meinem zehnten Geburtstag geschenkt. Kurz danach kam mein Vater bei einem Unfall ums Leben. Das war schlimm. Manchmal denke ich, ohne Boris hätte ich den Schock nicht überwunden. Na ja, und vor drei Jahren musste ich Boris einschläfern lassen. Seitdem liegt die Leine in einer Schublade. Immer, wenn ich sie öffne, sehe ich die Leine und das Bild von meinem Vater mit dem kleinen Boris auf dem Arm taucht in mir auf. Die Erinnerung schmerzt immer noch. Es wäre so viel leichter, wenn die Leine weg wäre, einfach nicht mehr da, wo ich bin. Verstehen Sie, was ich meine?« Der junge Mann sah Schröder zweifelnd an. Der nickte nur, den Blick auf die Hundewiese gerichtet.

»Ich schaffe es nicht, die Leine zu verschenken. Und im Keller vergammeln lassen oder in den Müll werfen geht auch nicht.«

»Dann geben Sie mir die Leine«, sagte Schröder aus einem Impuls heraus.

Der junge Mann sah ihn verständnislos an.

»Ich hebe die Leine für Sie auf«, versicherte Schröder. »Dann können Sie sehen, wie es Ihnen mit Ihrer Erinnerung geht. Die Leine ist bei mir guten Händen. Wenn Sie die Leine wieder haben wollen, dann kommen Sie bei mir vorbei und holen sie sich wieder.«

Der junge Mann atmete tief durch, während er die Hundeleine mehrmals durch seine Hand zog. Schließlich, mit einer ruckartigen Bewegung, als müsse er Zweifel an Schröders Angebot überwinden, übergab er die Hundeleine. Sie tauschten Namen und Adressen aus und Tom Bucher, die Hände tief in die Jackentaschen vergraben, ging davon. Zweimal sah er sich nach Schröder um. Noch bevor Tom um die Ecke bog, bemerkte Schröder, dass sein Gang leichter und seine Haltung aufrechter wurde.

Zurück im Ladenraum hängte Schröder die Hundeleine kurzentschlossen an einen Haken hinter der Verkaufsvitrine. Hier war sie nicht im Weg und ging auch nicht verloren.

Als er am nächsten Tag den Boden im Laden wischte, klopfte eine Frau in einem grauen Kostüm an die Ladentür. Schröder schüttelte den Kopf, rief, der Laden sei geschlossen, doch die

Frau ließ sich nicht abwimmeln. Missmutig öffnete Schröder die Ladentür.

»Es tut mir leid, wenn ich Sie störe«, sagte die Dame, die sich als Else Engelbrecht vorstellte. Während sie redete, drängte sie sich an Schröder vorbei in den Laden. »Mein Nachbar, Tom, ein netter junger Mann, hat mir eine erstaunliche Geschichte erzählt, die er gestern im Südpark erlebt hat. Ein gewisser Robert Schröder habe die Hundeleine ...« Else Engelbrecht brach ab und zeigte auf die Leine an der Wand. »... da ist sie ja!«

»Wollen Sie sie abholen?«, fragte Schröder.

»Nein, nein«, entgegnete Else Engelbrecht, öffnete ihre Handtasche und zog einen einzelnen, in Seidenpapier eingeschlagenen weißen Handschuh heraus. Er war aus feinem Nappaleder, bestickt mit einer zierlichen Rosenranke.

»Was, Herr Schröder, ... das sind doch Sie? Nicht wahr?«

Schröder nickte verwirrt.

»Gut. Also, was Sie für Tom getan haben, war großartig. Ich frage mich, ob Sie auch mir diesen Dienst erweisen könnten.«

»Was meinen Sie?«, fragte Schröder entgeistert. »Was habe ich denn getan?«

»Sie haben Toms ..., wie soll ich sagen?« Else Engelbrecht tippelte durch den Laden auf die Hundeleine zu. Vor der Verkaufstheke drehte sie sich mit einem strahlenden Lächeln zu Schröder um. »Erinnerungsstück! Die Hundeleine von Tom ist ein Erinnerungsstück. Eine Leine mit Erinnerung, verstehen Sie?«

Schröder zog die Augenbrauen zusammen. Die Frau redete eindeutig zu schnell und ein bisschen wirr. Denn so gesehen war jedes Ding ein Erinnerungsstück. Ein Gegenstand, gleich welcher Art, löste bei irgendjemandem irgendwelche Erinnerungen aus.

»Sie verstehen mich nicht«, stellte Engelbrecht nachsichtig fest. »Sie haben Toms Hundeleine samt seiner Erinnerungen in Obhut genommen. Eine wunderbare Idee!«

Sie betrachtete den Handschuh in ihrer Hand. »Das ist auch ein Erinnerungsstück«, sagte sie leise. Dann streckte sie Schröder den Handschuh entgegen.

»Würden Sie sich bitte auch meiner Erinnerung annehmen?«

Schröder stützte sich auf den Wischmopp. Was sollte er der Frau sagen? Sich um den Handschuh zu kümmern, war kein Problem, aber um die Erinnerung?

»Jetzt mache ich erstmal einen Tee«, entschied er und wies mit dem Wischmopp in Richtung Hinterausgang.

»Ich habe Sie überrumpelt, nicht wahr?«, fragte Else Engelbrecht besorgt.

»Mindestens«, murrte Schröder.

Bei einer Tasse Tee erzählte Else Engelbrecht die Erinnerungen, die sie mit dem Handschuh verband. Und Schröder nahm sich auch dieses Erinnerungsstückes an. Und wenn er danach dachte, dass mit dem Handschuh die seltsame Episode von Gegenständen und Erinnerungen erledigt gewesen wäre, so hatte er sich getäuscht. Denn im Laufe der nächsten Jahre kümmerte er sich um viele, um sehr viele Erinnerungsstücke.

Kapitel 1

Julia Pfeiffer lenkte den roten Mini Cooper durch die breite Kastanienallee direkt auf die wilhelminische Villa zu. Die Prachtfassade, Säulen und Ecktürme machten den Eindruck, hinter den Mauern spiele sich das Leben eines Luxushotels ab. Eine fiese Täuschung, stellte Julia jedes Mal fest, wenn sie hierherkam. Denn hinter diesen Vorhang verschwenderischen Prunks zogen sich betuchte Menschen am Ende ihres Lebens zurück. Bei der Einfahrt auf den Parkplatz atmete Julia erleichtert auf. Ein Leichenwagen war nicht zu sehen, und der für Notfälle bereitstehende Krankenwagen stand auf seinem Platz. Letzte Nacht war also kein Bewohner gestorben und es war kein Patient auf dem Weg auf die Intensivstation des nächsten Krankenhauses. Oma Belle erwartete sie zwar sterbenskrank, aber in stabilem Zustand auf ihrem Zimmer.

Julia entschied sich für den längeren Weg zum Eingang der Villa. Sie zog die Ballerinas von den Füßen und spazierte barfuß über den kurz geschnittenen Rasen durch den Park, in dem die Villa stand. Der Anblick der Blumenbeete, einer malerisch eingewachsenen Gartenlaube und der alten Linde ließ Julia kurz vergessen, dass hinter einem der vielen Fenster Oma Belle ihre letzten Tage oder Monate oder, hoffentlich, Jahre verbrachte. Zwei steinerne Löwen bewachten den Eingang zum Elisabeth-Stift. Im Vorbeigehen strich Julia einem der Löwen über die Nase. Vielleicht brachte es ja Glück!

»Frau Pfeiffer, wie schön, Sie hier zu sehen! Herzlich willkommen«, rief die Rezeptionistin, die in ihrem Kostüm wie eine Stewardess aussah. Die Leitung des Hauses achtete bis ins Detail darauf, dass einem die Worte Krankheit und Tod nicht in den Sinn kamen, wenn man ins Haus kam.

»Danke«, erwiderte Julia, während sie die Schuhe anzog.

»Sie waren ja lange nicht mehr da. Isabelle wartet schon auf Sie«, erklärte die Rezeptionistin freundlich, doch Julia hörte einen versteckten Vorwurf. Ja, sie war viel zu lange nicht mehr hier gewesen. Das wusste sie selbst. War alles andere als geplant gewesen, aber die Umstände und dann dieser ewig prasselnde Regen, der den Boden unbefahrbar gemacht hatte, und …

»Ich gehe gleich rauf«, sagte Julia und deutete zur Treppe. Sie durchquerte mit langen Schritten die große Eingangshalle, eilte über weiche Teppiche an Sitzgruppen vorbei, das lichtdurchflutete Treppenhaus nach oben. Die Wände des Stockwerks, auf dem Oma Belles Zimmer lag, war dunkelgrün tapeziert. Ölbilder von Landschaften in Goldrahmen und Wandleuchten voller Kristalltropfen reihten sich den Flur entlang aneinander. Für Julias Geschmack hatten die Einrichtungsprofis zu dick aufgetragen. Aber war das nicht meistens so? Sobald sich Reiche irgendwo länger aufhielten, war alles irgendwie zu viel. Julia kannte sich im Dunstkreis des Geldes aus. Dabei war das Einzige, was sie an dem Reichtum ihrer Familie schätzte, der Umstand, dass Oma Belle die Lebenszeit, die ihr der Krebs noch gönnte, in dieser stilvollen Umgebung mit bester medizinischer Betreuung verbringen konnte.

Vor einem Spiegel mit barockem Goldrahmen blieb Julia stehen, fuhr mit den Fingern durch ihre rotblonde Mähne, zupfte die Falten des apricotfarbenen Kleids zurecht, wischte den Straßenstaub von den Ballerinas und verzog ihr Gesicht zu einem übertriebenen Grinsen. Sie im Kleid und mit offenen Haaren! So lief sie selten durch die Welt. Normalerweise tat sie das als Reisefotografin in praktischen, khakifarbenen Outdoorklamotten. Doch sie stand vor der Zimmertür von Oma Belle, und die hasste Julias Weltenbummler-Kluft. Heute jedenfalls würde sie sich nicht über Julias mangelnde Sorgfalt in Bezug auf ihre Garderobe beschweren können.

Julia klopfte zaghaft an die Zimmertür. Keine Antwort. Als sie auch nach dem zweiten und dritten Klopfen nichts hörte, öffnete sie vorsichtig die Tür und trat ein. Das Zimmer war groß und hell. Ein hoher Bücherschrank, dessen vier Türen mit Intarsien im Art-Deco-Stil versehen waren, Sofa und Sessel von Designern der Bauhaus-Schule, ein großer Orientteppich sowie Kopien von Bildern französischer Impressionisten. Der einzige schwerwiegende Brocken in dem Raum war das Krankenbett. Auf ihm lag Isabelle Kellermann-Schäfer unter einem handgenähten Quilt und schlief. Die Decke hatte Julia von ihrer ersten großen Reise nach dem Abitur mitgebracht. Sechs Monate quer durch die USA. Das war vor zehn Jahren gewesen. Seitdem hatte sie ihren Fuß auf jeden Kontinent des Planeten gesetzt und sich dabei als Fotografin einen Namen gemacht.

Julia schluckte zweimal, um die aufsteigenden Tränen zu unterdrücken. Ihr letzter Besuch war drei Monate her. Wie konnte ein Körper so schnell in sich zusammenfallen? Auch wenn Julia nach Heulen zumute war, Tränen waren das Letzte, was Oma Belle sehen wollte. Noch war sie ja nicht tot. Noch lag ihr schmaler Körper unter der bunten Decke. Die Hände, wie immer mit diversen Ringen bestückt, ruhten gefaltet auf Oma Belles Bauch. Das Gesicht erschreckend faltig, schmal und fahl. Um den Kopf ein violettes Tuch zu einem Turban gebunden. Dennoch schön – alt und schön.

Julia setzte sich in den Lesesessel, lehnte den Kopf an und schloss die Augen. Schon das Warten auf einen Bus, einen Anschlusszug oder eine Fähre fiel ihr schwer. Unerträglich aber war es, hier zu sitzen und nichts tun zu können als zuzusehen, wie der geliebte Mensch Schritt für Schritt das Leben verließ. Was sollte sie nur ohne Oma Belle machen? Wer würde sie trösten, ihr Mut zusprechen, sie anschieben, mit ihr lachen und ihr das Leben erklären? Doch noch war Oma Belle da und die finsteren Visionen sollten sich verscheuchen lassen wie lästige Fliegen. Um sich von den schleppenden Atemzügen ihrer Großmutter abzulenken, zog Julia ihr Smartphone aus der Handtasche und wischte sich durch Apps und Nachrichtendienste.

Nach einer halben Stunde schlug Isabelle Kellermann-Schäfer mit einem tiefen Seufzer die Augen auf, erblickte ihre Enkelin und strahlte über das ganze Gesicht.

»Julia! Da bist du ja, wie schön!« Sie zog die Decke zur Seite und schob die Beine über die Bettkante.

Julia sprang sofort auf, um ihr zu helfen. Doch Isabelle winkte ärgerlich ab.

»Oh nein! So weit ist es noch nicht«, sagte sie grimmig, atmete durch, schob sich vor, atmete nochmal durch, schlüpfte in ihre Pantoffeln und stand langsam auf. Auch in dem zu weiten cremefarbenen Frotteeanzug verlor Isabelle nicht ihre gerade Haltung und die Eleganz ihrer Bewegungen. Dennoch bemerkte Julia, wie wackelig sie auf den Beinen stand, und hielt sich bereit Oma Belle aufzufangen, sollte es nötig sein.

»Du siehst wirklich reizend aus in dem Kleid«, stellte Isabelle fest, während sie vor einem Wandspiegel ihre Kopfbedeckung ordnete.

»Danke.« Julia knickste lachend wie ein braves Mädchen.

»Ach du!«, schimpfte Isabelle schmunzelnd. »Ich meine das ernst! Du erinnerst mich dann sehr an mich selbst, als ich jung war.«

»Ich weiß. Habe ich extra für dich angezogen«, sagte Julia. »Du siehst auch gut aus.«

»Ach was«, stöhnte Isabelle, während sie den Knoten des Turbans festzog. »Dass das immer so enden muss.«

»Was endet wie?«

»Das Leben, meine Liebe, es endet meist hässlich.«

Julia schlang zärtlich die Arme um das Bisschen, was von ihrer Großmutter noch übrig war.

Isabelle sank in einen Sessel und dirigierte Julia mit einer unmissverständlichen Geste auf das Sofa gegenüber.

»Erzähl, wie war es in Brasilien?«, fragte Isabelle. Sie legte die Hände in den Schoß, ihre Miene ganz gespannte Aufmerksamkeit, und Julia erzählte. Der Auftrag, die Arbeit einer Gruppe von Wissenschaftlern im Amazonas zu dokumentieren, sei einfach der Hammer gewesen. Sie erzählte von der eindrucksvollen Arbeit der Biologen, Geologen und Meteorologen, den hundert Facetten des Grüns der Vegetation, von Affen, Schlangen, Mücken in jeder Größe und dem Regen. Isabelle nickte immer wieder, ließ ein »Ach, ist ja spannend« oder »Hätte ich nicht gedacht« hören und lächelte über Julias sprudelnden Wortschwall. Julia redete und redete und hoffte, der unvermeidlichen Frage zu entkommen. Vergeblich! Kaum hatte sie von der chaotischen Fahrt mit dem Jeep über aufgeweichte Wege durch den Dschungel zum Flugplatz erzählt, holte Oma Belle Luft und fragte:

»Wo ist dieser Mike? Der Reporter aus Kairo? Wolltest du ihn mir dieses Mal nicht vorstellen?«

»Ja, oder besser nein – also Mike, ich glaube, das ist vorbei«, antwortete Julia unwillig.

»Du glaubst?«

»Nein, ich bin mir sicher. Es ist vorbei.«

»Ach Julia!«, seufzte Isabelle. »Du wechselst die Männer genauso schnell wie die Länder, die du bereist.«

»Oma Belle!«

»Ja, ja, schon gut«, beschwichtigte Isabelle. »Tut mir leid, aber ich habe gehofft, du würdest mir noch einen Mann vorstellen, an dem dir wirklich etwas liegt. Aber das kann ich wohl von meiner Wunschliste an das Leben streichen, was?«

»Hast du mir nicht eingetrichtert, dass Männer nicht der Mittelpunkt des Lebens sind?«, erwiderte Julia.

»Ja, aber nur, weil du dir mit sechzehn die Augen wegen eines Jungen ausgeheult hast«, gab Isabelle lachend zu.

»Dafür habe ich etwas anderes für dich«, sagte Julia, wobei sie in ihrer Handtasche wühlte und einen Flyer herauszog. »Hier der erste Entwurf für die Ankündigung einer Ausstellung meiner Fotos aus Brasilien in der Fotogalerie Habicht & Klausner.«

Isabelle schnalzte anerkennend, studierte die Beschreibung der Ausstellung. »Na, da hoffe ich mal, dass ich dann noch lebe und sie mir noch anschauen kann.«

»Oma Belle!«, stieß Julia empört aus. Hatte ihre Großmutter nicht selbst verlangt, dass die Worte Krankheit, Tod Krebs und Verfall in ihren Gesprächen vorkommen dürften?

»Was?«, entgegnete Isabelle. »Man muss doch realistisch bleiben.«

»Gut, also realistisch gesehen wirst du als Ehrengast bei der Vernissage sein«, behauptete Julia trotzig.

Eine pflegende Stewardess brachte ein Tablett mit Gebäck, Geschirr und einer Teekanne. Während sie alles auf einem Tischchen anrichtete, holte Isabelle eine Mappe aus einer Schublade und legte sie ebenfalls auf den Tisch. Julia registrierte, wie sorgfältig Isabelle die Bänder aufzog, die die Mappe zusammenhielten. Als sie den Deckel aufschlug, lag ein Stapel aus alten Schwarzweißfotos und ausgeblichenen Farbfotos vor ihnen. Oma Belle hob eine Tasse an ihre Lippen und schlurfte den heißen Tee. Julia bemerkte ein leichtes Zittern der alten Hände.

»Was sind das für Fotos?«, fragte sie vorsichtig, als Isabelle sich ein Foto nach dem anderen dicht vor die zusammengekniffenen Augen hielt.

Julia reichte ihr eine Brille, die auf dem Tisch lag.

»Hier, damit geht es leichter.« Mit einem missmutigen Schnauben nahm Isabelle die Brille und schob sie auf die Nase. »Damit sehe ich aus wie eine Eule«, schimpfte sie, zog dann aber zielsicher ein Foto aus dem Stapel.

»Na, da ist es ja!«, stellte sie erfreut fest, um gleich darauf in einen düsteren Ernst zu verfallen. Julia griff ihre Hand und drückte sie sanft.

»Was ist los, Oma?«

»Eine unschöne Geschichte«, seufzte Isabelle und reichte Julia das Schwarzweißfoto. »Das bin ich mit Peter Gerlach, auf unserer Reise durch Italien. Das muss so 1971 gewesen sein.«

Julia sah ein junges Paar vor einem Olivenbaum. Er, groß, schlank, fast schlaksig, dunkle, schulterlange Haare. Unter dem Vollbart versteckte sich ein strahlendes Lächeln. Sein Arm lag um Isabelles Taille und seine Augen schienen in ihren zu versinken. Isabelle, in einem Minirock, einer bunt bestickten Bluse, Stirnband um die langen, welligen Haare gebunden, lehnte wie hingegossen an seiner Schulter. Sie strahlte das aus, was Julia von ihrer Großmutter über Fotos und Erzählungen wusste. Oma Belle war eine Schönheit gewesen, frech, heiter, intelligent und impulsiv. In den Blicken der beiden erkannte Julia die Zeichen einer frisch entflammten Liebe.

»Das ist nicht Opa Hermann!«, stellte sie bestürzt fest. »Ich dachte immer, Opa wäre, na du weißt schon, der Einzige in deinem Leben und so. Aber ihr zwei auf dem Foto seid offensichtlich sowas von verliebt.«

»Stell dir vor, meine Liebe, ich hatte ein Leben, bevor ich Hermann kennengelernt habe«, erwiderte Isabelle mürrisch.

Julia schüttelte den Kopf. »Nein, tut mir leid, aber das kann ich mir nicht vorstellen.« Oma Belle und Opa Hermann waren für Julia immer das Ideal des glücklichen Paars gewesen. Sie hatten alles, was man sich von einer funktionierenden Ehe wünschte, Liebe, Vertrauen, Humor und dieses gewisse Extra. Vor zwei Jahren war Hermann gestorben. Ein Foto von ihm als junger Mann stand auf Isabelles Nachtkästchen. Die Spuren auf dem Glas verrieten, dass sie es oft in Händen hielt. Julias Blick wanderte vom jungen Mann im Hippie-Look auf dem Foto vor ihr zum Bild von Hermann mit korrekter Seitenscheitelfrisur und weißem Hemd. Größer konnte der Unterschied zwischen zwei jungen Männern gar nicht sein.

»In der Zeit, als das Foto aufgenommen wurde, schwebten Peter und ich im siebten Himmel. Alles schien wundervoll und grenzenlos«, seufzte Isabelle.

»Und dann? Was ist passiert?«

»Nun, das kann ich dir nicht erzählen«, antwortete Isabelle, wobei sie die Brille abnahm, die Bügel einklappte und auf den Tisch legte. Ihr Blick wanderte aus dem Fenster über den Park hinaus in eine weite Ferne. Julia wartete und zählte ihre Atemzüge. Eine von Oma Belles Lehren: Wenn die Neugier deine Gedanken mit Fragen überschüttet, warte zehn Atemzüge lang – das Wesentliche liegt hinter diesen Fragen. Wie lange würde sie zählen müssen, bis ihre Großmutter den Faden der Erinnerung abgewickelt hatte?

Julia war bei zwanzig angekommen, als Oma Belle sagte: »Finde Peter Gerlach!« Dabei hörte sie sich an, als gebe sie ihrem Hausmädchen den Auftrag die Gardinen zu waschen. Eindeutig und nicht verhandelbar.

»Bitte?« Julia glaubte, sich verhört zu haben. »Warum jetzt? Ich meine, zwischen dem Foto und heute liegen Jahrzehnte. Warum hast du den Mann nicht schon längst ausfindig gemacht?«

Isabelle legte die restlichen Fotos sorgsam zurück in die Mappe und schnürte die Bänder zusammen. Dann schob sie das Bild mit ihr und Peter Gerlach über den Tisch zu Julia.

»Ich hatte beschlossen, die ganze Sache zu vergessen«, sagte Isabelle. »Du weißt schon, Schwamm drüber, abhaken oder so ähnlich. Das ist mir auch gelungen, das dachte ich jedenfalls. Und jetzt bin ich hier. Alles ist so still und ich habe nichts mehr zu tun, außer manierlich zu sterben. Da bricht so manche Mauer ein, die man sich im Laufe des Lebens sorgfältig gebaut hat. Hinter einer tauchte Peter Gerlach auf. Ich muss ihn noch einmal sehen.«

Julia war sprachlos. Fragen türmten sich in ihr auf. Doch das Gesicht von Oma Belle sprach Bände. So ist es, liebes Kind, und da kannst du noch so viel zweifeln und hinterfragen, die Sache ist ganz einfach: Bring mir den Hippie von damals.

»Ich bitte dich, Julia«, sagte Isabelle leise aber eindringlich. »Betrachte es als den letzten Wunsch deiner Großmutter, die nicht mehr lange hier sein wird.«

»Natürlich«, stammelte Julia leise, überwältigt von der gefühlsgeladenen Rede. Oma Belle war keine, die mit Krokodilstränen Herzen weichspülte. Im Gegenteil, sie verlangte und befahl. »Ich tue, was ich kann, Oma Belle«, schob Julia nach.

»Und er soll das Toskana-Bild mitbringen«, forderte Isabelle. »Das ist mein Bild und er weiß es.«

»Was ist das Toskana-Bild?«

»Ach, das weiß Peter dann schon – du musst es nur erwähnen, das ist alles«, sagte Isabelle und erzählte, dass sie Peter Gerlach während des Studiums an der Uni kennengelernt habe. »Ich habe damals, also Ende der Sechziger, gegen den Willen meines Vaters Soziologie und Politik studiert. Mein Vater war sehr wütend darüber. Die Tochter und Erbin des schwerreichen Bankhauses Kellermann sollte überhaupt nicht studieren, sondern nur hübsch, charmant und unterhaltend sein. Wenn sie dann heiratete, sollte sie sich in ein Heimchen am Herd verwandeln. Nein, natürlich nicht. Wir hatten ausreichend

Personal für den Herd. Also hatte Frau nur repräsentativ zu sein. Was haben Vater und ich gestritten! Ich bin trotzdem an die Uni. Irgendwann hat er aufgegeben und mein Studium als jugendliche Verwirrtheit abgetan.«

Julia hörte mit offenem Mund zu. Oma Belle, die elegante, weltgewandte Dame im Chanel-Kostüm als Rebellin?

»Jetzt sag nicht, dass du damals mitgemischt hast. Das war doch eine wilde Zeit an den Universitäten, oder? Studentenrevolte, APO, Rudi Dutschke, Spiegelaffäre und so weiter. Hast du Steine geworfen, Autos angezündet?«

»Na, aber hallo!«, lachte Isabelle. »Ich habe mich sogar der kommunistischen Studentenorganisation angeschlossen. Mein Vater war entrüstet, weil er dachte, ich sei zum Feind übergelaufen. Und irgendwie hatte er Recht. Die Tochter und Erbin des Bankhauses Kellermann schrieb Pamphlete und Flugblätter für die Gleichverteilung der Güter, für die Gleichberechtigung der Frau. Vom Recht auf freie Liebe habe ich auch Gebrauch gemacht.«

»Oma Belle!«, rief Julia mit gespielter Empörung. »Wie konntest du mir das vorenthalten?«

Isabelle legte eine Hand auf das Foto von Peter Gerlach und ihr. »Weil mein wilder Ausbruch in einem Desaster endete«, erklärte sie kühl und lehnte sich erschöpft zurück. »Ich will nicht mehr darüber reden. Bitte, Julia, lass es gut sein. Zu Peter kann ich dir nur noch sagen, dass seine Familie ein Haus in der Louisenstraße hatte. Sie betrieb dort ein Baugeschäft. Ich glaube, es hieß auch einfach Gerlach Bau. Da könntest du mit der Suche beginnen.«

»Willst du mir nicht wenigstens sagen, was damals passiert ist? Warum du Gerlach so dringend noch einmal sehen willst?«, fragte Julia enttäuscht.

»Nein«, antwortete Isabelle entschieden, atmete tief durch

und klatschte in die Hände, als könne sie damit böse Geister vertreiben. »Lass uns eine Runde durch den Park spazieren«, schlug sie so heiter vor, als hätte sie mit Julia über die Lieblichkeit von Gänseblümchen gesprochen.

Vielleicht, dachte Julia, waren Oma Belles Erinnerungen an Peter Gerlach doch nicht so düster, wie es sich im ersten Moment angehört hatte.

Julia öffnete die Fenster des Apartments, das ihre Familie in der Stadt unterhielt. Sie konnte darin wohnen, solange sie wollte. Auch ein Vorteil, wenn Geld keine Rolle spielte. Sie beobachtete die Leute beim abendlichen Bummel zwischen den Restaurants und Bars der Straße. Sie hatte Lust, noch eine Runde durch das belebte Viertel zu drehen, entschied sich aber dagegen. Stattdessen packte sie ihren Koffer aus und inspizierte die Vorräte in den Küchenschränken. Für ein Frühstück reichte es, das Einkaufen konnte sie auf morgen verschieben. Sie legte sich auf das Sofa und lauschte in die Stille, die ihr schwer und bedrückend vorkam. Wo waren die vielen Menschen, die in dem Haus wohnten, was machten sie gerade? Sie vermisste die Stimmen, den Straßenlärm und vielfältigen Geräusche, die das Leben in einer Stadt wie Bombay oder Kairo abends hervorbrachte. Sie gaben ihr das Gefühl nicht allein zu sein. Doch hier waren Fenster und Wände gut gedämmt, das Leben der Anderen blieb vor der Tür. Wenn Julia eine Pause von ihren Reisen brauchte, was nie länger als ein oder zwei Wochen dauerte, wohnte sie bei Oma Belle in deren Wohnung über den Dächern der Stadt. Aber jetzt dort sein? Nein, da würde sie die Abwesenheit von Oma Belle bei jedem Atemzug spüren. Oma Belles Zustand war nicht so gut, wie ihre Großmutter ihr weismachen wollte. Julia kannte Isabelle nicht anders, als dass sie geschickt die Bälle ihres Lebens jonglierte. Diese Frau so matt und abgemagert auf dem Bett zu sehen, machte Angst.

Oma Belle würde sterben! Julia versuchte, diese Aussage zu glauben, doch ihr kindlicher Glaube an die Unsterblichkeit von Oma Belle ließ sich nicht so leicht vertreiben.

Sie beschloss zu bleiben, solange Oma Belle sie brauchte. Was eigentlich bedeutete, dass Julia bleiben würde, bis sie gestorben war. Sie setzte sich an den Tisch, klappte den Laptop auf, klickte ihr E-Mail-Fach an und schrieb an den Auftraggeber für eine Reportage über die antiken Städte Usbekistans eine Absage. Außerdem musste sie diesen Peter Gerlach finden. Aber wie schwierig konnte das schon sein? Ein bisschen Internetrecherche, vielleicht noch den einen oder anderen Nachbarn oder Verwandten ausfragen und sie hätte den Mann gefunden. Aufregender war Peter Gerlachs Geschichte, um die Oma Belle ein Geheimnis machte. Auch eine Art Reise, stellte Julia fest und tippte den Namen Peter Gerlach in die Zeile der Suchmaschine.

Kapitel 2

Schröder schlurfte im Morgenmantel aus dem Bad ins Zimmer. Mit Bett, Nachttisch und Schrank war es ausgestattet wie eine Mönchsklause. Er genoss die Ruhe, die durch die Leere entstand. Bevor er die Tür des wuchtigen Bauernschranks aus dem 18. Jahrhundert öffnete, fuhr er bedächtig mit der Handfläche über das Türblatt. Altes Eichenholz, mit kleinen Rissen, Kerben und von unzähligen Handgriffen gerundeten Kanten. Die Struktur des Holzes war Schröder vertraut. Schon als er vor 35 Jahren das Haus Louisenstraße 13 übernommen hatte, hatte der Schrank in diesem Zimmer gestanden, irgendjemand hatte ihn zurückgelassen. So ein Kasten passte in keine moderne Wohnung. Im Gegensatz zu den Möbeln, die Schröder für sein Antiquitätengeschäft sorgfältig restaurierte, überließ er diesen Kleiderschrank dem Prozess des Alterns.

Montags hingen zehn rot-blau-karierte Hemden und zehn beige Cordhosen in Schröders Kleiderschrank. Die Strümpfe zusammengelegt und gestapelt in Schwarz, die Unterwäsche ebenfalls auf Kante geordnet in Weiß. Schröder zählte sechs Hemden. Demnach war heute Donnerstag. Er sollte die gebrauchte Wäsche in die Reinigung bringen, den Laden um zehn Uhr öffnen und in der Werkstatt den Gehstock mit dem Elfenbeingriff fertig machen. Mit Kochen und Einkaufen war Patrick an der Reihe. Allerdings hatte ihn sein Pflegesohn vor zwei Tagen vor einem leeren Teller sitzen lassen. Schröder überlegte, was Patrick von seinen häuslichen Pflichten abgehalten hatte. War es wieder mal eine Frau gewesen, oder ein wichtiger Termin mit einem Mandanten seiner in den Anfängen steckenden Anwaltskanzlei? Egal, dachte Schröder, er musste damit rechnen, auch heute entweder altes Brot mit überreifem Camembert zu essen oder hungrig ins Bett zu gehen. Automatisch Patricks Kochtage zu übernehmen kam jedenfalls nicht in Betracht. Wie sollte eine Hausgemeinschaft funktionieren, wenn man sich nicht auf die Erledigung von Aufgaben verlassen konnte?

Schröder nahm eine Garnitur Kleidung aus dem Schrank und legte sie aufs Bett. Während er sich anzog, hörte er durch das gekippte Fenster Stimmen von der Straße. Eine gehörte eindeutig zu Patrick. Er hielt eine dieser Paragrafenreden, wie Juristen es gerne taten. Die Leidtragende war, der Stimme nach zu urteilen, eine junge Frau. Die Arme. In ihrer Haut wollte er jetzt nicht stecken. Wenn Patrick einmal anfing, die Welt mit Gesetzestexten zu erklären, war jede Widerrede zwecklos. Doch die junge Frau schien wenig beeindruckt.

»Ich habe sehr wohl das Recht das Haus zu fotografieren. Wir stehen hier auf öffentlichem Grund«, konterte sie so deutlich, dass Schröder jedes Wort verstand.

»Ok. Wenn Sie nicht als Gutachterin für den Immobilienhai Hecht unterwegs sind und versuchen, den alten Mann übers Ohr zu hauen, was machen Sie dann überhaupt hier?«, fragte Patrick hörbar aufgebracht.

Nicht doch! Schröder schüttelte den Kopf. Patricks Ton gefiel ihm nicht. Wenn er, ein alter knorriger Mann, sich schwertat, das nötige Maß an Freundlichkeit anderen Menschen gegenüber aufzubringen, war das eine Sache. Patrick war zu jung dafür, ihm stand das noch nicht zu.

»Hecht? Echt?«, lachte die Frau glucksend. »Immobilienhai mit dem Namen Hecht! Zwei Raubfische in einem Namen, also vor dem hätte ich auch Angst.«

Schröder schmunzelte, hielt beim Zuknöpfen des Hemdes inne, um Patricks Antwort zu verstehen. Leider hörte er nur dessen sarkastischen Ton. Kurz darauf, Schröder stopfte gerade das Hemd in die Hose, hörte er, wie die Haustür zuschlug.

»Guten Morgen, Robert«, rief Patrick aus der Küche.

Als Schröder eintrat, packte Patrick zwei volle Einkaufsbeutel aus. »Du hast Kundschaft«, sagte er, während er eine Milchtüte aus der Tasche zog.

»Wie? Kundschaft?«, fragte Schröder mürrisch, nahm die Milch und stellte sie in den Kühlschrank.

»Darf ich dich daran erinnern, dass du ein Antiquitätengeschäft hast?«, fragte Patrick, die Hände in die Hüften gestemmt.

»Darfst du nicht!«, murrte Schröder, während er Marmelade und Senf in einen Schrank räumte.

»Also gut«, seufzte Patrick. »Draußen steht eine Frau, die darauf wartet, dass dein Laden geöffnet wird.«

»Was für eine Frau?«

»Jung, hübsch, schlagfertig.«

»Oha, schlagfertig?«, fragte Schröder. »Diese Eigenschaft zählst du sonst nicht auf, wenn du von Frauen redest.«

»Sie ist ja auch keine von denen, über die ich sonst rede«, erwiderte Patrick, zielte mit einem Kohlrabi und warf ihn in einen Korb auf der Arbeitsplatte.

»Sie ist eine Kundin«, fuhr Patrick fort, nachdem er auch mit drei Karotten zielsicher den Korb getroffen hatte. »Sie hat den Fassadenübergang von deinem zum Nachbarhaus fotografiert. Da habe ich gedacht, sie würde das für ein Gutachten im Auftrag des Immobilienbüros Hecht machen. Du weißt schon, wegen ...«

»Ja, schon gut«, murrte Schröder.

»Nein, nicht gut«, widersprach Patrick. »Du solltest dich endlich darum kümmern. Wenn Hecht mit seiner Klage durchkommt, wirst du das Haus renovieren müssen und den Schaden an den anliegenden Häusern auch noch zahlen. Nur, weil du dein Haus verfallen lässt.«

»Darum kümmerst du dich doch. Du bist mein Anwalt. Du

erklärst dem Gericht, dass das Schwachsinn ist. Wenn der Hecht seine Häuser nicht ordentlich baut, kann ich nichts dafür.«

»Egal!«, gab Patrick nach, zerknüllte die Beutel und stopfte sie in ein Schubfach. »Jedenfalls steht diese Frau da draußen und will in deinen Laden. Sie sagt, sie sei Fotografin. Vielleicht sucht sie eine Location für ein Shooting.«

»Ich schließe wie jeden Tag pünktlich auf. Wenn es wichtig ist, wird sie schon wiederkommen«, brummte Schröder und holte die Kaffeedose vom Regal.

Doch Patrick nahm sie ihm aus der Hand.

»Ich mache dir den besten Kaffee aller Zeiten und du öffnest den Laden«, entschied er. »Tut mir leid, aber ich war etwas grob zu der Frau und du musst das jetzt bitte ausbügeln. Bitteee!«

»Warum? Möchtest du sie zu einer der Frauen machen, von denen du redest?«

»Robert«, stöhnte Patrick auf. »Sie ist eine Kundin und du kannst es dir nicht leisten, Kaufwillige zu vergraulen.«

»Junge Leute kaufen nichts.«

»Quatsch!«

»Schließ du doch auf, wenn es dir so wichtig ist.«

»Ich kann nicht, weil ich gleich einen Telefontermin mit einem Staatsanwalt habe.«

Schröder verzog missmutig das faltige Gesicht, grummelte unverständliche Laute und verließ aber die Küche, weil es mit der Ruhe sowieso vorbei war. An der Garderobe wechselte er die Hausschuhe gegen Straßenschuhe und zog seine Lederweste über. Bei einem zufälligen Blick in den Spiegel bedauerte er, die grauen Stoppel nicht aus dem Gesicht rasiert zu haben. Er fuhr mit den Händen über das weiße Haar, das in alle Richtungen stand, und bemühte sich um eine bessere Laune. Zu einem strahlenden Lächeln würde er es nicht bringen, aber wenigstens sollte die Kundin sich in seiner Gegenwart nicht unwohl fühlen.

Obwohl sie ein mieses Zeitgefühl hatte, fand Schröder. Es war schlichtweg unangemessen vor dem Mittag über Antiquitäten, deren Qualität oder Marktwert zu verhandeln. Erst am Nachmittag, wenn die Menschen ihr Tagwerk geleistet haben oder glaubten, es im Griff zu haben, ließen sich solche Dinge mit der gebührenden Aufmerksamkeit besprechen. Dafür brauchte man die Muße einer Teestunde. Schröder hoffte, dass es sich bei der Kundin nicht um eine der neunmalklugen Frauen aus der Nachbarschaft handelte. Eine, die ständig redete, erklärte, argumentierte und ihm von der schwierigen Situation ihrer Ehe oder ihrer Karriere erzählte. Nicht vor dem Mittag!

Schröder schlurfte den Mittelgang des Ladens entlang, ohne den Kristalllüster angeschaltet zu haben. Er mochte das trübe Morgenlicht, das wie ein Weichzeichner auf das Leben wirkte. Beim Vorbeigehen streifte sein Blick kontrollierend die antiken Sessel, Stühle und Tische, Regal und Vitrine. Das Einzige, was sich seit gestern verändert hatte, stellte er fest, war die Staubschicht. Die war um eine Tagesportion angewachsen.

Er schloss die Ladentür auf und schob sie in den Haken, der sie offenstehen ließ.

»Guten Tag, tut mir leid, ich bin zu früh, nicht wahr?«, sagte die Kundin, als sie in der Tür stand. An der Stimme erkannte Schröder die Frau, die Patrick energisch Kontra gegeben hatte. Er brummte eine Bestätigung, wobei er ihr absichtlich nicht ins Gesicht sah, sondern auf die weißen Sneaker und die Beine in naturfarbener Leinenhose. Er sah Kunden grundsätzlich nicht gern ins Gesicht. Sie neigten dann dazu, sich zu erklären, oder schwärmten von der Schönheit des Ladens. Zu oft kam es vor, dass sie angesichts der alten Gegenstände anfingen, ihm Anekdoten aus ihrer Familiengeschichte zu erzählen. Schröder drehte sich auf dem Absatz um und ging vor der Kundin her, zurück an die hintere Wand. Die Frau würde sich im Laden umsehen und vielleicht eine Kleinigkeit kaufen. Sollte sie ein Erinnerungsstück abgeben oder abholen wollen, würde sie sich schon melden.

Schröder machte die Lichter an. Der aus unzähligen Kristalltropfen bestehende Kronleuchter erstrahlte, was der Kundin ein bewunderndes »Wow!«, entlockte. Unbeeindruckt von ihrem Staunen positionierte sich Schröder hinter der wuchtigen Verkaufstheke, starrte in ein dickes Kassenbuch und tat so, als zähle er Zahlenkolonnen zusammen. Das war seine Methode Kunden zu beobachten, ohne sie mit den erwartungsvollen Blicken eines Verkäufers zu belästigen.

»Mein Name ist Julia ...«

»Ja, ja«, unterbrach Schröder sie, wobei er den schwerhörigen alten Mann mimte. »Sehen Sie sich nur in Ruhe um.«

Es funktionierte. Julia schlenderte an den Rokoko-Sesseln vorbei, nahm eine Teetasse aus hauchzartem Porzellan von dem mit Intarsien verzierten Tisch und hielt sie gegen das Licht. Vor der Vitrine, in der Emaille- und Silberdöschen ausgestellt waren, blieb sie stehen. Während Schröder die Seiten des Kassenbuchs umblätterte, beobachtete er sie aus dem Augenwinkel. Das Ticken der großen Standuhr schnitt durch die Stille. Normalerweise hielten Kunden das nicht lange aus und stellten bald irgendwelche Fragen. Nicht diese Julia. Sie betrachtete eine Ballerina-Figur aus Meißener Porzellan, die auf einem Beistelltisch stand.

»Diese Figuren waren ein Renner in den 50er Jahren«, sagte Schröder, weniger um die Kundin zu informieren, als zu erfahren, was die junge Frau in seinem Laden zu finden hoffte. Und gerade, als er den Kopf hob, um ihre Reaktion zu erkennen, sah Julia ihn an. Schröder wankte. Er wusste nicht, hetzte sein Herz oder blieb es stehen? Rauschte sein Blut oder tropfte es durch die Adern? Ihn schwindelte. Er räusperte sich, hustete, stützte sich mit den Händen an der Theke ab.

»Was haben Sie?«, hörte er Julia besorgt fragen und ihre Schritte, die näher kamen.

»Hallo? Kann ich etwas für Sie tun? Geht es Ihnen nicht gut?«, rief sie jetzt laut, als wollte sie jemanden weit Entfernten erreichen.

Schröder biss die Zähne zusammen, hob den Kopf und sah in dieses Gesicht, das eine Täuschung sein musste. Er schüttelte den Kopf, richtete sich schwer atmend auf und wankte zur Tür. Julia stützte ihn, redete auf ihn ein. Die Worte verstand er nicht, nur ihre beruhigende Melodie drang zu ihm durch. Mühsam erreichte er die Küche und ließ sich auf einen Stuhl sinken, stützte die Ellbogen auf und vergrub sein Gesicht im Dunkel der Hände.

»Soll ich einen Krankenwagen rufen?«

Schröder schüttelte den Kopf. Wasser strömte aus dem Hahn, Julias Hand stellte ein Glas Wasser vor ihm ab. Weitere Fragen drangen auf ihn ein und er spürte ihre Hand auf seiner Schulter. Eilige Schritte polterten die Treppe runter.

»Was machen Sie da?«, fauchte Patrick. Er drängte Julia zur Seite und beugte sich über Schröder.

»Ich mache gar nichts!«, erwiderte Julia wütend.

»Ach ja? Dann frage ich lieber, was *haben* Sie mit Schröder gemacht?«

»Nichts!«, erwiderte sie spitz. »Ich habe mich nur im Laden umgesehen und dann passierte das.«

Schröder wollte erklären, sich, der Frau und Patrick, doch er wagte nicht, aus den Händen aufzutauchen. Außerdem produzierte sein Gehirn keine Worte, die seinen Zustand beschreiben könnten.

»Trink einen Schluck«, sagte Patrick und schob ihm das Glas näher hin. »Ich glaube, Sie verschwinden jetzt lieber.«

»Aber gerne doch!«

Und dann verschwand Julia. Aus der Küche, aus dem Sinn? Schröder atmete auf. Diese Julia würde sich wie eine Fata Morgana auflösen und der Spuk wäre vorbei.

»Schau nach, ob sie weg ist«, sagte er leise, aber fest, auf dem Weg der Besserung. Patrick, das Telefon in der Hand, sah ihn entgeistert an.

»Erstmal rufe ich einen Krankenwagen.«

»Nein!« Schröder erfasste Panik. »Geh und sieh nach!«

Patrick steckte das Handy in die Hosentasche, schnaubte Flüche und lief in den Laden. Schröder lehnte sich zurück, lauschte. Das reichte nicht. Er wollte sicher sein. Also stand er auf, hielt sich am Tisch fest, am Stuhl, dem Küchenschrank und endlich an der Tür. Er wankte über den Hausflur zum Hintereingang des Ladens. Julia stand noch da, einen Silberleuchter in der Hand. Wie konnte es dieses rotblonde Haar, diese blauen Augen, fast zu groß für das zartgeschnittene Gesicht, und diese Pose, das Kinn kampflustig vorgeschoben, noch einmal geben? Noch einmal? Wirrkopf!, schimpfte Schröder und lehnte sich an die Mauer, sodass er Julia nicht mehr sehen musste.

»Also zum letzten Mal, was haben Sie zu Schröder gesagt?«, fragte Patrick, als sei er berechtigt, Julia ins Verhör zu nehmen.

»Und ich sage zum letzten Mal: Nichts!«, antwortete Julia. »Es tut mir leid für Ihren Vater.«

»Er ist nicht mein Vater. Also nicht wirklich, aber sowas wie«, unterbrach Patrick. »Schröder ist nicht der Mann, der einfach so zusammenbricht. Er ist noch nie zusammengebrochen.«

Patricks Stimme klang besorgt. Schröder hörte ihn einige Schritte gehen. Was machte er? Griff er die Frau an? Er wollte nachsehen – wagte es aber nicht.

»Geben Sie mir einfach den Kerzenleuchter«, forderte Patrick.

»Ich klau ihn schon nicht!«, fauchte Julia und stellte den Leuchter mit hörbarem Nachdruck ab.

»Entschuldigen Sie«, sagte Patrick beschwichtigend. »Ich wollte Sie nicht erschrecken oder so. Ich bin nur erschrocken, weil Schröder die Beständigkeit in Person ist. In dem Zustand habe ich ihn noch nie erlebt.«

»Dann gehe ich jetzt lieber, bevor noch mehr passiert. Wobei ich nicht weiß, was das alles mit mir zu tun haben soll. Ich hoffe, Ihr Irgendwie-Vater erholt sich schnell wieder«, sagte sie.

Schröder hörte die Ladenglocke. Diese Julia würde gleich verschwinden.

»Entschuldigen Sie die Unannehmlichkeiten«, rief sie laut, als wollte sie, dass er es hörte. Schröder hätte Julia am liebsten eigenhändig über die Schwelle auf den Gehweg geschoben und hinter ihr die Tür verrammelt. Warum dauerte es so lange, bis die Ladenglocke ein zweites Mal anschlug und sich die Tür schloss? Was gab es da noch zu sagen? Lass sie gehen, Patrick. Diese Art Frau bringt Unglück!

Endlich tauchte Patrick im Hausflur auf.

»Was machst du denn da? Du solltest dich ausruhen.«

»Ich wollte sicher sein, dass sie weg ist.«

»Sie kommt wieder«, sagte Patrick. »Sie meinte, sie sei gar nicht wegen des Ladens gekommen, sondern wegen dir.«

Schröder wankte und Patrick griff ihm schnell unter die Arme, um ihn in die Küche zu führen.

»Was will sie?«

»Sie sucht jemanden. Mehr weiß ich nicht. Vielleicht geht es um ein Erinnerungsstück. Aber du musst nicht mit ihr sprechen, wenn es dir noch nicht besser geht. Das lässt sich sicher verschieben.«

Schröder murmelte Flüche vor sich hin, während er sich auf Patrick gestützt auf die Couch im Salon legte.

Kapitel 3

»Wenn Sie bitte hier warten würden, der Chef kommt jeden Augenblick«, sagte die Chefsekretärin der Gerlach Bau GmbH, als sie Julia in einen Konferenzraum führte. »Wollen Sie etwas zu trinken? Wasser? Kaffee?«

Nach den Erlebnissen in der Louisenstraße war Julia eher nach einem Schnaps zumute. Sie lehnte dankend ab, woraufhin sich die Sekretärin mit einem professionellen Lächeln zurückzog. Nach einem Blick aus dem Fenster auf das Firmengelände, wo in strenger Ordnung Baumaterialien und Geräte lagerten, setzte sie sich an den langen Besprechungstisch. Hoffentlich taucht Sebastian Gerlach bald auf, dachte Julia. Sie hasste es, in einer nüchtern eingerichteten Warteschleife abgestellt zu sein. Dabei fühlte sie sich wie die Sechzehnjährige, als sie in zerrissenen Jeans, oversized Shirt und Springerstiefeln mit zerzausten Haaren in den Hochglanzräumen des Bankhauses Kellermann-Schäfer auf ihren Vater gewartet hatte. Regelmäßig war sie sich immer wie ein störender Staubfussel im reibungslosen Gefüge der Geschäftswelt vorgekommen. Denn obwohl ihre Besuche mit Karsten Schäfers Assistentin abgesprochen und in seinen Terminkalender eingetragen gewesen waren, hatte Karsten Schäfer Julia immer warten lassen. Jedes Meeting, jede Vertragsverhandlung, jede Bilanz war ihm wichtiger gewesen als die seltenen Besuche seiner unehelichen Tochter. Und Julia hatte gewartet. Ihr war nichts anderes übriggeblieben, wenn sie ihren Vater wenigstens ab und zu hatte sehen wollen. Ihre Eltern hatten sich getrennt, noch bevor sie geboren worden war. Zwischen ihnen war nur eine flüchtige Studentenliebe aufgeflammt. Außer gelegentlichen Gespräche über Julia hatten ihre Eltern sich nichts zu sagen gehabt. Sie wohnten zwar alle in derselben Stadt, doch diese war so groß, dass die Gefahr, sich über den Weg zu laufen, praktisch nicht existierte. Wenn Julia ihren Vater oder Oma Belle besuchte, erschien ihr die Fahrt in die anderen Stadtteile wie eine Weltreise. Der Bankchef hatte Julia zwar als sein Kind anerkannt und anstandslos großzügigen Unterhalt gezahlt, doch gemeinsame Wochenenden, Ausflüge in den Zoo oder Einladungen zu Festen seiner Familie hatte es nicht gegeben. Oma Belle, Karstens Mutter, hatte ihre Enkelin immer wieder gedrängt, ihren Vater zu besuchen. Jeder brauche ein Bild von seinem Vater, hatte sie gepredigt. Das sei wichtig für die Seele. Gerade wenn das Verhältnis schwierig sei. Julia hatte immer vermutet, dass sie ihrem Sohn Karsten eine ähnliche Predigt gehalten hatte. Oma Belle war für Julia der Kitt, der sie zu einem Mitglied der Familie ihres Vaters machte. Die kurzen Treffen in Karstens Machtzentrale verliefen spätestens seit Julias sechzehntem Lebensjahr in gespannter Atmosphäre ab. Vater und Tochter hatten sich wenig zu sagen oder sie stritten sich. Sie waren grundlegend verschiedener Auffassungen darüber, was man im Leben zu tun, zu leisten und zu erreichen hatte. Zum endgültigen Bruch kam es, als Julia nach dem Abitur durch die USA gereist war.

»Wozu musst du zum Studieren der Menschen woanders hin?«, hatte Karsten gewütet. »Das Netz dieses Bankhauses zeigt dir alles, was du über das Leben und die Menschen wissen musst. Es ist alles hier.« Plan- und haltlos seien Julias Träume, ihr Geld als Reisefotografin zu verdienen. »Fotografieren ist ein Hobby, aber kein Beruf!«

Daraufhin waren ihre Gespräche in einem Sumpf aus Schweigen versandet. Die Unterhaltszahlungen gingen gleich mit unter. So eine verantwortungslose Entscheidung würde er nicht finanzieren, hatte Karsten Schäfer in einem kurzen Brief an Julias Mutter geschrieben.

Die Tür schwang auf. Ein in einem schmalen Anzug steckender Mittvierziger rauschte herein und streckte Julia die Hand entgegen.

»Sebastian Gerlach, Chef dieses Hauses und von mindestens 23 Baustellen, was kann ich für Sie tun?«, fragte er mit geschäftlicher Höflichkeit. Julia verstand die verschlüsselte Botschaft. Der Terminkalender dieses Mannes war gefüllt und er ließ für jedes Thema außerhalb der laufenden Projekte kaum Luft. Er setzte sich Julia gegenüber und sah sie erwartungsvoll an, einen Notizblock und Stift griffbereit.

»Ich hatte heute Morgen angerufen. Es geht um Peter Gerlach. Meine Großmutter, Isabelle Kellermann-Schäfer, sucht nach ihm«, erklärte Julia. Dann beantwortete sie die üblichen Fragen, die ihr zu Oma Belle gestellt wurden. Diese drehten sich meistens um die in den Medien dargestellte Version der glamourösen Erbin des Bankhauses, ihr Engagement für soziale Initiativen und ihre Auftritte bei Charity-Veranstaltungen. Warum Isabelle gerade nach Peter Gerlach suche, darüber wisse sie leider gar nichts, erklärte Julia bedauernd.

»Die beiden haben sich Anfang der siebziger Jahre gekannt«, sagte Julia und schob das Foto von Isabelle und Peter über den Tisch. »Das Einzige, was ich weiß, ist, dass Isabelle bald sterben wird und unbedingt diesen Peter noch einmal treffen will.«

Sebastian betrachtete aufmerksam das Paar vor dem Olivenbaum. »Sie sehen Ihrer Großmutter sehr ähnlich«, stellte er fest.

»Ja, das sagt man mir öfter. Was ist mit dem Mann, erkennen Sie ihn?«

Sebastian nickte. »Ja, der Mann auf dem Foto ist Onkel Peter.«

Julia atmete auf. Ihre Befürchtung, durch das Labyrinth einer komplizierten, langwierigen Suche irren zu müssen, löste sich auf. Doch dann schüttelte Gerlach bedauernd den Kopf.

»Ist Ihr Onkel schon gestorben?«, fragte Julia enttäuscht.

»Keine Ahnung«, gestand Gerlach. »Soweit ich weiß, ist er irgendwann Anfang der Siebziger nach Argentinien ausgewandert. Als mein Vater, Anton Gerlach, der ältere Bruder von Peter, vor zwei Jahren starb, fand ich bei seinen Unterlagen einige Briefe, die mit Onkel Peter zu tun haben. Ich habe mich nicht weiter damit beschäftigt. Es gab mit der Firma wichtigere Dinge, um die ich mich kümmern musste. Und dann habe ich die Mappe mit den Briefen einfach vergessen.«

»Nach Argentinien?«, fragte Julia entsetzt.

»Ja, soweit ich weiß. Peter wird in unserer Familie immer nur der verschwundene Onkel genannt. Anscheinend brach der Kontakt zu ihm völlig ab. Ich gehe davon aus, dass er nicht wieder zurückgekommen ist. Mein Vater sprach nie über ihn.«

»Haben Sie die Briefe gelesen?«

»Nein.«

Enttäuscht lehnte sich Julia zurück. Argentinien? Musste sie dorthin fliegen, um Oma Belles Wunsch zu erfüllen? Da wäre es ihr lieber, Peter Gerlach wäre gestorben, auch wenn das für ihre Großmutter sicher eine traurige Nachricht gewesen wäre. Sie hatte nichts gegen eine Reise nach Argentinien. Aber dort einen Menschen suchen, der vor Jahrzehnten dorthin ausgewandert war, ohne weitere Anhaltspunkte? Oma Belle wäre längst tot, bevor sie eine Spur von Gerlach finden würde.

»Wissen Sie, wieso Ihr Onkel verschwunden ist?«, fragte Julia.

Sebastian schüttelte den Kopf. »Wie gesagt, über meinen Onkel wurde nicht gesprochen. Ich habe immer gedacht, die Brüder hätten sich heillos zerstritten. Oder Onkel Peter hätte etwas Kriminelles angestellt. Vielleicht ist er nicht ausgewandert, sondern untergetaucht.«

Hatte Oma Belle eine Liebesaffäre mit einem flüchtigen Verbrecher gehabt? Das konnte Julia sich nicht vorstellen. Aber was wusste sie schon von der jungen Isabelle Kellermann? Allerdings wusste sie, wie es war, sich Hals über Kopf in jemanden zu verlieben. Da fragte man nicht nach dem Führungszeugnis. Vielleicht war der Grund für Peter Gerlachs Ausreise ganz einfach: Oma Belle hatte ihm einen Korb gegeben und Peter wollte den größtmöglichen Abstand zur enttäuschten Liebe herstellen.

»Soweit ich weiß, hat Onkel Peter, bevor er weg ist, hier in der Stadt Kunstgeschichte studiert«, erzählte Sebastian Gerlach. Er holte einen Bilderrahmen vom Schreibtisch. »Das ist Anton Gerlach, mein Vater. Er übernahm die Baufirma meines Großvaters. Bis Ende der Siebziger war die Firma noch im Elternhaus in der Louisenstraße 13. Erst nach dem Tod meiner Großmutter ist Vater mit der Firma hier herausgezogen. Das alte Haus hat er irgendwann verkauft.«

Julia betrachtete das Porträt eines Mannes mit rundlichem Gesicht, Halbglatze und Brille und in einem dunklen Anzug vor dem Haus, vor dem sie heute schon gestanden hatte. Über dem Fenster war ein Schild angebracht, auf dem stand: »Gerlach Bau GmbH«. Sie gab das Bild zurück.

»Die Brüder sahen sich nicht gerade ähnlich«, stellte sie fest. »Ihr Vater sieht stämmiger und kleiner aus als Peter auf dem Foto mit meiner Großmutter.«

»Ja, das stimmt. Aber, wie gesagt, ich habe Onkel Peter nie kennengelernt. Bei der Beerdigung meines Vaters habe ich gehofft, er würde kommen. Obwohl ich nicht gewusst hätte, wer ihm Bescheid gegeben haben könnte. Jedenfalls dachte ich erst, dass er da war. Ich bemerkte einen Mann etwa in Papas Alter. Der stand lange am Grab, niemand aus der Familie kannte ihn. Ich fragte ihn, ob er Papa gekannt habe, und er sagte, er hätte das Haus in der Louisenstraße gekauft.«

»Hieß er Robert Schröder?«

»Ja genau, so hieß er. Haben Sie ihn schon getroffen?«

»Ja, ich war heute schon in seinem Laden. Aber da ging es ihm nicht gut. Deshalb gehe ich nachher noch einmal zu ihm. Wenn er Ihren Vater so gut gekannt hat, dass er auf dessen Beerdigung gegangen ist, kennt er dann vielleicht auch Peter Gerlach?«

Sebastian zuckte mit den Schultern und sah verstohlen auf seine Uhr. Julia reagierte auf diese Zeichen wie ein dressierter Hund. Sie stand auf, steckte Isabelles Foto ein und nahm ihre Tasche.

»Die Unterlagen Ihres Vaters, die Peter Gerlach betreffen, dürfte ich die mal lesen?«, fragte Julia, als sie Sebastian die Hand reichte.

»Ich denke, da spricht nichts dagegen. Würde mich jetzt selbst interessieren, was Vater geschrieben hat. Ich sehe mir Vaters alte Unterlagen noch einmal an. Auf jeden Fall sind dort auch noch Fotos von Peter ohne Vollbart. Auf Ihrem ist mein Onkel ja kaum zu erkennen.«

»Danke, das hilft mir sicher weiter.«

Sebastian nahm Julias Visitenkarte entgegen und versprach, sich bald zu melden.

»Ich würde mich freuen, meinen Onkel kennenzulernen. Wenn Sie Hilfe bei der Suche brauchen, dann fragen Sie mich, bitte.«

Bereits auf dem Weg zum Auto erwachte in Julia der vertraute Spürhund. Gute Recherche war für eine Fotografin, die überall auf der Welt arbeitete, eine dringende Notwendigkeit. Das war immer der erste Schritt einer neuen spannenden Reise. Julia liebte es, akribisch jede Information zu einem Reiseziel und seinen Bewohnern aus den Tiefen des Internets zu fischen. Diese Erfahrung würde sie für die Suche nach Peter Gerlach gut brauchen können. Welche Ämter waren zuständig, wenn man einen deutschen Auswanderer in Argentinien aufspüren wollte? Sie kannte sich in Visa- und Arbeitsanträgen auf Ämtern, Konsulaten und Botschaften aus. Nur die Zeit, die ihre Anträge brauchen würden, um sich durch die Mühlen der Bürokratie zu wälzen, machte ihr Sorgen. Bis sie auf diesem Weg Auskünfte über Peter Gerlach bekommen würde, könnte es zu spät für Oma Belle sein.

Kapitel 4

»Nur eine kleine Weile ausruhen«, versicherte sich Schröder. Er lag auf dem Sofa im Salon. Für einen klassischen Salon war der Raum zwar eindeutig zu klein, doch nach Schröders Ansicht passte der Begriff zu dessen Charakter. Die Biedermeier-Möbel mit ihrem Gleichgewicht von strenger Form und geschwungenen Linien, Nussbaum-Furnieren und hellblauem Polsterstoff ließen den Raum heller und größer erscheinen, als er war.

Während Schröder bewusst ein- und ausatmete, beschimpfte er sich als sentimentalen alten Spinner. Es war lächerlich, beim Anblick einer jungen Frau zusammenzubrechen. Auch wenn es sich so angefühlt hatte, als sei ihm Julias Anblick wie ein Dolchstoß ins Herz gefahren. Wenn er diese peinliche Angelegenheit nur abhaken könnte. Aber nein, diese Frau hatte angekündigt wiederzukommen. Vielleicht konnte er den anderen vormachen, dass seine Systeme gestreikt hätten. Einem Mann von 78 Jahren konnte das schon mal passieren. Aber sich selbst konnte er nicht belügen. Das kleine Wort *nochmal* ging ihm nicht aus dem Kopf. Wie konnte es *nochmal* so eine Frau geben, hatte er gedacht. Offenbar war er ihr schon einmal begegnet. Jedenfalls wollte sein Körper ihm das unbedingt mitteilen. Doch wann? Unter welchen Umständen? Wieso erinnerte er sich nicht? Julia hatte gesagt, sie wolle zu ihm. Warum? Weil sie ihn kannte? Schröder schloss die Augen. Schluss damit! Julia war sicher eine Doppelgängerin irgendeiner Frau, die er einmal gekannt hatte. So etwas kam vor. Sicher würde sie eine Abholnummer für eins der Erinnerungsstücke aus dem Lager hervorholen, er würde ihr das Objekt mit der Erinnerung, die damit verbunden war, übergeben und sie würde glücklich, ein Puzzleteil aus dem Leben ihrer Großeltern oder sonst jemandem zu bekommen, ihrer Wege ziehen. Warum ihn ihr Erscheinen in die Knie gezwungen hatte, war gleichgültig. Er sollte wirklich zum Arzt gehen. Alte Männer brauchten eben Medizin.

Mit diesem Vorsatz schwang Schröder die Beine herum und setzte sich auf. Er atmete tief durch, fuhr sich mit den Händen übers Gesicht. Das Beste war, sich wie gewohnt an die Arbeit in der Werkstatt zu machen.

»Bist du wieder fit? Ehrlich? Soll ich nicht doch einen Arzt holen?«, rief Patrick, als Schröder in den Hausflur trat.

Er grummelte unwillig. Offensichtlich hatte Patrick die Tür zu seiner Wohnung im ersten Stock offengelassen, um ihn zu überwachen.

»Was? Ich habe dich nicht verstanden«, rief Patrick. Er war auf den Gang getreten und beugte sich über das Geländer herunter.

»Überwachst du mich?«, fragte Schröder, während er die Weste auszog, um die Arbeitsschürze umzubinden.

Patrick kam die Treppe herunter.

»Ja klar, alter Mann!«, sagte er, wobei er Schröder mit prüfenden Blicken taxierte. »Ein Schwächeanfall ist ja sonst nicht deine Masche, um dich bei attraktiven Frauen beliebt zu machen.«

»Attraktiv, ja?«, fragte Schröder schmunzelnd.

»Ohne Frage«, erwiderte Patrick scherzend. »Genau dein Typ, Robert. Rotblonde Haare, schmale Figur, nettes Kleid – darauf fährst du anscheinend voll ab.« Inzwischen war er neben Schröder angekommen. »Aber du bist deshalb noch nie zusammengebrochen.«

Schröder wich Patricks besorgtem Blick aus und verknotete die Bänder der Schürze. »Das war doch nicht wegen dieser Kundin. Ich bin alt, schon vergessen?«

»Nein, habe ich nicht. Deshalb solltest du zum Arzt gehen. Lass dein Herz untersuchen oder was auch immer bei dir gestreikt hat«, rief Patrick Schröder nach, der bereits durch die Hintertür in den Hof getreten war.

»Mein Herz funktioniert prima«, murmelte Schröder grimmig. »Und pass auf die Ladenglocke auf!«

»Glaubst du wirklich, dass sich diese Julia noch einmal hierher traut?«

»Mir egal!«

»Glaube ich nicht«, sagte Patrick leise und knipste den Schalter an, der das Läuten der Ladenglocke sowohl in seine Wohnung als auch in die Werkstatt lenkte.

Schröders Werkstatt war ein kleines Gebäude mit großen Fenstern im Hinterhof der Louisenstraße 13. An den Wänden standen Regale voller altem Kunsthandwerk und gebrauchten Alltagsgegenständen. Hier Holzkästchen und Schalen, geschnitzte Statuetten, gedrechselte Kerzenleuchter, Spielfiguren und Schachbretter. Dort Porzellanschalen, Services, Kannen, Schmuckteller und Figuren. Silberne Leuchter und Platten, Pokale, Becher, Besteck und Bilderrahmen. Ein Regal stand voller blecherner Milchkannen, Puddingformen, Töpfe und Kehrsets. In der Mitte des Raumes unter einer großen Lampe stand ein klotziger Werktisch. Daneben kleinere Möbelstücke. Stühle, deren Polsterungen durchgesessen waren, Tischchen mit aufgesprungenem Furnier oder wackeligen Beinen, Nachtkästchen, Nähkästchen und ein Paravent mit löchriger Bespannung. An der Wand hinter der Werkbank hingen Werkzeuge, nach Größe und Funktion angeordnet. In einem Regal lagen Schleifpapiere und diverse Lappen, standen Eimer, Dosen und Tuben mit Lacken, Ölen, Leim und Terpentin. In einem Ständer lehnten Platten aus Nuss- und Kirschbaum, Stangen aus Hartholz und Fichte. Die Gerüche all dieser Dinge drängten sich zu einem satten, warmen Gemisch mit einem Hauch von Säure zusammen.

Schröder betrachtete die Liste der anstehenden Aufträge, langte dann zum Schirmständer und zog einen schwarzen Gehstock heraus, dessen Griff aus einem aus Elfenbein geschnitztem Hundekopf bestand. Er setzte sich auf den Hocker und legte den Stock vor sich auf den Werktisch. Dann holte er aus einer Schublade feine Stahlwolle, ein grobes Tuch und ein Skalpell heraus. Zentimeter für Zentimeter rieb und kratzte er entlang der Oberfläche des Stockes, um seinen Zustand zu prüfen. So tauchte Schröder in sein Handwerk ein, gab sich der Ruhe hin, die für diese präzisen Handgriffe notwendig war. Jeder Riss im Lack, jede Delle im Holz, jede schwarze Ablagerung in den Rillen des Elfenbeins begannen ihm zu erzählen, wie sie entstanden waren. Und so breitete sich die Geschichte in Schröder aus, die der Kunde, ein 85-jähriger ehemaliger Mathematikprofessor, ihm vor zwei Jahren zu diesem Erinnerungsstück anvertraut hatte.

» *Dieser Stock hat meinem Onkel Wilhelm gehört. Er war zehn Jahre älter als mein Vater. Insgesamt waren sie drei Kinder in der Familie. Mein Großvater war stolzer Besitzer eines großen landwirtschaftlichen Gutshofs im Landkreis. Leider hatte er ein fatales Laster. Er war ein Spieler. Eines Nachts verlor er all sein Hab und Gut, die Ländereien, das Haus und alles Vermogen beim Kartenspiel. Der Tag, an dem die fünfköpfige Familie ins Armenhaus in der Stadt ziehen musste, war für alle fürchterlich demütigend. Bevor Wilhelm einen Fuß über die Schwelle der erbärmlichen Wohnung setzte, schwor er, alles zu tun, um die Familie wieder aus dieser Misere zu befreien. Sobald wie möglich suchte er sich eine Lehrstelle bei einem Bäckermeister in der Nachbarschaft. Einige Jahre später führte er seine erste eigene Bäckerei, vergrößerte sie und machte damit so viel Profit, dass er seine ganze Familie aus dem Armenhaus holen konnte. Er sorgte dafür, dass mein Vater studieren konnte und stattete seine Schwester mit einer Mitgift aus, die ihr ermöglichte, einen Mann zu heiraten, den sie liebte. Wilhelm gründete die Bäckerei, die heute mein Sohn leitet. Als allerdings der Zweite Weltkrieg ausbrach und mein Onkel eingezogen wurde, wendete sich sein Schicksal. Die Familie hörte lange nichts von ihm und rechnete schon damit, dass er vermisst oder gefallen war. Erst kurz vor Ende des Kriegs kam ein Schreiben von der Wehrmachtsverwaltung. Darin stand, mein Onkel wäre in Russland desertiert, aufgegriffen und nach Militärrecht standrechtlich erschossen worden. Ab diesem Moment redete keiner mehr über Onkel Wilhelm. Seine Schwester nicht, mein Vater nicht, ich später auch nicht. Wir schämten uns für diese Schande. Das tut mir heute leid. Aber ich kann mit meinem Sohn nicht darüber reden. Er wehrt jedes Gespräch über seinen Großonkel ab. Deshalb will ich, dass Wilhelms Gehstock an meinen Sohn weitergegeben wird. Ich will, dass er die Chance hat, zu erkennen, wer den Boden bereitete, auf dem sein Geschäft heute blüht. Wilhelm war ein liebevoller Bruder, Ehemann, Vater und Sohn. Was im Krieg passiert ist, wissen wir nicht. Ich will, dass die Erinnerung an Wilhelm in der Familie weiterlebt. Deshalb bringe ich seinen Gehstock zu Ihnen.«*

So hatte es der alte Professor erzählt. Schröder hatte ihm eine Karte mit einer Abholnummer gegeben, die der Kunde sorgfältig in seine Brieftasche gesteckt hatte. Vor einigen Tagen hatte Schröder die Todesanzeige des Professors in der Tageszeitung gelesen. Der Erbe der Abholnummer würde bald in seinen

Laden kommen, um zu erfahren, was es damit auf sich hatte. Dann würde Schröder den Gehstock samt seiner Geschichte übergeben. So lebte die Erinnerung an den Bäckermeister, den Onkel des Professors, den Großonkel des Erben weiter. Und genau darin bestand Schröders eigentümliche Tätigkeit. Er lagerte die Gegenstände und hütete die Erinnerungen, die die Kunden mit diesen verbanden. Im Laufe der Jahre füllten sich so viele Regale mit Erinnerungsstücken, dass eine Wohnung im ersten Stock mit ihnen vollgestellt war. Dabei hatte Schröder sein Angebot nie durch Werbung oder Einträge in Register öffentlich gemacht. Mundpropaganda brachte die Menschen in Schröders Laden, um ihre Erinnerungen bei ihm in Obhut zu geben. Die »Lagerkosten«, die Schröder für seinen Dienst verlangte, richteten sich nach dem, was die Kunden in der Lage oder bereit waren zu zahlen. Und wenn die Erinnerungsstücke mehrere Jahre bei ihm standen, was die Regel war, dann deckten die Einnahmen kaum die Ausgaben. Kein lukratives Geschäftsmodell, wie Schröder nach einigen Jahren feststellte. Doch er blieb dabei. Seinen Lebensunterhalt bestritt er durch das Restaurieren alter Möbel und durch den selten gewordenen Verkauf von Antiquitäten im Laden. Früher hatte er noch die Mieteinnahmen der vier Wohnungen im Haus gehabt. Doch das ständige Kommen und Gehen der Leute, die Geräusche ihrer Leben und wenn sie ihm dann auch noch ihre Sorgen erzählten, all das war ihm zu viel geworden. Er hatte die Wohnungen nicht mehr neu vermietet, wenn jemand ausgezogen war.

»Robert!« Patrick klopfte ungeduldig an die Tür der Werkstatt. »Die Ladenglocke!«

Schröder schreckte aus seinem inneren Monolog auf, in dem er die Geschichte des Gehstocks in Dauerschleife wiederholte. »Komm schon! Kundschaft im Laden!«, drängte Patrick. »Ich muss wieder rauf, habe einen Mandanten am Telefon.« Er eilte zurück ins Haus.

»Ist es diese Julia?«, rief Schröder ihm nach.

»Woher soll ich das wissen?«, antwortete Patrick, der bereits die Treppe zu seiner Wohnung hinauflief. Auf der letzten Stufe blieb er stehen. »Bist du fit genug, um mit dieser Frau zu sprechen? Soll ich dich begleiten? Falls du nochmal umkippst?«

»Mach dich nicht lächerlich!«, schimpfte Schröder. »Ich kippe in den nächsten hundert Jahren nicht mehr um.«

Bevor Schröder die Tür zum Laden öffnete, hielt er inne. Er war nervös. Wie ein Liebhaber vor dem ersten Rendezvous! Blödsinnig! Du bringst da was durcheinander, ermahnte er sich. Sollte es diese Julia sein, würde er wortkarg und griesgrämig das Nötigste reden und sie wäre schneller wieder weg als gedacht.

Entschlossen betrat er den Laden, sah Julia auf der Chaiselongue sitzen und wusste, dass er sich am Vormittag nicht getäuscht hatte. Diese Frau erschien ihm wie ein Trugbild aus der Vergangenheit.

Routiniert nahm Schröder seinen Platz hinter der Theke ein, wobei er beide Hände in die Taschen seiner Weste vergrub, um ihr leichtes Zittern zu verbergen. Er zwang sich, Julia anzusehen, während er sich für den Vorfall am Vormittag entschuldigte. Dann bot er ihr an, sich eine Kleinigkeit aus dem Laden als Ausgleich für den Schreck auszusuchen. Zufrieden senkte er seinen Blick auf die Seiten des Kassenbuchs. Dann Stille. Wieder gab der Sekundentakt der Standuhr den Ton an. War es jetzt nicht an Julia, sich zu bedanken? Schröder hob vorsichtig den Kopf. Julia kam auf ihn zu, suchte in ihrer Handtasche, zog ein Foto heraus und lächelte ihn entwaffnend an.

»Ich wollte gar nichts bei Ihnen kaufen, obwohl Ihr Laden wirklich bezaubernd ist«, sagte sie. »Ich bin auf der Suche nach jemandem.« Julia legte ein Foto auf die Theke. »Das ist meine

Großmutter Isabelle Kellermann-Schäfer als junge Frau. Das Foto wurde vor circa 50 Jahren aufgenommen. Leider ist Oma Belle sehr krank. Die Ärzte meinen, sie habe nicht mehr lange zu leben. Deshalb will sie noch einmal mit diesem Mann auf dem Foto, einem gewissen Peter Gerlach, sprechen.« Julia tippte auf das Foto, ohne zu bemerken, dass Schröder es bereits mit finsterem Blick fixierte.

»Kennen oder kannten Sie diesen Mann?«, fragte Julia unbeirrt. »Seine Familie hat vor langer Zeit in diesem Haus gewohnt. Ich nehme an, Peter Gerlach ist hier aufgewachsen. Aber das wissen Sie sicher. Sie haben ja das Haus von seinem Bruder, Anton Gerlach, gekauft.«

In Schröder legte sich jede Unruhe, die durch Julias Auftauchen aufgewirbelt worden war. Seine Befürchtungen waren Gewissheit geworden. Er hatte es sich nicht eingebildet, hatte keine Irrlichter gesehen. Julia sah einer Frau ähnlich, die er als junger Mann gekannt hatte. Nicht nur das. Er und diese Frau auf dem Foto waren eindeutig ineinander verliebt gewesen. Dass sein Herz aus dem Rhythmus geraten war, wunderte ihn nicht mehr. Er nahm das Foto und betrachtete es.

»Wie, sagten Sie, heißt Ihre Großmutter?«

»Isabelle Kellermann-Schäfer und der Mann Peter ...«

»Ja, ja Isabelle, richtig«, murmelte Schröder vor sich hin. Dann presste er die Kiefer aufeinander, hielt eine Ausrede zurück, mit der er sich aus der Affäre hätte ziehen können. Nichts wäre leichter gewesen. Julia erkannte ihn nicht. Kein Wunder, er selbst hatte Mühe, in dem bärtigen Mann auf dem Foto die jüngere Version von sich zu finden. Er könnte leugnen, irgendetwas über das Paar auf dem Foto zu wissen. Das wäre nicht einmal gelogen. Was wusste er denn, außer dass er offensichtlich vor Jahrzehnten mit einer jungen Frau fotografiert worden war? Was wollte die todkranke Isabelle von ihm? Er brauchte Zeit und mehr Informationen, bevor er irgendetwas sagte, das er bereuen würde. Also lud er Julia in seine Küche zu einer Tasse Tee ein.

Tee zuzubereiten, wirkte auf Schröder fast so beruhigend, wie ein Stück Holz zu schleifen. Mechanische Bewegungen beschäftigten die Hände und verschafften ihm die Möglichkeit, sich zu sammeln. Er setzte Wasser auf und holte das englische Teeservice aus dem Schrank. Die Abbildungen der zarten Rosenblüten auf dem Porzellan wirkten so frisch, als kämen sie direkt aus der Manufaktur. Nur die Goldstriche an den Kanten und Henkeln der Tassen, des Milchkännchens und der Zuckerdose waren etwas verblasst. Schröder goss heißes Wasser in die bauchige Teekanne, um sie vorzuwärmen. Dann löffelte er Teeblätter aus einer Dose in ein Teenetz. Als er den Tee mit kochendem Wasser aufgoss, stellte er die Eieruhr. Mit dem Service auf dem Tablett drehte sich Schröder um und bemerkte, dass Julia immer noch unschlüssig in der Küchentür stand. In ihrer Miene las er unzählige Fragen und die Hoffnung auf Antworten. Schröder bezweifelte, ihr diese liefern zu können. Er bat sie, sich zu setzen. Die Eieruhr klingelte. Schröder entfernte den Teebeutel aus der Kanne, trug sie zum Tisch und schenkte ein.

Schröder wusste jetzt, wie er sich Zeit zum Nachdenken verschaffen konnte. Er musste nur zuhören. Denn er gehörte zu denjenigen, denen wildfremde Menschen gern ihre Lebensgeschichte oder von ihren Sorgen und Freuden erzählten. Auch wenn sie nur auf den nächsten Bus warteten oder im Park auf einer Bank saßen und Zeitung lasen. Ein Talent, das Schröder weder unterdrücken noch fördern konnte. Er hätte Therapeut, Beichtvater oder Verhörprofi bei der Polizei werden können. Aber das war weit entfernt von dem Weg, den sein Leben genommen hatte.

Also legte Schröder innerlich den Hebel um, der ihn in die gewohnte Rolle des Zuhörers versetzte. Dabei beugte er sich dem Gesprächspartner leicht entgegen, schaute ihn aber nie direkt an, sondern ließ seinen Blick entweder in die Ferne schweifen oder wie jetzt auf dem Foto ruhen, das Julia auf den Tisch legte.

»Wie heißen Sie eigentlich? Ich meine, außer Julia«, fragte Schröder, wobei er seine Tasse auf dem Unterteller drehte, damit er sie greifen konnte. Sein Talent wirkte.

»Julia Pfeiffer, nach meiner Mutter, bei der ich aufgewachsen bin. Oma Belle ist die Mutter meines Vaters, Konrad Schäfer.« Julia trank einen Schluck, stellte die Tasse ab und erzählte ohne Umschweife weiter: »Meine Großmutter und ich stehen uns sehr nah. Wahrscheinlich hat sie deshalb mich auf die Suche nach Gerlach geschickt und nicht meinen Vater. Oma Belle ist mein Zuhause. Sie ist mein Stützpunkt, auf dem ich lande, um mich von den Reisen zu erholen. Ich bin Fotografin und arbeite rund um den Globus. Wenn Oma Belle mir nicht so oft Mut gemacht hätte, würde ich heute in einem der vielen Büros in Vaters Bankhaus unglücklich eingehen, anstatt zu reisen. Und sie hatte Recht. Ich habe es geschafft und lebe inzwischen sehr gut von meiner Arbeit. Deshalb mache ich alles, um diesen Mann für Isabelle zu finden. Die Vorstellung, sie könnte sterben, ohne ihre Sachen geregelt zu haben, wäre ...«

Sie hielt plötzlich inne, griff zur Tasse und trank einen Schluck. »Sie sind gut darin, wissen Sie das?«

»Worin?«, fragte Schröder, der sich vorkam, als hätte Julia ihn auf frischer Tat ertappt.

»Im Zuhören, meine ich«, sagte sie grinsend und stellte die Tasse ab. »Normalerweise bin ich an Ihrer Stelle, wenn ich mit den Menschen rede, die ich fotografieren will. Da sitzt mir zum Beispiel eine alte Frau in Rio de Janeiro gegenüber und erzählt mir von ihrem Leben in den Favelas. Wie sie es geschafft hat, drei Kinder großzuziehen. Als sie dann vor meiner Kamera saß, war sie entspannt und natürlich. Die Fotos sind beeindruckend geworden.« Julia lachte vor sich hin und legte eine Hand auf das Foto. »Sehen Sie, schon wieder. Ich erzähle alles Mögliche und vergesse dabei fast, dass Sie meine Frage noch gar nicht beantwortet haben.«

Schröder lehnte sich zurück und wünschte, er hätte jetzt irgendetwas in der Hand. Ein Poliertuch, Sandpapier, mit dem er einen Kerzenleuchter oder egal was bearbeiten könnte, anstatt stumm und untätig vor seiner Tasse Tee sitzen zu müssen und auf die Frage zu warten, die Julia unweigerlich wiederholte: »Kennen Sie Peter Gerlach? Den Mann auf dem Foto?«

Schröder nahm das Foto in die Hand, betrachtete es, als wollte er sich vergewissern.

»Es ist lange her«, sagte Schröder und wunderte sich, dass seine Stimme funktionierte, obwohl sich alles in ihm rau und trocken anfühlte. Dann sah er Julia an, wie sie ihre Hände ineinanderlegte und festhielt, ihre Augen auf ihn heftete und die Lippen aufeinanderpresste, um ihre Ungeduld zu verbergen. Er musste etwas sagen, irgendetwas, das erklärte, warum sie beide hier saßen.

»Ich bin hier in der Louisenstraße aufgewachsen. Peter und ich waren Nachbarn. Nach der Schule haben sich unsere Wege getrennt. Ich bin zur Uni und Peter musste im Baugeschäft seines Vaters arbeiten. Wir haben uns dann nicht mehr viel gesehen. Aber Ihre Großmutter habe ich bei einem Fest kennengelernt, das Peter hier im Hof veranstaltet hat. Ich wusste nicht, wer sie war. Sie wollte nur Belle genannt werden. Das weiß ich noch, weil ich ihr Bild später in einer Illustrierten gesehen habe. Da erfuhr ich, dass sie eine Kellermann war. Eine Tochter aus der schillernden Welt der Superreichen bei Peter in der Werkstatt der Gerlach Bau GmbH!«

Schröder verstummte. Woher kamen diese Worte? Eins nach dem anderen zog einen Schleier von den Umrissen der Erinnerung. Lampions an der Eiche im Hof tauchten auf, Lachen, Musik. Die Mischung aus The Who, Beatles und Joan Baez, auf dem kleinen Plattenspieler laut und scheppernd abgespielt, hatte für Ärger mit den Nachbarn gesorgt. War das nicht das Fest, bei dem die Polizei plötzlich auftauchte und die Horde Hippies, wie die Beschwerde eines Nachbarn lautete, filzte? Schröder war sich nicht sicher. Aber dass er Isabelle in den Armen gehalten, mit ihr getanzt, sie geküsst hatte und ihr nicht von der Seite gewichen war, davon war Schröder überzeugt.

»Sie haben keine gute Erinnerung an Isabelle?«, fragte Julia besorgt.

»Wieso?«

»Sie sehen so grimmig aus.«

»Ach was«, wehrte Schröder ab und bemühte sich zu lächeln. »Das war nur mein normales Gesicht, wenn ich nachdenke. Mir fällt leider nichts weiter zu Ihrer Großmutter ein.« Er stand auf und riss die Türen des Küchenschranks auf, klappte sie zu, öffnete Schubladen und kam endlich mit einer Keksdose zurück.

Julia beobachtete ihn irritiert.

»Gebäck zum Tee?«, fragte Schröder, öffnete die Dose und stellte sie auf den Tisch. Er nahm sich einen Butterkeks und tunkte ihn in seinen Tee.

»Dass Isabelle damals in diesem Haus war, ist schon ein komisches Gefühl«, sagte Julia und biss in einen Keks. »Ich weiß so gut wie nichts über die Zeit vor ihrer Heirat mit Opa Hermann.«

Hermann! Richtig! Es hatte einen Hermann gegeben. So einen feinen Pinkel, der immer Anzug trug. Schröder schenkte Tee nach. War er der Grund dafür, dass von ihm und Isabelle nur ein Foto übriggeblieben war?

»Ach, ja«, brummte er. »Habe damals von der Hochzeit gelesen. Stand mit Glanzbildern in den Illustrierten, Stern, Bunte und so. Sind sie glücklich miteinander geworden?«

»Ja, das sind sie«, antwortete Julia und strahlte.

»Hm, das wird Peter nicht gefallen haben.«

»Vielleicht ist er deshalb nach Argentinien ausgewandert. Das hat mir Sebastian Gerlach erzählt. Er ist der Neffe von Peter und leitet die Gerlach Bau. Können Sie sich an ihn erinnern?«, fragte Julia.

Schröder schüttelte schnell den Kopf und griff sich den nächsten Keks. Neffe! Herrgott ja! Er hatte Familie in der Stadt, um die er sich keinen Deut scherte. Was für unfreundliche Seiten seines Lebens kamen heute noch auf den Tisch? Der Keks zerbrach im Tee und sank auf den Tassenboden.

»Sie haben Sebastian Gerlach vor einigen Jahren bei der Beerdigung seines Vaters kurz gesprochen. Sie standen als Letzter an dem Grab von Anton Gerlach und Sebastian hat Sie gefragt, ob sie den Verstorbenen kannten.«

»Habe das Haus vom Anton gekauft. Das lief aber über einen Makler. Anton habe ich nur als Nachbarskind gekannt. War immer schon der Hoferbe bei den Gerlachs. Das hat Peter manchmal geärgert. Als ich das Haus gekauft habe, bin ich Anton nicht wieder begegnet. Gab keinen Grund dafür.« Diese Geschichte stimmte wenigstens. Er hatte sein Elternhaus anonym über einen Makler gekauft. Musste keiner wissen. Hatte auch niemanden interessiert.

»Sie wissen also nicht, ob Peter Gerlach aus Argentinien zurückgekehrt ist, oder wo genau er sich niedergelassen hat?«

»Peter war von einem Tag auf den anderen verschwunden, soviel weiß ich«, antwortete Schröder zunehmend verärgert. War er hier in einem Verhör? Julia war zwar freundlich und charmant und ja, er konnte die Motive ihrer Fragerei verstehen.

Aber er schuldete ihr keine Antworten zu dem, was er wusste, woran er sich erinnerte! Schon gar nicht, wenn er sich an rein gar nichts erinnerte. Nicht einmal an seinen Neffen! Er musste auch nicht. Es gab keine Verpflichtung zur Erinnerung.

»Schade«, seufzte Julia enttäuscht. »Dann werde ich auf die Unterlagen warten, die Sebastian Gerlach raussuchen will. Anton hat anscheinend mit seinem Bruder in Buenos Aires korrespondiert. Vielleicht steht etwas darin, was mir weiterhilft. Die Suche ist komplizierter, als ich dachte. Hoffentlich hält Oma Belle so lange durch.« Sie nahm das Foto vom Tisch und steckte es in ihre Handtasche. »Ich hoffe, ich habe Sie nicht zu sehr belästigt«, sagte sie und stand auf.

Schröder fluchte innerlich. Der traurige Schleier in Julias Stimme legte sich um seinen Hals und schnürte ihm die Atemwege zu. Die junge Frau anzulügen, war schwer genug. Doch bei dem Gedanken, eine sterbende Frau, in die er offensichtlich einmal verliebt gewesen war, im Stich zu lassen, war eine ganz andere Sache. Er selbst konnte gut darauf verzichten, in seiner Vergangenheit zu stöbern. Denn, das hatte er von seiner Arbeit mit den Erinnerungsstücken gelernt, wer einmal einen Blick auf sie geworfen hatte, konnte sie schwer wieder aus seinem Leben streichen. Schröder selber wollte keinen Blick auf irgendetwas werfen. Aber Isabelle hatte es getan und das ließ sich nicht mehr ändern.

»Es leben«, sagte Schröder leise, räusperte sich und begann von vorn: »Es leben, glaube ich, noch einige Kumpels von damals in der Stadt. Ich höre mich mal um.«

Julia ließ die Handtasche wieder sinken und strahlte Schröder so erleichtert an, dass er ein Lächeln nicht verhindern konnte.

»Sie brauchen sich keine Umstände zu machen«, sagte Julia. »Nennen Sie mir nur die Namen und ich nehme Kontakt zu ihnen auf.«

»Nein!«, erwiderte Schröder scharf.

»Aber ...«

»Nein. Das ist nicht Ihre Angelegenheit, oder? Es ist die Angelegenheit Ihrer Großmutter. Also erledige ich das«, entschied Schröder so bestimmt, dass Julia keinen Widerspruch wagte. Dabei war ihm gar nicht klar, was an seinen Worten logisch sein sollte. Bevor sich Julias Zweifel in Worte formte, hörte Schröder Schritte im Hausgang.

»Das ist Patrick«, erklärte er erleichtert. »Er ist heute mit Kochen an der Reihe.«

Julia schien das als Aufforderung zu verstehen, zu gehen. Sie nahm ihr Teeservice und trug es zur Spüle.

»Sie sind noch da!«, stellte Patrick lächelnd fest, als er in die Küche trat. Er sah Schröder erstaunt an: »Du hast sie zum Essen eingeladen?«

Aus Patricks Frage hörte Schröder vier Aspekte. Was geht hier vor sich? Seit wann haben wir einen Gast zum Essen? Wer ist diese Frau? Findest du sie auch so bezaubernd wie ich? Nein, finde ich nicht, hätte Schröder darauf geantwortet. Auf gar keinen Fall!

»Nein, hat er nicht«, antwortete Julia.

»Dann mache ich es«, sagte Patrick.

»War das jetzt die Einladung?«, fragte Julia grinsend.

»Ja, nicht gerade formvollendet, aber eindeutig«, antwortete Patrick mit einem fragenden Blick zu Schröder.

»Dann nehme ich die Einladung an, wenn es keine Umstände macht«, sagte Julia und legte ihre Tasche wieder ab.

»Macht es nicht«, versicherte Patrick sofort. »Nicht wahr, Robert?«

Schröder nuschelte: »Nein, natürlich nicht«, holte das Tablett mit den Pfeifenutensilien vom Regal und setzte sich damit an den Tisch. Er stopfte Tabak in seine Pfeife und gönnte sich eine Pause als Zuschauer.

»Nur aus Neugierde«, sagte Patrick, während er aus dem Kühlschrank Fleisch, Gemüse und Crème fraîche holte. »Was ist da heute zwischen euch gelaufen?«

Schröder blies den ersten Rauchkringel in die Luft und winkte ab.

»Na gut, wenn du nicht antworten willst«, sagte Patrick und reichte Julia die Hand, »dann stelle ich mich selbst vor. Patrick Mehler, Rechtsanwalt mit Büro und Wohnung im ersten Stock.«

Julia lächelte, schüttelte seine Hand. »Julia Pfeiffer, immer noch Fotografin.« Sie einigten sich ohne Umschweife auf das Du.

»Und was läuft zwischen dir und Schröder?«, fragte Patrick. Er schob Julia den Beutel Kartoffeln hin und reichte ihr einen Schäler.

Julia nahm eine Kartoffel in die Hand und schälte sie. »Ich suche jemanden aus der Vergangenheit meiner Großmutter. Es war also nicht dein umwerfender Charme, der mich noch einmal in den Laden gelockt hat. Der Gesuchte hat früher in diesem Haus gelebt.« Sie wischte sich die Hände am Handtuch ab und zog das Foto aus der Handtasche.

»Hier, das ist er. Er heißt Peter Gerlach. Daneben steht meine Großmutter, Isabelle Kellermann-Schäfer. Sie will den Gerlach noch einmal sehen, bevor sie stirbt.« Patrick nahm das Foto, betrachtete es eingehend, sah dann Julia ins Gesicht und wieder auf das Foto.

Schröder hielt den Atem an, was dazu führte, dass der Rauch in der Kehle kratzte und er hustete.

»Du siehst ihr verdammt ähnlich«, stellte er fest. Wieder vertiefte er sich in das junge Paar unter dem Olivenbaum und drehte sich abrupt zu Schröder um. Während der sich von seinem Hustenanfall erholte, schüttelte er mit drohend gekrauster Stirn den Kopf, noch bevor Patrick etwas sagen konnte.

»Die sehen ganz schön verliebt aus, die beiden«, sagte Patrick schnell und gab Julia das Foto zurück.

»Ja, finde ich auch. Aber Oma Belle wollte nichts darüber erzählen«, sagte Julia. »Und was läuft zwischen dir und deinem Irgendwie-Vater? Ihr lebt zusammen in einem Haus mit fünf Wohnungen?«, fragte Julia und schnitt die Kartoffeln in Viertel.

»Richtig, und das seit fast zwanzig Jahren«, antwortete Patrick und halbierte eine Zwiebel. Sofort füllten sich seine Augen mit Tränen. »Ich bin ein Waisenkind«, erklärte er und wischte sich die Tränen aus dem Gesicht. »Die haben aber damit nichts zu tun«, lachte er und deutete schniefend auf sein Gesicht.

»Ach, ich dachte schon, du hättest das mit der Tränendrüse drauf. Lernen das Anwälte nicht in ihrer Ausbildung?«, neckte Julia lachend, woraufhin Patrick einen empörten Laut ausstieß. Bevor er weiterredete, schnitt er die Zwiebel klein und deckte sie ab.

»Das mit dem Waisenkind stimmt aber«, sagte er, während er sich die Hände wusch. »Mit zwölf Jahren bin ich von der Pflegefamilie abgehauen und lebte einige Zeit auf der Straße. Ich bin in Schröders Laden gegangen, um etwas zu klauen. Dabei hat er mich erwischt.«

»Und, hat er dich angezeigt?«, wollte Julia wissen, als Patrick eine Pause machte, um das Fleisch zu würzen.

»Nein, hat er nicht. Er nahm mich mit in seinen Salon, stellte Kekse und Milch auf den Tisch, setzte sich mir gegenüber und hörte zu. Ich glaube, er war der erste Mensch, dem ich die Misere meines Lebens überhaupt erzählt habe.«

»Ahh, ich verstehe«, stellte Julia erstaunt fest. »Ich hätte ihm vorhin auch alles erzählt, von meiner ersten Windel bis zu der Minute, in der wir uns gegenübersaßen.«

»Ja, das ist seine Spezialität«, bestätigte Patrick und sah sich nach Schröder um. »Jedenfalls durfte ich die nächsten Tage wiederkommen. Ich staubte die Sachen im Laden ab, wischte den Boden und so. Schröder bezahlte mit Kost und Logis. So hat es mit uns angefangen. Ich weiß nicht, ob ich mich für ihn entschieden habe oder er sich für mich. Schröder verhandelte mit dem Jugendamt und dann durfte ich offiziell bleiben. So war das. Ich machte Abitur, studierte Jura und jetzt bin ich dabei, mir eine Kanzlei aufzubauen.«

»Das hört sich an, wie ...«

»... aus einem schwülstigen Film?«, warf Schröder zwischen zwei Zügen an der Pfeife brummig ein.

»Nein«, sagte Julia. »Eher wie ein Drama mit gutem Ende.«

Es war die Melodie der Unterhaltung zwischen Julia und Patrick. Das Scherzen, Sticheln, Lachen, die ernsten Momente, wenn Julia vom Reisen und Fotografieren erzählte oder Patrick von der Verteidigung eines Betrügers berichtete. Es waren die Gerüche des Fleisches in der heißen Pfanne, der kochenden Sauce und das Klacken des Messers beim Schneiden der Karotten, die Schröder schwindeln ließen. Er hatte mit Isabelle gekocht. Da war er sich sicher. Nicht in dieser Küche, aber oben in der Wohnung im zweiten Stock. Sie hatten alles in eine Auflaufform gepackt, was sie in seinen Vorräten fanden. Sie hatte sich über seinen angehenden Bart lustig gemacht und er hatte lachend behauptet, dieser würde zum prächtigsten Bart wachsen, den sie je gesehen habe. Und dann hatte sie ihn geküsst, um auszuprobieren, wie sich das mit Haaren im Gesicht anfühlte.

»Robert, pack deine Pfeife weg«, forderte Patrick ihn auf und verteilte Teller auf dem Tisch. Schröder stellte das Tablett mit den Rauchutensilien so schroff zurück ins Regal, dass es klapperte. Sollte die alte Frau doch einfach sagen, was sie von Peter Gerlach wollte, dachte er grimmig. Schickte ihre Enkelin als unwissende Botin – das war nicht fair!

Während des Essens bemühte sich Schröder, wenigstens ab und zu am Gespräch teilzunehmen. Julia weigerte sich, noch mehr Fragen zu ihrem Reiseleben zu beantworten.

»Ich würde lieber etwas von euch erfahren«, sagte sie und schob sich eine Kartoffel in den Mund.

»Da gibt es nicht viel zu sagen«, erwiderte Schröder und zog die Augenbrauen zusammen.

»Stimmt nicht!«, meinte Patrick, der eine Weinflasche entkorkte. »In diesem Haus stehen unzählige Geschichten herum.«

»Ehrlich? Meinst du die Antiquitäten im Laden?«, fragte Julia neugierig.

»Ja«, sagte Patrick und goss den Wein in drei Gläser. »Bei Schröder kaufen die Leute nicht nur Antiquitäten, sondern auch deren Geschichten.«

»Nicht alle«, brummte Schröder.

»Aber viele«, behauptete Patrick. »Angefangen hat es mit einer Hundeleine, nicht wahr, Robert?«

Schröder wollte Patrick am liebsten den Hals umdrehen. Der wusste genau, wie ungern er über sich und seine Arbeit redete.

»Also, Robert, wenn du die Geschichte der Hundeleine nicht erzählst«, sagte Patrick herausfordernd, »dann referiere ich über die Grundbedingungen eines lupenreinen Mietvertrags.«

»Oh nein, bitte nicht!«, stöhnte Julia.

Patrick prostete ihm auffordernd zu, woraufhin Schröder seufzend sein Glas absetzte und erzählte:

»Als ich das Haus vor 35 Jahren gekauft habe, war der Laden leer. Ich hatte noch keine Idee, was ich damit anfangen wollte. Da traf ich im Park Tom, einen jungen Mann, der eine Hundeleine in den Händen hielt …« Schröder erzählte, wie das erste Erinnerungsstück in seinen Laden kam, ausführlicher und blumiger als sonst. Schuld daran war der Wein, redete er sich ein, bis sein Blick auf

Julia fiel. Mit großen Augen hörte sie ihm gespannt zu. Da war er sich nicht mehr so sicher, was den Wein betraf.

»Und?«, fragte Julia, als Schröder geendet hatte. »Hat er?«

»Was?«

»Hat Tom die Leine wieder abgeholt?«

»Ja, hat er«, sagte Schröder schmunzelnd. »Fünf Jahre später stand er mit einem Kinderwagen im Laden. Er trug einen Säugling im Arm und aus dem Kinderwagen schaute frech ein Welpe heraus.«

»Wow, schöne Geschichte«, schwärmte Julia und prostete Schröder zu. Der trank einen Schluck und genoss ihn als Feierabendgetränk. Er war überzeugt, an diesem Arbeitstag den Pflichtanteil von Worten weit überschritten zu haben. Sein Vorrat war erschöpft.

»Ich hätte gern noch eine Geschichte«, sagte Julia bittend und lehnte sich Schröder entgegen.

»Du wolltest doch diesen silbernen Kerzenleuchter aus dem Laden mitgehen lassen. Das ist auch eine sehr rührselige Geschichte«, sagte Patrick frech grinsend.

»Ich wollte ihn nicht klauen!«, protestierte Julia und versetzte ihm einen Boxhieb.

Schröder stocherte in den Kartoffeln auf seinem Teller. Wenn er nicht aufblickte, würde sie nicht weiter fragen, hoffte er. Er irrte sich.

»Schröder, bitte, was passierte mit den Leuten, die den Silberleuchter einmal besaßen?«, fragte Julia.

»Das waren Ereignisse, die nicht für eine gute Laune bei Tisch sorgen«, antwortete er, wobei er sich auf das Zusammenschieben der Sauce konzentrierte.

»Die Geschichte geht nicht gut aus, oder?«

»Nein, eine tragische Liebesgeschichte.«

»Ja genau«, warf Patrick ironisch ein. »Der typische Verlauf einer Liebe: erst die große Flamme und der Himmel voller Geigen und dann das unvermeidliche Elend. Lügen, Verletzungen, Krankheit und Tod.«

»Patrick!«, fuhr Schröder ihn an und richtete sich an Julia: »Er hält nichts davon.«

»Stimmt nicht!«, protestierte Patrick. »Ich respektiere deine Arbeit.«

»Das meinte ich nicht.«

»Sondern?«

»Von der Liebe. Du hältst nicht viel von der Liebe«, erklärte Schröder trocken.

»Wie kommst du denn darauf?«, fragte Patrick entrüstet. »Ich war mit sechzehn schwer verliebt und mit fünfundzwanzig wollte ich mich wegen Sandra in den Fluss stürzen. Du dagegen warst, soweit ich es weiß, nie verheiratet und in den zwanzig Jahren, die ich bei dir bin, habe ich nie eine Frau in deiner Nähe gesehen, außer als Kundin.«

»Keine Liebe in deinem Leben?«, fragte Julia, so sanft und freundlich, dass Schröder versucht war, zu antworten. Stattdessen schob er seinen Teller von sich und stand auf.

»Zeit für mich, ins Bett zu gehen«, sagte er.

»Du willst Julias Frage nicht beantworten? Bist du der Gentleman, der genießt und schweigt?«, fragte Patrick fröhlich.

»Wenn du so willst«, blaffte Schröder.

Julia erhob sich sofort und stellte die Teller zusammen. »Ich helfe noch schnell aufzuräumen.« Sie öffnete die Spülmaschine und begann das Geschirr hineinzustellen.

Schröder nutzte diesen Moment, um Patrick nach seinen Terminen für den nächsten Tag zu fragen.

»Morgen bin ich so gut wie den ganzen Tag unterwegs«, antwortete Patrick, während er die Gläser einsammelte. »Wieso? Brauchst du etwas?«

»Nein, es ist nur wegen des Ladens«, antwortete Schröder mit einer abwehrenden Handbewegung. »Ich wollte ein paar Erkundigungen über den Gerlach einholen. Aber es macht sicher nichts, wenn ich damit noch einen Tag warte.«

»Aber nein!«, warf Julia ein. »Den Laden kann ich doch hüten, oder nicht? Als Ausgleich für deine Hilfe.«

Noch bevor Schröder eine wohlformulierte Ablehnung parat hatte, sagte Patrick begeistert zu.

»Um halb drei dann. Gute Nacht«, sagte Schröder zu Julia und verließ die Küche.

Die Decke bis unters Kinn gezogen, lag Schröder im Bett und starrte auf die Lichtstreifen an der Decke, die sich von der Straße durch die Ritzen der Jalousien gemogelt hatten. Aus der Küche über den Flur bis in sein Zimmer hörte er dumpf Julia und Patrick, die sich beim Aufräumen offensichtlich prächtig unterhielten. Sicher polierten sie die Arbeitsflächen und Töpfe extra auf Hochglanz, kehrten jeden Krümel aus den Ecken, um den Zeitpunkt rauszuschieben, an dem sie sich verabschieden mussten. Himmel! Schröder presste sich das Kissen auf die Ohren. Die Aussicht, Julia mit all ihrem Gepäck an Erwartungen wieder zu begegnen, störte seinen Schlaf. Warum hatte er ihr Hilfsangebot nicht entschieden abgelehnt? Er hätte den Laden zusperren können, um auf die Suche nach Peter Gerlach zu gehen. Auf die Suche nach dir selbst, du alter Esel. Er hatte nicht vor, nach irgendjemandem zu suchen. Der Vorschlag war aus einem sentimentalen Impuls heraus entstanden. Schlichte Überforderung. Er hatte Julia nur irgendwie trösten wollen und nun hatte er den Salat. Ein Beweis mehr für seine Überzeugung, dass er sich Menschen am besten vom Leibe hielt.

Es gab keinen Grund, warum er nach sich selbst suchen sollte. Er hatte offensichtlich Ereignisse seines Lebens vergessen. Das war sein gutes Recht. Aus und basta! Und keinen ging das etwas an!

Und Isabelle? Wieso hatte sie das Foto fünfzig Jahre lang aufgehoben? Er holte sich das Bild des jungen Paares vor Augen und sah es in Flammen aufgehen. Er hatte ebenfalls einen Abzug besessen, wusste er plötzlich. Und er hatte ihn verbrannt. Schröder wälzte sich auf die Seite, kniff die Augen zu, wollte schlafen, träumen, denn er vergaß Träume, sobald er aufwachte. Doch das Bild, das sich ihm aufdrängte, war kein Traum. Er hatte das gleiche Foto zusammen mit einer Zeichnung, einer mit schnellen Strichen skizzierten Toskana-Landschaft, zerknüllt und in der Küchenspüle in Brand gesteckt. Schröder hatte in die Flammen gestarrt, bis die Fotografie des Liebespaares zu Asche geworden war. Dann hatte er den Koffer genommen und die Louisenstraße 13 verlassen, war per Anhalter zum Flughafen gefahren und mit dem ersten Flugzeug irgendwohin geflohen.

Schröder boxte sich das Kissen zurecht und verwünschte die aufdringlichen Fragen einer Isabelle, in die er, wie er sich eingestehen musste, vor episch langer Zeit verliebt gewesen war. Was wollte sie von ihm?

»Der letzte Wunsch einer Sterbenden«, murmelte er verächtlich in das Kissen. »Wie dramatisch!« Wieder wälzte er sich rum, zog seine Decke zurecht. Er musste feststellen, dass das mit dem letzten Wunsch funktionierte. Wie konnte er das der Frau abschlagen? Er, der sensible Erinnerungen fremder Familien in seinem Haus aufbewahrte. Er, der erlebte, was Erinnerungen bei den Menschen bewirkten, die sie bei ihm lagerten, und bei denen, die sie abholten. Gefühle, Meinungen und Haltungen bewegten sich, lösten sich auf, wuchsen empor.

»Also gut! Ich werde es tun«, brummte er vor sich hin. »Ich werde Julias Großmutter besuchen. Aber erst, wenn ich mich an Isabelle erinnere und daran, was mit uns passiert ist, und daran, warum ich das alles nicht mehr weiß.« Isabelle hatte es offensichtlich nicht vergessen. Im Gegenteil, sie wärmte die Brühe am Ende ihres Lebens wieder auf. In einer solchen Situation, dachte man da nicht an die wirklich wichtigen Menschen seines Lebens? War er für sie so einer gewesen? Wieso konnte er sich, verflixt und zugenäht, nicht daran erinnern?

Um endlich einschlafen zu können, gab Schröder zu, dass es hilfreich sein könnte, dass Julia morgen in den Laden kam. War sie nicht so etwas wie ein Erinnerungsstück? Allerdings, stellte er bitter fest, hatte er keine Wahl, anders als seine Kunden, die entscheiden konnten, ob sie sich mit Erinnerungen konfrontierten oder nicht. Schließlich war Julia unangekündigt und ohne Einladung in seinen Laden spaziert. Und das machte ihn ziemlich wütend.

Kapitel 5

»Es tut mir leid, aber Ihre Großmutter hat mich gebeten, Ihnen auszurichten, dass sie heute nicht besucht werden will«, erklärte die Pflegerin des Elisabeth-Stifts mit professioneller Höflichkeit.

Julia beendete das Gespräch und warf das Handy aufs Sofa. Heute war also Chemotag. Ein Schwarm medizinischen Personals würde sich mit Oma Belle beschäftigen. Sie würden mit Fachbegriffen um sich werfen, deren Bedeutungen Julia die Kehle zuschnürten. Die Anzahl derartiger Termine häufte sich. Die Lage wurde ernster, der Tod realer. Genau für solche Tage hatte sie alle Termine und Aufträge abgesagt. Sie wollte Oma Belle zur Seite stehen, wenn es ihr schlecht ging. Doch diese hatte unmissverständlich klargestellt: »Ich will bei der Prozedur ungeniert in die Nierenschale kotzen und mich über die Schmerzen beklagen. Das geht nicht, wenn du dabei bist.«

Julia packte ihren Rucksack und machte sich zu Fuß auf den Weg durch die Stadt zur Galerie Habicht & Klausner. Sie brauchte dringend Ablenkung von der Vorstellung, wie ihr Leben ohne Oma Belle funktionieren sollte. Ohne einen Ort, an den sie von ihren Reisen nach Hause kommen konnte. Denn dieser Ort war nicht bei ihrer Mutter, schon gar nicht bei ihrem Vater und eine stabile Beziehung mit einem Mann gab es auch nicht. Julia hatte Freunde auf der ganzen Welt. Bei denen war sie stets willkommen, aber ein Gast.

Julias Mutter, Prof. Dr. Dr. Nicole Pfeiffer, war eine erfolgreiche Biochemikerin, die sich unter der Laborlampe wohler fühlte als im Sonnenlicht. Von Beginn an war ihr Kind für sie ein Rätsel gewesen. Sie verstand nicht, wieso Julia lachte oder weinte. Wünsche und Träume und die Wut der jugendlichen Tochter hielt sie für völlig absurd.

Julia kaufte sich einen Becher Kaffee und setzte sich auf eine Bank in der Fußgängerzone. Warum liefen genau in so einem trübseligen Moment lauter Mutter-Tochter-Paare an ihr vorbei? Ihre Mutter hatte weder Zeit noch Lust gehabt, mit ihr durch die Stadt zu streifen. Sie wusste mit Gesprächsthemen wie Mode, Musik, Freundinnen oder Liebeskummer nichts anzufangen, dafür redete sie mit Julia ausgiebig über die Entwicklung von Zellstrukturen und Mikroorganismen. Dabei handelte es sich eher um Vorträge als um Gespräche. Julia hatte irgendwann in der späten Jugend verstanden, dass ihre Mutter den Anforderungen eines Kindes ratlos gegenüberstand. So war sie nun einmal. Sie hatte sich bemüht, hatte gute Schulen und das Internat bezahlt, hatte den Kontakt zu Konrad gepflegt, obwohl sie ihn nicht besonders leiden konnte, hatte immer für eine Betreuung gesorgt, wenn sie bis spät in die Nacht über Petrischalen, Reagenzgläsern und Mikroskopen brütete. Für den Rest hatte Julia Oma Belle gehabt. Und das war auch völlig in Ordnung gewesen. Aber jetzt starb Oma Belle und Julia wünschte, sie wäre allein mitten in der Savanne Kenias, wo die Einsamkeit weniger schmerzhaft war als in dieser Stadt.

Als Julia einen Platz überquerte, beobachtete sie eine Gruppe Jugendlicher, die Sprünge mit dem Skateboard übten. Julia zog eine kleine Digitalkamera aus der Tasche, stellte manuell die Werte ein und hielt sie bereit. Sie würde genau ein Foto machen, keine zehn hintereinander bei denen vielleicht eines brauchbar wäre. Mit dem Jägerblick einer Fotografin auf den richtigen Moment zu warten, das war genau der Kick, den sie jetzt brauchte. Der Schnappschuss gelang. Der Junge hoch konzentriert, Beine an den Körper gezogen und das Brett drehte sich unter ihm. Ein Glücksmoment, den Julia nicht für sich behalten wollte. Sie ging zu dem Skater und zeigte ihm die Aufnahme seines Sprungs. Sie sendete die Daten an sein Handy und verabschiedete sich, während der Jugendliche das Foto stolz seinen Freunden zeigte.

Gerlinde Klausner war eine erfahrene Galeristin für Fotografien. Sie kommentierte Julias Bilderstrecke vom Verkehrschaos in Hanoi sachkundig und mit Enthusiasmus. Normalerweise hörte Julia genau hin, wenn jemand über ihre Fotos redete. Vor allem wenn es sich um eine international bekannte Koryphäe im Bereich Fotokunst wie Klausner handelte. Während sie mit ihr vor der Leinwand stand, auf die ihre Fotos projiziert wurden, machte sie sich bewusst, dass es einer Auszeichnung gleichkam, von Klausner überhaupt bemerkt zu werden. Doch es half nichts. Ihre Gedanken klebten an einem mürrischen Antiquitätenhändler. Schröder hatte ihr die Suche nach Peter Gerlach aus der Hand genommen, sie praktisch in die Warteschleife gestellt. Das würde sie ändern. Es ging schließlich um Oma Belle. Die Zuständigkeit für die Suchaktion lag eindeutig bei ihr.

»Sie sind nicht ganz bei der Sache, Julia«, bemerkte die Galeristin freundlich. »Das kenne ich bei Künstlern. Die kritische Betrachtung ihrer Werke macht sie oft nervös.«

»Nein, das ist es nicht«, erwiderte Julia.

Klausner zog die Augenbrauen über den schwarzen Rand ihrer Brille. »Was geht Ihnen im Kopf herum, Julia? Juckt Sie schon wieder das Reisefieber?«.

»Eine private Sache«, antwortete Julia, das Foto eines überfüllten Zuges zwischen den Häusern von Hanoi betrachtend. Wenn Klausner mit analytischem Blick ihre Fotos sezierte, dann war das in Ordnung. Wenn sie allerdings als Lebensberaterin fungieren wollte, biss sie bei Julia auf Granit.

»Ein Mann?« Klausner klatschte in die Hände, als hätte sie

einen Treffer gelandet. »Natürlich. Sie haben das richtige Alter, um langsam sesshaft zu werden.«

»Dazu brauche ich keinen Mann. Wenn ich sesshaft werde, dann, weil ich es so möchte.«

»Ja, und das *Möchten* löst meist eine Liebesgeschichte aus«, sagte Klausner, die ihren Blick verschärfte, indem sie den Kopf leicht zur Seite neigte. »Was ich mich frage, ist, wie man so leben kann wie Sie. Immer unterwegs. Wenn Sie irgendwo sind, ist das nächste Ticket schon gebucht. Ehrlich, das Leben eines Verbrechers auf der Flucht sieht nicht anders aus. Gauben Sie nicht, dass Ihnen irgendwann die Puste ausgehen wird? Dann brauchen Sie einen Platz, wo Sie Wurzeln schlagen können.«

»Ich weiß«, erwiderte Julia schärfer als beabsichtigt. »Das behaupten sesshaft lebende Menschen meistens. Ich weiß nicht warum. Sind Sie neidisch auf die Freiheit, die ich habe? Unterwegs lebt es sich für mich auf jeden Fall besser als an einer Stelle festgepflanzt.« Sie sah auf die Uhr und stellte erleichtert fest, dass sie gehen musste, um auf jeden Fall pünktlich in Schröders Laden zu sein.

»Entschuldigen Sie«, sagte Klausner. »Ich wollte Ihnen nicht zu nahe treten.«

Julia packte ihre Unterlagen in den Rucksack, schwang ihn auf den Rücken, und bevor sie sich zur Tür wandte, sagte sie: »Sind Sie nicht.« Und fast hätte sie weitergeredet und zum tausendsten Mal jemandem erklärt, dass ihre Lebensweise kein Symptom einer ernsthaften Krankheit war und dringend korrigiert werden müsse. Sie hasste das. Vor allem, weil sie immer die Skepsis in den Mienen derer sah, die verständnisvoll nickten und dann behaupteten, sie würden das Reiseleben ja auch ganz toll finden. Taten sie nicht! Ihr Vater nicht, ihre Mutter nicht und die meisten ihrer Freunde auch nicht. »Feigling«, hatte Carry aus New York sie mal genannt. Danach hatte Julia den Kontakt zu ihr abgebrochen.

Als Julia Schröders Laden betrat, wartete Patrick auf sie. Er drückte ihr den Schlüsselbund in die eine und einen Staubwedel in die andere Hand. »Schröder ist schon weg und ich habe einen Gerichtstermin. Im Hausgang steht der Besenschrank. Da findest du alles, was man sonst noch zur Staubbekämpfung braucht«, erklärte er.

Julia betrachtete ihn kritisch von oben bis unten.

»So gehst du zu einem Gerichtstermin?«

»Du meinst ohne Sakko und so?«

»Ich meine, so mit ausgebeulter Jeans, alten Sneakers und einem ausgewaschenen Poloshirt. Damit machst du deinem Gegner keine Angst.«

»Erstens habe ich es nicht nötig, meinen Gegner mit dem Glanz meiner Rüstung Angst einzujagen, das erledigen meine Argumente, und zweitens ziehe ich eh diesen schwarzen Gerichtsfetzen über«, konterte Patrick, zwinkerte ihr zu und Julia gab sich lachend geschlagen. Sie sah Patrick hinterher, als er den Laden verließ, auf sein Rennrad stieg und davonfuhr. Wie leicht es war, mit diesem Mann Wortgefechte auszutragen. Er hatte Humor, nahm aber seine Arbeit oder seine Sorge um Schröder sehr ernst. Das gefällt mir, dachte Julia und rüstete sich mit Staubwedel und Lappen aus.

Die folgenden Stunden verbrachte sie damit, mit dem Staublappen über Figuren aus Holz, Porzellan und Bronze, über Lampenschirme, Dosen, Kannen und Schalen zu wischen, sie säuberte Flächen und Verzierungen und schüttelte Decken und Kleider aus. Als sie hinter der Verkaufstheke angekommen war, die alte Registrierkasse abgestaubt und das Kassenbuch von 1986 durchgeblättert hatte, wusste sie nicht, was sie noch tun konnte. Sie hätte gern mehr getan, zum Beispiel das Schaufenster neu dekorieren oder die Kleider und Stoffe anders ordnen, doch das wagte sie nicht. Das könnte Schröder in den falschen Hals kriegen und das wollte sie auf jeden Fall vermeiden. Schließlich könnte er mit ersten Anhaltspunkten zu dem Verbleib von Peter Gerlach nach Hause kommen und ihr alles erzählen. Dass sie überhaupt Lust hatte, den Laden zu verschönern, erstaunte sie. Wäre sie in einer ähnlichen Situation in einer Stadt irgendwo auf der Welt, hätte sie diesen Impuls sicher nicht. Normalerweise war sie Beobachterin, weder berechtigt noch interessiert, einzugreifen. Was war an der Louisenstraße anders als auf einer Farm in Australien oder in einer Bar in der Altstadt von Lissabon? Lag es an den alten Möbeln und Gegenständen, deren Geschichten Schröder angeblich kannte? Ähnelte das nicht ihrer Art zu fotografieren? Mit ihren Fotos fing sie Geschichten ein, und auch mit deren Entstehung waren Geschichten verbunden. Sie stellte den silbernen Kerzenleuchter, Zeuge einer unglücklichen Liebesgeschichte, auf die Theke und überlegte, welche Kameraeinstellung den Leuchter und seine Geschichte in einem Bild zusammenführen würde. Doch die Ideen blieben aus. Wie lange musste sie noch auf Schröder und seine Neuigkeiten warten? Julia setzte sich Kopfhörer auf und schaltete die Playlist mit klassischer indischer Musik an. Die Melodien der Sitar und Bansuri und Rhythmen der Tabla machten Julia das Warten einigermaßen erträglich.

Kapitel 6

Von dem Linienbus 57 wechselte Schröder in die Straßenbahn Richtung Hohe Heide, dort in den Bus Nummer 5, der durch die engen Straßen eines Wohngebiets kurvte. Da er nun dem Schulddruck gegenüber einer sterbenden Frau nachgegeben hatte und Licht in die Dunkelkammer seines Gedächtnisses bringen wollte, war er gezwungen gewesen, das Haus zu verlassen. Denn in der Louisenstraße 13 gab es nichts, was ihm helfen konnte, sich an die Ereignisse unmittelbar vor seiner Abreise nach Argentinien zu erinnern. Er war vor 35 Jahren mit demselben Koffer in das leere Haus zurückgekehrt, mit dem er aufgebrochen war. Vielleicht sollte er sich von einem Psychotherapeuten hypnotisieren lassen, dachte er, während er auf den nächsten Bus wartete. Dann wäre die Geschichte schnell erledigt. Er wüsste, worum es ging, und könnte den Besuch bei Isabelle hinter sich bringen.

Schröder hatte seine Kappe tief in die Stirn gezogen und eine Zeitung in der Hand. Das sollte reichen, um Leute davon abzuhalten, ihn anzusprechen. Meistens sah er aus dem Fenster. Er war auf der Suche nach Straßen, Häusern, Plätzen, bei denen es in ihm klick machte. Dabei kam er sich wie ein Tourist vor. Er erkannte wenig von der Stadt, in der er aufgewachsen war. Hier ein Park, in dem er nach der Schule mit Freunden Fußball gespielt hatte, dort das Kaufhaus, wo seine Mutter ihm den Anzug für die Abiturfeier gekauft hatte. Dort ein Haus, das von der Gerlach Bau errichtet worden war, und zwei Straßen weiter der Altbau, bei dem er als Maurer bei der Renovierung mitgearbeitet hatte. Was hatte er nach dem Abitur gemacht? Der Großauftrag »Konradsiedlung« fiel ihm ein. Sein Bruder hatte ihn an Land gezogen. Sie bauten eine ganze Wohnsiedlung im Stadtosten und er hatte Vollzeit mitgearbeitet.

Schröder fuhr mit dem Taxi in die Konradsiedlung und spazierte zwischen den Mietshäusern. Eine gute Zeit war das gewesen. Er hatte gut verdient, die Gerlach Bau stabilisierte sich und sein Bruder wurde unumstritten Chef der Firma. Doch das waren nicht die Erinnerungen, nach denen er suchte. Das mit Isabelle musste später gewesen sein. Wieder beim Hauptbahnhof angekommen, fiel sein Blick auf die Anzeige eines Busses »Universität«. Kurzentschlossen stieg er ein.

Der modern komponierte Betonbau der Uni stand noch genauso da, wie Schröder ihn in Erinnerung hatte. Damals war er ein architektonisches Vorzeigeprojekt gewesen, der Beton hellgrau, ohne die Spuren, die Witterung und Stadtluft hinterlassen. Die Bäume waren schmächtig und die jungen Leute anders gekleidet gewesen. Damals waren sie ein Gemisch aus konservativen Hemdträgern und langhaarigen, als Kommunisten beschimpfte Hippies. Nicht so einheitliche Jeansträger wie heute. Als er auf den Haupteingang zuging, wurden seine Hände feucht. Diesen Weg war er oft gegangen. Wohin? Natürlich in die Räume der Fakultät Kunstgeschichte. Schröder orientierte sich am Lageplan und folgte den Wegweisern. Die Luft in den Gängen stockte verbraucht. Die Aushänge waren mit Plakaten und Anzeigen zugeklebt, die Cafeteria im zweiten Stockwerk hatte es damals noch nicht gegeben. Er durchstreifte das Gebäude und fühlte sich vertraut mit dem Grau der Türen, dem Klang der Schritte, dem Licht der Neonröhren. Er folgte den Schildern in die Bibliothek und wanderte durch den großen Lesesaal. Er suchte und fand in den Regalreihen einige Bildbände über italienische Maler der Renaissance. In Italien war das Foto mit Isabelle aufgenommen worden. Waren sie dort gewesen, um bestimmte Gemälde zu sehen? Er blätterte die Bücher durch und betrachtete Abbildungen von Giovanni Bellini, Sandro Botticelli. Über Raffael von Michelangelo hatte er damals eine Arbeit geschrieben. Schröder erinnerte sich, wie wütend er über die schlechte Benotung des Professors gewesen war. »Dieser reaktionäre Spießer hat doch keine Ahnung!«, hatte er geschimpft. Mit wem hatte er da geredet? Mit Isabelle? Verärgert klappte Schröder das Buch zu. Es wollte ihm nicht einfallen. Sein nächstes Ziel waren die Kellerräume. Dort waren die Büros der Studentenvertretungen untergebracht gewesen. Wenigstens daran konnte er sich erinnern. Er musste lächeln, als er in den fensterlosen Gängen die Beschriftungen an den Türen las. Sie wiesen Räume für Studentenorganisationen jeder Fachschaft und von rechts- und linksorientierten politischen Richtungen aus. Die Kammer mit dem Kopiergerät war damals ein Lager für Büroartikel gewesen. Eine der Türen war nur angelehnt und Schröder hörte, wie in dem Raum diskutiert wurde. Er verstand nicht, worum es ging, wusste nur, dass er selbst ebenso hitzig und unnachgiebig debattiert hatte. Und dann hörte er Isabelle, wie sie ein Plädoyer für den feministischen Kommunismus probte, das sie in der AStA-Vollversammlung halten würde. Sie wusste, sie musste jedes Argument messerscharf formulieren, um ihre meist männlichen Kommilitonen wenigstens kurzfristig zum Nachdenken zu bringen.

»Sie werden sowas von darüber nachdenken, Belle«, hatte Peter Gerlach neckend gesagt. »Aber ich glaube, es sind nicht deine Worte, die sie beeindrucken werden.«

Isabelle hatte lauthals gelacht. So war sie, selbstironisch, humorvoll, kämpferisch und wunderschön.

Schröder drückte zu fest auf den Liftknopf. Er klemmte und er schlug mit der Faust dagegen, bis er sich löste. Er musste raus, an die frische Luft. Eilig steuerte er den nächsten Ausgang an und als er sich umsah, stockte ihm der Atem. Das vierstöckige, langgezogene Haus auf der anderen Straßenseite kannte er. Jan. Jan Roller, der Jurastudent. Sein bester Freund. Er hatte in diesem Studentenwohnheim gewohnt. Schröder starrte auf die Fassade, an der sich ein kleiner Balkon an den anderen reihte und hörte Jans Stimme.

»Peter, wenn du nicht mehr wie ein Arbeiter vom Bau aussehen willst, sondern wie ein Student, dann musst du dir einen Bart wachsen lassen!« Sie hatten in den Spiegel gesehen und eine Wette abgeschlossen. Wer nach zwei Monaten den längeren Bart haben würde, sollte dem anderen einen Abend in der Lieblingskneipe finanzieren. Sie hatten sich rasiert und ... Wer hatte gewonnen? Schröder wankte zu einer Bank und setzte sich. Was ihm den Atem raubte, war Jan, der vor ihm auf dem Rasen lag. Aus seiner Brust quoll Blut, er röchelte und Peter, unfähig sich zu bewegen, starrte auf den Freund. War Jan tot?

»Kann ich etwas für Sie tun?« Ein junger Mann beugte sich zu Schröder.

»Taxi«, murmelte Schröder.

»Ich rufe Ihnen eins.«

Schröder nickte und spürte, wie sich kalter Schweiß auf seiner Stirn bildete. Der junge Mann wartete neben ihm, bis das Taxi kam und Schröder eingestiegen war.

Auf der Fahrt beruhigte sich Schröder. Und dann sah er Julia. Sie stand auf einer Leiter vor dem Schaufenster seines Ladens und rubbelte mit einem schäumenden Schwamm den Schmutz von der Scheibe.

»Hey!«, rief Schröder wütend, noch bevor er aus dem Taxi gestiegen war. »Was soll das! Lass das, sofort!«

Julia sah ihn erschrocken von oben an. »Das Fenster braucht aber dringend ...«

»Nichts!«, blaffte Schröder »Das Fenster ist völlig in Ordnung, so wie es ist.«

Mit der ausgestreckten Hand forderte er die Übergabe des Putzeimers.

»Aber so sieht doch keiner, wie schön dieser Laden ist«, hielt Julia dagegen, während sie von der Leiter stieg.

»Ist nicht nötig«, sagte Schröder.

»Es tut mir leid, ich dachte ...«, sagte Julia.

»Zuviel Licht bleicht die Stoffe aus«, schnauzte Schröder, betrat den Laden und stapfte den Gang entlang. »Und wer etwas aus dem Laden braucht, der kommt rein. Auf die anderen kann ich verzichten. Diejenigen, die den Laden nur betreten, um sich an der Schönheit der Dinge zu erfreuen, stehlen mir die Zeit.«

Als er im Hausgang stand, registrierte er, wie Julia die lange Leiter hinter ihm durch den Laden balancierte. Konnte sie sich nicht einfach in Luft auflösen? Er stieg die Treppe in den ersten Stock rauf, zog den Schlüsselbund aus der Tasche und schloss eine der beiden Wohnungstüren auf. Im ersten Zimmer rechts knipste er das Licht an. Schröder ließ seinen Blick über die Regale voller Erinnerungsstücke schweifen. Dann griff er nach den ersten Stücken in der Nähe der Tür. Mit einem Holzkästchen, einer ledernen Schultasche und einem silbernen Jugendstil-Bilderrahmen ging er wieder runter, drängte sich an Julia vorbei, die den Putzeimer in den Wandschrank räumte, und marschierte über den Hof in die Werkstatt. Er hatte für heute genug!

»Hast du etwas erreicht?« Julia tauchte mit zwei Bechern Tee vor dem Werktisch auf. Einen stellte sie vor Schröder ab. »Wegen Gerlach, meine ich.«

»Schon klar. Wenn es so weit ist, sage ich es dir«, antwortete Schröder, den Blick auf das vor ihm stehende Holzkästchen geheftet. Er hörte, wie sie in den Tee pustete, als wollte sie einen Zimmerbrand ausblasen.

»Wie geht es deiner Großmutter?«, fragte er grimmig.

»Nicht so gut. Heute ist Chemotag.«

»Tut mir leid.« Damit war eigentlich alles gesagt und sie konnte gehen, dachte Schröder, während er mit einem feingekörnten Sandpapier sachte über den Deckel des Kästchens fuhr.

Doch Julia setzte sich auf einen Hocker.

»Ich kann nicht einfach hier rumsitzen und warten, bis du mir etwas sagen kannst!« Sie schwang den Becher durch die Luft und vergoss die Hälfte des Tees.

Schröder reichte ihr einen Lappen.

»Sag mir, wie ich dir helfen kann!«, forderte sie, während sie die Pfütze aufwischte.

»Nichts! Du kannst nichts tun«, antwortete Schröder scharf. »Du hast deinen Teil getan«, murmelte er vor sich hin.

»Was?« Julia beugte sich vor. »Was hast du gesagt?«

»Nichts«, brummte Schröder. »Wenn du in meiner Werkstatt bleiben willst, dann fällt kein Wort mehr über den Gerlach. Verstanden?«

Schweigen. Julia stand auf und schritt an den Regalen entlang, auf denen die Objekte standen, die auf ihre Behandlung warteten. Schröder konzentrierte sich auf die Kiste aus Rosenholz, auf deren Deckel Ornamente mit Perlmutt eingelassen waren. Unter dem leichten Druck des Schleifpapiers löste sich der brüchige Lack. Schröder spürte Julias Schweigen im Nacken. Er brachte es nicht über sich, sie rauszuwerfen, aber ignorieren konnte er sie auch nicht.

»Willst du die Geschichte dieses Schmuckkästchens hören?«, fragte er und deutete auf den Hocker.

»Geht sie gut aus?«, wollte Julia wissen, als sie sich setzte.

»Weiß nicht. Ist noch offen. Wenn eines Tages jemand kommt und sie abholt, würde ich sagen, dass die Geschichte gut ausgegangen ist.«

Er wechselte vom Schleifpapier zu einem weichen Lappen.

»Eine ältere Frau brachte dieses Kästchen vor Jahren«,

erzählte er, während er in kleinen Kreisen über die Seiten des Kästchens rieb.

» Das Schmuckkästchen bringe ich stellvertretend für den ganzen Hausstand, den ich und meine Familie besitzen. Dazu gehören wertvolle Gemälde, Schmuck und Antiquitäten. Dass wir diese Wertsachen noch besitzen, verdanken wir einer Russin, die als Zwangsarbeiterin in unserem Haushalt arbeiten musste. Sie hieß Olga, den Nachnamen weiß ich nicht mehr. Meine Eltern waren während des Dritten Reichs einflussreiche Parteimitglieder bei der NSDAP. Und so war es für sie leicht, 1942 eine Frau als Zwangsarbeiterin zugeteilt zu bekommen. So sparten sie sich den Lohn für eine deutsche Haushälterin. Es ist nicht leicht das zuzugeben, aber so war es nun einmal. Mein Vater musste bald darauf an die Front. Meine Mutter hielt die Familie und den Besitz zusammen. Das tat sie unerbittlich. Sie misstraute Olga und drohte ihr ständig, sie ins Lager zurückzuschicken. Dann ging alles den Bach runter. Bombennächte, Feuer, Zerstörung und die ständige Angst, verschüttet oder getötet zu werden. Wenn Mutter sich mit uns in dem Luftschutzkeller in Sicherheit brachte, befahl sie Olga in der Wohnung zu bleiben, damit niemand auf die Idee kam, sie leerzuräumen. Plünderungen waren an der Tagesordnung. Dann marschierten die Amerikaner in die Stadt ein und Mutter bekam die Nachricht, dass sie über Nacht die Wohnung räumen müsse, weil sie als Unterkunft für amerikanische Offiziere vorgesehen war. Mutter war außer sich. Sie konnte sich vorstellen, was die Besatzer mit den wertvollen Kunstgegenständen machen würden.

Da ging Olga zu meiner Mutter und sagte: »Gehen Sie ruhig mit Ihren Töchtern zu Ihrer Schwester. Ich bleibe in der Wohnung. Ich bin Russin, Alliierte, mich können sie nicht rausschmeißen. Ich passe auf Ihre Schätze auf.«

Genau so hat sie es gemacht. Und wegen Olga, der Zwangsarbeiterin, die bei Mutter nichts zu lachen hatte, haben wir noch all diese schönen Dinge und Wertsachen.«

Während Schröder redete, polierte er ununterbrochen die Oberfläche des Rosenholzes. Eine Zeitlang herrschte Stille in der Werkstatt. Nur das Schaben des Kästchens auf der Werkbank war zu hören, wenn Schröder es ein Stück drehte.

»Warum hat sie die Kiste zu dir gebracht?«, fragte Julia leise.

»Die Kundin begann, Dinge zu vergessen, und sie fürchtete, sie würde dement werden. Diese Begebenheit aus ihrer Familiengeschichte wollte sie auf diese Weise unvergesslich machen. Aber sie schämte sich sehr für ihre Eltern und ihre Haltung gegenüber den Nationalsozialisten. Deshalb hat sie Olgas Geschichte ihren Kindern noch nicht erzählt.«

Als Schröder in dem Regal neben sich nach einem geeigneten Pflegemittel für das Rosenholz suchte, trat Julia an die Werkbank und strich mit den Fingern über die Ornamente auf dem Deckel des Kästchens.

»Da fehlt ein Stück Perlmutt. Wirst du das ersetzen?«, fragte sie.

Schröder setzte sich und stellte einen Tiegel Bienenwachs auf den Tisch.

»Nein. Je mehr man an den alten Dingen repariert, desto weniger sind sie danach dieselben. Das hier ist ein Erinnerungsstück. Ich belasse die Schäden, mit denen sie mir übergeben werden. Diese Lücke im Muster gehört zu der Erinnerung der Kundin.

Ich achte nur darauf, dass die Lücke nicht größer wird. Bei Erinnerungsstücken halte ich den natürlichen Verfall auf. Anders als beim Restaurieren von alten Möbeln oder Gegenständen.«

»Welche Dinge sind Erinnerungsstücke? Was soll das sein?«, fragte Julia.

Schröder erzählte vom Bewahren der Erinnerungen anderer Leute, vom Lagern und Pflegen der Gegenstände, an die diese Erinnerungen gebunden waren.

»Und du schreibst die Erinnerungen nicht auf? Sprichst du sie auf ein Aufnahmegerät?«, fragte Julia erstaunt.

Schröder schüttelte den Kopf.

»Du behältst alle Geschichten im Kopf? Wirklich? Hat Patrick gestern nicht etwas von einer Wohnung voller Geschichten gesprochen?«

»Ja, oben ist die eine voller Erinnerungsstücke«, gab Schröder zu, wobei er sich plötzlich wie ein Kauz vorkam.

»Puh«, machte Julia. »Unglaublich. Wieso schreibst du die Erinnerungen nicht auf?«

Schröder zuckte mit den Schultern und nahm mit einem Spachtel eine Portion Bienenwachs aus dem Tiegel.

»Klingt vielleicht lächerlich und ich kann es nicht beweisen«, gab Schröder verlegen zu. »Aber erzählte Erinnerungen bleiben lebendig. Abgelegte Erinnerungen stauben ein.«

Julia dachte eine Weile darüber nach und zog schließlich ihre Digitalkamera aus der Tasche.

»Darf ich dich dabei fotografieren?«

»Wobei?«

»Wenn du auf diese Art arbeitest. Mit den Geschichten der Gegenstände. Du strahlst dabei auf eine ganz eigene Art.«

»Weiß nicht«, meinte Schröder skeptisch.

»Bitte«, sagte Julia lächelnd mit großen Augen. »Auf diese Weise schaffe ich mir meine Erinnerungsstücke. Ich fotografiere.«

Schröder lachte leise vor sich hin und nickte.

Julia hob die Kamera an und machte zwei Aufnahmen mit unterschiedlichen Einstellungen.

Schröder war an der Reihe, das Abendessen zu kochen. Er bereitete den Nudelauflauf vor und als er ihn in den Ofen schob, betrat Patrick die Küche. Er sah sich um und fragte, ob Julia da sei. Schröder schüttelte den Kopf und setzte sich an den Tisch. Er wusste, was Patrick jetzt sagen würde.

»Was läuft da, Robert? Im Gegensatz zu Julia kannst du mich nicht täuschen. Du bist der Mann auf dem Foto. Du bist Peter Gerlach. Hast du das Julia inzwischen gesagt?«

Schröder schüttelte den Kopf, öffnete eine Flasche Bier und goss sich ein Glas voll.

»Warum nicht?«

Patrick holte sich ebenfalls ein Bier aus dem Kühlschrank und setzte sich zu Schröder an den Tisch.

»Warum lebst du überhaupt mit zwei Namen?«, bohrte er weiter und: »Was verheimlichst du?« Und: »Hast du in Argentinien deinen Namen geändert oder schon bevor du ausgewandert bist?«

Schröder atmete tief durch. »Bin ich auf der Anklagebank oder im Zeugenstand, Herr Anwalt?«, fragte er mürrisch.

»Ich weiß es nicht. Sag du es mir! Warum ändert man seinen Namen? Weil man etwas zu verbergen hat?«

Schröder setzte sein Glas ab.

»Ich habe immer gedacht, ich sei weggegangen, weil ich mich mit Anton heillos zerstritten hätte. Ich weiß, wir haben viel gestritten, wir waren einfach so unterschiedlich. Er so pflichtbewusst, er der Chef der Baufirma, ich der Schöngeist, der Kunstliebhaber, derjenige, der raus wollte aus dem Korsett einer Handwerksfirma«, antwortete er. »Ich änderte den Namen in

Argentinien, ziemlich bald, nachdem ich angekommen war. Ist nicht schwer dort als Deutscher. Es gibt haufenweise gefälschte Identitäten und ein Netzwerk von Leuten, die einem eine neue basteln können. Ich weiß noch, dass ich damals sehr wütend war. Ich wollte einen Neuanfang, einen Strich unter meine Herkunft machen. Ich schob es auf meinen Bruder.« Schröder stierte aus dem Fenster und sah dennoch nur den blutüberströmten Freund vor sich. »Aber ich bin mir jetzt nicht mehr sicher.«

»Wie kannst du das vergessen? Hast du eine Kopfverletzung gehabt? Amnesie oder so?«, schnaubte Patrick.

»Das Vergessen ist das Gegengewicht der Erinnerung«, entgegnete Schröder ruhig. »Sobald man entscheidet, woran man sich erinnern will, vergisst man den Rest. Vielleicht war es einfach so, dass ich vergessen wollte. Anders kann ich es mir nicht erklären.«

Schröder sah Patrick an und das Erschrecken, der Anflug von Misstrauen in dessen Miene machte ihn wütend. Er schlug mit der Faust auf den Tisch.

»Was glaubst du, geben die Leute bei mir ab? Es sind selten die schönen Erinnerungen voller Lachen und Freude. Meist sind es die, die mit Schmerz, Trauer, Schuld und Scham besetzt sind. Die wollen sie vergessen! Also kannst du dir annähernd vorstellen, was ich erfolgreich aus meinem Hirn gestrichen habe. Ich muss etwas Fürchterliches getan haben.«

Er trank einen großen Schluck Bier und wünschte, es wäre Schnaps, damit diese Sturmwelle an Wut, Angst und Abscheu in ihm gebrochen würde.

»Du bist ein gütiger, warmherziger Mensch, auch wenn du das nicht oft zeigst«, sagte Patrick so nüchtern, als stelle er fest, dass der Auflauf im Ofen appetitlich rieche. »Du hast mich aufgenommen, ohne zu fragen. Hast mir vertraut, einem abgerissenen Jungen von der Straße. Ohne dich wäre ich sonst wo gelandet. Was auch immer du früher in deinem Leben getan hast, kann das nicht ungeschehen machen.«

Schröder stand auf und ging zum Herd, um den Auflauf zu prüfen. Er wollte nicht, dass Patrick merkte, wie sehr ihn diese Worte rührten. Jetzt sollte er von Jan erzählen. Dass er mit einer Kugel in der Brust vor ihm im Rasen gelegen hatte und er nicht wusste, ob er ihn erschossen hatte. Er schaffte es nicht. Er nahm Teller und Besteck aus dem Schrank und trug sie zum Tisch.

»Und wenn du einfach zu Isabelle gehst und sie fragst, was passiert ist?«, fragte Patrick.

»Nein! Bevor ich eine alte Frau besuche, die ihren Tod vor Augen hat und mich unbedingt noch einmal sehen will, muss ich wenigstens eine Ahnung davon haben, was sie von mir will. Was, wenn ich ihr etwas angetan habe?«

»Ihr wart verliebt, zumindest zu der Zeit, als das Foto gemacht wurde.«

»Umso schlimmer!«

Schröder stellte den Auflauf auf den Tisch und setzte sich. Patrick zog einen Laptop aus der Aktentasche.

»Dann, alter Mann«, sagte er, »gehen wir das mal systematisch an.«

»Was meinst du?«

»In dieser Wundermaschine«, sagte Patrick und klappte den Laptop auf, »sind unzählige Erinnerungsstücke gespeichert. Vielleicht finden wir das eine oder andere, was zu der Lücke in deinen Dateien passt.«

»Erst wird gegessen«, maulte Schröder und verteilte den dampfenden Auflauf auf die Teller.

Kapitel 7

Julia hatte mehr erwartet. Mehr Begeisterung und vor allem endlich viel mehr Worte. Aber so wie Isabelle Kellermann-Schäfer vor ihr saß, ahnte sie, dass ihrer Großmutter die Energie fehlte. In einen silberfarbenen Kimono gehüllt, versank sie im Ohrensessel, die Arme auf den Lehnen abgelegt, den Kopf an die Stütze gelehnt. Julia ließ sich nicht anmerken, dass ihr Anblick sie erschreckte. Isabelle hatte immer aufrecht gesessen, mit geradem Rücken, den Kopf dem Gesprächspartner zugewandt. Und jetzt hörte sie sich Isabelle scheinbar ungerührt an, was Julia von ihrer Suche nach Peter Gerlach berichtete. Die Information von Sebastian Gerlach, dass sein Onkel Peter vor Jahrzehnten nach Argentinien ausgewandert war, kommentierte sie mit einem genuschelten »Ach, darum«. Als Julia von der Louisenstraße erzählte, wobei sie fasziniert von Schröders Arbeit mit den Erinnerungsstücken schwärmte, bemerkte Isabelle ebenso unverständlich: »Ach was, das ist ja seltsam.« Die Geschichte über das Holzkästchen rührte sie.

»Hat dieser Schröder auch Bilder in seinem Laden? Vielleicht sogar eine Zeichnung mit einem Toskana-Motiv?«, fragte Isabelle, wobei sie die Ringe an ihrer rechten Hand mit dem Daumen drehte, als wäre ihre Frage nebensächlich.

»Du meinst dein Toskana-Bild, das Gerlach mitbringen soll?«, fragte Julia. »Wie soll dein Bild in Schröders Laden kommen? Nur weil er mit Gerlach bis zum Ende der Schulzeit um die Häuser gestrichen ist?«

»Was?«, fuhr Isabelle erschreckt auf. »Er kannte Peter? Das ist ja …« Sie brach ab, hustete trocken und Julia reichte ihr ein Glas Wasser.

»… ein mehr als unheimlicher Zufall?«, ergänzte Julia. »Tut

mir leid, hätte ich gleich erzählen sollen. Jedenfalls ist der Schröder genauso stur wie du, wenn es um Gerlach geht. Er erzählt kein Wort über ihn. Angeblich weiß er nichts.«

»Hat er mich denn auf dem Foto erkannt?«, fragte Isabelle.

»Ja, schon. Schröder meinte, er sei dir einmal begegnet. Aber ehrlich, dass er einen Schwächeanfall hatte, als er mich sah, spricht nicht dafür, dass er dir nur flüchtig über den Weg gelaufen wäre. Ich sehe dir ja sehr ähnlich. Zu dem Zeitpunkt hat er noch gar nicht gewusst, warum ich in seinen Laden gekommen bin.«

»Du meinst, er hat mich in dir erkannt?«

»Jedenfalls meinte Patrick, sein Ziehsohn, dass Schröder sonst überhaupt nicht dazu neige.«

Isabelle räusperte sich, strich den Kimono glatt und richtete das Kopftuch, als müsse sie einen inneren Gewittersturm nach außen ableiten. Die Meisterin der Contenance rang um ihre Fassung! Julia hätte dies liebend gern ausgenutzt, um Oma Belle zum Reden zu bringen.

»Wie sieht er aus, dieser Schröder?«, fragte Isabelle, wobei ihre Stimme zittrig klang. »Ich kann mich nicht an diesen Namen erinnern.«

Julia zog die Digitalkamera aus der Handtasche und holte das Foto von Schröder auf das Display. Isabelle nahm die Kamera, setzte ihre Brille auf und betrachtete das Bild.

»Der schaut nicht gerade freundlich aus. Eher wie ein grantiger Hinterwäldler. Verhält er sich auch so?«

Julia lachte kurz auf. »Ich würde sagen, du siehst auf dem Foto sein strahlendes Lächeln. Ich glaube, Schröder ist der klassische Typ, bei dem unter der harten Schale ein butterweiches Herz schlägt.«

Isabelle zog die Lippen spitz zusammen und die Stirn in Falten.

»Nein«, sagte sie schließlich und reichte Julia die Kamera. »Ein alter Mann mit einer Marotte, mehr nicht.«

»Du kennst ihn also nicht«, stellte Julia enttäuscht fest und ließ die Kamera in die Tasche gleiten.

»Er kann es gar nicht sein, Liebes«, seufzte Isabelle, wobei sie die Brille abnahm. »Wenn dieser Mann Peter wäre, dann stünde er schon längst in diesem Zimmer.«

Während ihres Spaziergangs durch den Park, bei dem sich Isabelle bei Julia einhakte, blieb sie wortkarg und nachdenklich.

»Geh, mach irgendetwas und lass mir eine Stunde Zeit«, sagte Isabelle, als Julia sie zurück zum Zimmer begleitet hatte. Oma Belle hörte sich an wie früher, wenn sie ihre Enkelin zum Spielen in den Garten gescheucht hatte. Julia lagen etliche Fragen auf der Zunge, doch Isabelle schloss die Tür vor ihrer Nase.

Julia suchte sich einen ruhigen Platz in der Lounge der Villa, öffnete den Laptop und arbeitete an der Auswahl der Bilder für die Galerie. Es fiel ihr schwer, sich auf die Fotos aus der Sahara zu konzentrieren. Was machte Oma Belle in ihrem Zimmer? Polierte sie ihre Geheimnisse, wie Schröder schwarz angelaufene Silberleuchter? Für das Brimborium, das Isabelle und Schröder um ihre Vergangenheit veranstalteten, verlor Julia langsam das Verständnis. Was auch immer zwischen Oma Belle und Peter Gerlach vorgefallen war, was auch immer Schröder darüber wusste – es war fünfzig Jahre her! Ein halbes Jahrhundert! Da sollte man doch meinen, die Dinge wären längst vergeben und vergessen, vom Leben eingelullt und in die Ecke gestellt. Julia klappte den Laptop zu, nahm ihr Smartphone und scrollte durch die eingegangenen Nachrichten. Enttäuscht las sie die von Sebastian Gerlach. Er habe wegen unvorhergesehener Schwierigkeiten auf einer Baustelle ein paar Tage auswärts zu tun. Sobald er zurück sei, würde er die Unterlagen seines Vaters raussuchen. Ein roter Punkt zeigte in der Kontaktzeile von Nicole Pfeiffer eine eingegangene Nachricht an.

Wie geht es Oma Belle? Wie geht es dir? Es muss schwer für dich sein. Soll ich kommen? Willst du reden? Schreib mir, was ich für dich tun kann.

Julia las die Nachricht zweimal. Hatte wirklich ihre Mutter das geschrieben? Kein Irrtum? Was war mit Frau Prof. Dr. Dr. passiert? Sie hatte sogar einen Besuch angeboten, so viel Zeit, die sie nicht im Labor sein würde.

Alles in Ordnung. Mir geht es gut, brauche nichts.

Julia schickte die Antwort reflexartig ab, ohne zu überlegen. Natürlich würde sie Nicoles Angebot nicht annehmen. Sie wusste doch, wie schwer es ihr fiel, sich auf die komplizierten, traurigen Seiten des Lebens einzulassen. Doch kaum bestätigte die App, dass ihre Nachricht angekommen war, bereute Julia ihre Antwort. Schnell schob sie eine weitere Nachricht hinterher.

Danke!

Und dann noch eine:

Melde mich später.

Julia sah, dass ihre Mutter online war. Sie saß sicher auf ihrem Hocker hinter dem großen Labortisch voller Instrumente, Unterlagen und Proben. Sollte sie noch etwas schreiben? Irgendetwas Nettes? Nein. Nicht übertreiben.

Oma Belle saß an einen Berg aus Kissen gelehnt auf dem Bett, als Julia eintrat. Sie deutete auf den Tisch, auf dem ein mit rotem Samt überzogenes Schmuckkästchen und ein mit Siegelwachs verschlossener Briefumschlag lagen. Der Papierkorb neben dem Ohrensessel war voller zusammengeknüllter Briefbögen.

»Ich weiß, Liebes, ich verlange Einiges von dir. Aber glaube mir, wenn es nicht wichtig wäre, würde ich es nicht tun.«

Julia klappte den Deckel des Kästchens auf. In dem Samt steckte ein zierlicher Goldring mit einer aus Brillanten geformten Blüte.

»Puh, der ist wunderschön«, bemerkte Julia, zog den Ring aus der Halterung und streifte ihn andächtig über den Ringfinger.

»Den Ring habe ich einmal geschenkt bekommen«, erklärte Isabelle.

Julia streckte den Arm aus, drehte die Hand mit dem Ring hin und her und schmunzelte.

»Sieht aus wie ein Verlobungsring«, sagte sie. »Ist der von Peter Gerlach? Wäre keine Überraschung, so verliebt, wie ihr auf dem Foto ausseht.«

»Pack den Ring weg!« Isabelle ließ den Kopf in die Kissen sinken. »Interpretier nicht so viel da rein. Es ist einfach ein Ring. Die Geschichte dazu steht in dem Brief.«

»Noch ein Geheimnis?«, fragte Julia. »Oder gehört die Geschichte doch zu Peter Gerlach? Oma Belle, ich wusste nicht, dass du so geheimnisvoll bist.«

»Ja, gut, was soll's! Peter hat ihn mir gegeben. Bring einfach Ring und Brief zu diesem Schröder. Sag ihm, das sei ein Erinnerungsstück. So nennt er doch die Gegenstände mit ihren Geschichten, nicht? Ich kann nicht selbst in den Laden gehen, dazu fühle ich mich zu schwach. Aber so könnte es doch gehen, oder?«

»Und ich nehme an, ich darf den Brief nicht lesen, stimmt's?«

»Deshalb habe ich ihn mit Wachs versiegelt«, erwiderte Isabelle grinsend.

»Oma Belle, erzähl mir doch einfach, was du geschrieben hast. Ich dachte, wir hätten keine Geheimnisse voreinander. Jedenfalls hast du das immer gesagt, wenn du mir Informationen entlocken wolltest.«

»Wenn ich es könnte, dann bräuchte ich nicht dieses Tamtam mit dem Erinnerungsstück machen«, antwortete Isabelle mit brüchiger Stimme. Sie nahm Julias Hand und drückte sie. »Du musst mir glauben. Wenn es nur um mich ginge, wüsstest du längst, worum es geht. Aber die Ereignisse von damals betreffen auch andere, vor allem Peter. In dem Brief steht alles drin. Und falls ich die Sache nicht zu meinen Lebzeiten mit Peter klären kann, dann erfahrt ihr durch den Brief, was damals passiert ist.«

Julia steckte das Schmuckkästchen und den Brief in ihre Tasche. »Ruh dich aus, Oma Belle. Ich bringe den Ring in Schröders Laden und den Brief natürlich auch. Ungeöffnet. Versprochen.«

Sie legte den Quilt über Isabelles Beine und küsste sie auf die Wange. Sie wartete, bis Oma Belle eingeschlafen war, und machte sich dann auf den Weg in die Louisenstraße.

Während sie den Mini die Zufahrt zum Elisabeth-Stift rollen ließ, ging ihr durch den Kopf, dass es überhaupt keinen Sinn machte, sich in der Oma-Belle-Gerlach-Sache über irgendetwas zu wundern. Ihre Großmutter brauchte sie als Botin, um mit ihrer Vergangenheit in Verbindung zu treten. Das war eine eindeutige Jobbeschreibung und sie würde sich daran halten.

Kapitel 8

Schröder wachte auf, bevor der Wecker klingelte. Er hatte gut geschlafen. Das führte er weniger auf einen ausgeglichenen Seelenzustand zurück als vielmehr auf die ungewohnte Biermenge, die er am Vorabend konsumiert hatte. Patrick hatte mit ihm bis zum frühen Morgen in den Wirren des Internets nach Hinweisen gestöbert, die Schröders Erinnerungen in Gang bringen könnten. Dieses Rauf- und Runterscrollen, das Hin- und Herblättern durch zig Seiten Informationen hatten Schröders Geduldsfaden derart angespannt, dass er eine Flasche nach der anderen geleert hatte. Das Ergebnis war trotz Patricks Geschick bei der Recherche zunächst enttäuschend. Was sich vor fünfzig Jahren in der Stadt ereignet hatte, stand nicht einmal in den digitalen Archiven der Lokalzeitung zur Verfügung. Auf den Homepages von Schulen, Universität, Vereinen, Handelskammer und ... und ... und ... fanden sich weder Namen noch Ereignisse, die Schröders Gedächtnis in Gang setzten.

»Tipp mal Jan Roller ein«, schlug Schröder vor.

»Wer ist das?«, fragte Patrick, während er den Namen in die Suchzeile eintippte.

»Ein Freund von damals.«

Es gab eine erschreckend hohe Anzahl von Einträgen zu diesem Namen. Sie überflogen die Bilder und prüften einige Webadressen, in denen ein Jan Roller genannt wurde. Ohne Erfolg.

»Meinst du, er kann dir erzählen, was damals passiert ist?«, fragte Patrick.

»Keine Ahnung. Wahrscheinlich nicht«, antwortete Schröder schulterzuckend.

»Dann nutzen wir doch lieber die Zeit, um nach Isabelle zu googeln«, entschied Patrick.

In der langen Trefferliste klickte Patrick auf die Homepage der Familie Kellermann. In der Chronik waren einige Fotos zu sehen, bei denen sich Schröders Puls erhöhte. Bei einem Bild von der Familienvilla tippte Schröder auf den Monitor.

»Das habe ich mitgebaut«, sagte er so leise, dass Patrick ihn nicht verstand.

»Wie jetzt? Du hast die Villa gebaut?«

»Quatsch! Der Anbau an der rechten Seite ist von uns. Also von Gerlach Bau. Ich habe beim Innenausbau geholfen.«

»Hast du bei der Gelegenheit Isabelle kennengelernt?«, fragte Patrick vorsichtig und vergrößerte das Bild auf dem Bildschirm. Schröder presste die Lippen aufeinander.

»Robert, hallo! Rede mit mir!«, forderte Patrick.

»Nein!«, stieß Schröder verärgert aus, nahm einen Schluck aus der Bierflasche. »Ich kannte sie da schon.« Dann tippte er auf das Foto von Bernhard Kellermann, Präsident des Bankhauses Kellermann und Isabelles Vater. Schröder blies verächtlich Luft zwischen den Zähnen aus.

»Was?«, fragte Patrick sofort.

»Ein arroganter Arsch«, schnaubte Schröder.

»Hey, seit wann redest du denn so?«

»Ist doch wahr! Er war ein kaltschnäuziger, herablassender reicher Ausbeuter.«

»Hört sich an, als hättest du ihn näher kennengelernt«, sagte Patrick im Anwaltston. »Wäre logisch, wenn du mit seiner Tochter ein Verhältnis hattest.«

»Kann sein«, murrte Schröder und tippte mitten auf die Tastatur, sodass das Foto verschwand.

»Stopp!«, protestierte Patrick und schob Schröder vom Laptop weg. »Wir sind hier noch nicht fertig!« Er rief Bernhard Kellermanns Biografie wieder auf. »Er ist am 16. September 1972 bei einem Unfall gestorben. Wann, sagtest du, bist du ausgereist?«

Schröder lehnte sich zurück und verschränkte die Arme vor der Brust. »Einen Tag später«, antwortete er nachdenklich.

»Hast du davon gewusst, als du in den Flieger gestiegen bist?«

»Was geht mich der Tod von dem an?«

»Na, deine Freundin oder dann vielleicht schon Ex-Freundin hat ihren Vater auf tragische Weise verloren. Der erste Impuls wäre doch ihr beizustehen, egal ob Ex oder nicht.«

»Isabelle trösten? Ach was, sie hatte doch ihre Familie und diesen Schnösel Hermann. Hätte ich meine Pläne ändern sollen, nur weil ihr Drecksack von Vater gekriegt hat, was …«

Schröder stand abrupt auf und holte sich eine neue Flasche Bier. Alkohol hin oder her, seine verächtlichen Worte hatten ihn erschreckt. Woher kam dieser Abscheu, den Isabelles Vater in ihm auslöste? Als er sich wieder neben Patrick setzte, füllte ein Porträt der jungen Isabelle den Bildschirm aus. Sie blickte mit einem verschmitzten Grinsen direkt in die Kamera. In Schröders Brust breitete sich etwas Warmes aus. Er erkannte Isabelles Gesichtsausdruck. Im nächsten Moment würde sie ihm vorwerfen zu konservativ zu sein, zu feige, um mit ihr nachts durch die Stadt zu ziehen und provokative Plakate ihrer feministischen Studentenverbindung zu kleben. Schröder spürte Patricks Blick, wollte irgendetwas sagen, fand aber keine Worte. Patrick drückte einige Tasten und das Bild verschwand.

Einen Augenblick später legte er schweigend den Ausdruck von Isabelles Foto auf den Tisch. Dann klickte er weiter in der Familiengalerie. Isabelle mit ihren drei Kindern, im Garten, auf Galas, als Gründerin ihrer Stiftung. Auf den Bildern sah Schröder eine zufriedene, selbstbewusste, herzliche Frau. Isabelle war nicht an seiner Tat zerbrochen, stellte er erleichtert fest. Auch die Fotos mit Isabelle und ihrem Ehemann Hermann zeugten von einer liebevollen Beziehung. Hatte nicht Julia auf seine Frage, ob Isabelle glücklich gewesen sei, spontan mit Ja geantwortet? Dennoch stieß er verächtlich die Luft aus, als er das Hochzeitsdatum der beiden las. 16. Januar 1973.

»Hat mich ja schnell vergessen«, murrte er.

»Du warst doch schon weg, oder nicht? Wusste sie, wo du hingeflogen bist?«

Schröder fuhr abwehrend mit der Hand durch die Luft.

»Mir reicht's«, sagte er, nahm das ausgedruckte Foto, faltete es sorgsam zusammen und steckte es in die Westentasche.

Schröder schnaufte tief durch als er vor dem Spiegel im Bad stand. Er betrachtete das Gesicht eines alten Mannes, der mal wieder zum Frisör gehen sollte, um dessen Augen ein dunkler Schatten lag und dessen Falten ihn eindeutig als Griesgram auswiesen. Wo war der junge Mann, der eine große, unvergessliche Liebe erlebt hatte? Unvergesslich? Ha! Schröder schnitt seinem Ich eine Fratze. Er legte sich die Rasiersachen zurecht und ließ Wasser ins Becken einlaufen.

Als Patrick zum Frühstück in die Küche kam, räumte Schröder bereits seinen Teller weg.

»Willst du nachher zur alten Villa der Kellermanns fahren?«, fragte Patrick, der sich einen Becher Kaffee einschenkte.

»Weiß nicht«, nuschelte Schröder genervt. Wenn Patrick glaubte, er werde jetzt zielstrebig und durchdacht wie ein Detektiv die dunklen Seiten seiner Vergangenheit aufdecken, hatte er sich getäuscht. Und überhaupt glaubte er nicht, dass ihm ein Blick durch den Sicherheitszaun auf die Villa irgendetwas anderes verraten würde, als dass dort reiche Schnösel wohnten.

»Kommt Julia heute?«, fragte Patrick unbeeindruckt von Schröders übler Laune.

»Nein.«

»Schade. Du hast sie nicht gefragt, oder?«

»Nein.«

»Na gut. Ich rufe sie später mal an. Wenn du zur Villa willst, geht das klar. Ich bin hier.«

Schröder sah zu, dass er endlich in die Werkstatt und damit aus Patricks Beobachtungsradius kam. Er setzte sich an die Werkbank und betrachtete eine Kommode, die er fertigstellen sollte. Die Schubladen hatten sich verzogen und das Furnier sich gewellt. Er stellte die nötigen Werkzeuge zusammen und machte sich an die Arbeit.

Einige Stunden später schreckte Schröder auf, weil er Patrick rufen hörte, er sei vom Einkaufen zurück. Hatte er sich überhaupt abgemeldet? Bestimmt hatte er das. Patrick war da sehr korrekt. Doch das war gerade nicht Schröders Problem, sondern dass er in einem Sessel saß und Löcher in die Luft starrte. Nichts stimmte mehr! Er sollte an der Werkbank stehen und in die Holzarbeiten an der Kommode versunken sein! Er musste raus. Bliebe er in der Werkstatt, würde er nur spüren, dass seine Routine Risse bekam. Das Abtauchen in die Arbeit mit Holz, Leder, Metall oder Polstermasse und in Erinnerungen fremder Menschen war wesentlich sanfter zu ihm als diese ständige Fragerei, die Zweifel, die Erwartungen von Julia und Patrick und der todkranken Isabelle.

Er hängte die Schürze an die Garderobe im Haus, zog eine Jacke an, setzte die Kappe auf und trat auf die Straße, ohne zu wissen, was er wollte. Er verschränkte die Hände auf dem Rücken und wandte sich nach rechts. So marschierte er die Louisenstraße entlang, durch den Heinrichsweg, die Clara-Schumann-Straße bis zum Südpark. Er bemerkte neue Läden in den Straßen, einen Kinderspielplatz, Balkone mit Blumenkästen, Höfe und den Buchladen, den es schon in seiner Kindheit gegeben hatte. Ob der Laden immer noch von derselben Familie geführt wurde?

Schröder hatte schon die Hand an dem Türgriff, um hineinzugehen, als sein Blick auf die Auslage des Schaufensters fiel. Eine Reihe neugestalteter Ausgaben klassischer Kinderbücher lag darin und in der Mitte las er »Kalle Blomquist«. Als hätte er sich verbrannt, zog er die Hand zurück. Kalle! Na klar! Kalle wie? Sein Freund aus der Schulzeit, wie hatte er geheißen? Karlheinz Südhoff, zwei Häuser weiter in der Louisenstraße 9. Schröder marschierte zurück und stand bald vor dem Haus, las die Namen der Klingelschilder. Kein Südhoff. Natürlich nicht, dachte er. Wer wohnte schon über fünf Jahrzehnte im selben Haus? Ohne Umschweife ging er zur Nummer 13, durch seinen Laden in den Hausgang und wartete. Die Ladenglocke würde Patrick nach unten holen, so sparte Schröder sich den Weg nach oben.

»Ach, du bist es!«, rief Patrick, als er an der Treppe auftauchte.

»Wen hast du erwartet?«, fragte Schröder. »Julia?«

»Wäre eindeutig eine attraktivere Erscheinung als du«, antwortete Patrick lachend.

»Hol deinen Laptop und komm in die Küche«, forderte Schröder und ging voran.

Während Patrick den Laptop hochfuhr und den Suchnamen Karlheinz Südhoff eingab, erzählte Schröder, was er noch von Kalle wusste. Sie waren seit den Kindertagen befreundet gewesen, gehörten zur selben Straßenbande, besuchten dieselbe Schule, bis Schröder ins Gymnasium wechselte. Kalle machte eine Karriere als Einbrecher, Taschendieb und Trickbetrüger. Auf diese Weise ernährte er die ganze Familie. Kalle saß einige Male im Gefängnis und bekam von der Presse den Namen »Meisterdieb«. Patrick fand ein Interview mit Karlheinz Südhoff in der Lokalzeitung vor einem Jahr. »*Meisterdieb geht in Rente*«, lautete die Überschrift.

»Wird auch Zeit, in seinem Alter«, kommentierte Schröder

trocken. Er erzählte, dass Kalle von ihm immer wieder verlangt hatte, sich am Verkauf der Beute zu beteiligen. »Ich sollte auf den Baustellen fragen, ob jemand einen neuen Fernseher brauche oder eine Stereoanlage. Schmuck für die Ehefrau wäre auch gut gegangen. Aber ich blieb standhaft und weigerte mich da mitzumachen. Für Trickserein bin ich nicht geschaffen.«

»Kalle ist endlich ein Name, mit dem du etwas anfangen kannst«, sagte Patrick erleichtert. »Wirklich beste Gesellschaft, Robert. Kannst mich gleich dem ganzen Familienclan als Anwalt empfehlen, dann habe ich ausgesorgt.«

Er klickte einen zwei Tage alten Artikel eines lokalen Nachrichtenportals an.

»Einbruch bei Juwelier Krämer in der Königsstraße.«

Der Artikel beschrieb, wie die Einbrecher ohne Schäden und Spuren zu hinterlassen in das Geschäft eingedrungen, sich geschickt an sämtlichen Sensoren vorbei bewegt und den Safe leergeräumt hatten.

> »... dieser Einbruch trägt eindeutig die Handschrift des Meisterdiebs. Er hatte sich zwar vor einem Jahr in die Rente verabschiedet, doch lässt die Katze jemals das Mausen?«

Schröder las weiter, dass die Polizei keine Angaben zu laufenden Ermittlungen mache und dass die Beute vor allem aus mehreren Diamanten bestehe.

»Die lassen sich super verhökern«, sagte Patrick.

»Das war sicher nicht Kalle. Der ist so alt wie ich. Wie soll der sich noch akrobatisch durch den Laden bewegen und die Außenfassade entlangklettern?«, entgegnete Schröder.

Kalles Adresse war verständlicherweise nicht im Internet zu finden.

»Wenn du heute das Kochen übernimmst«, schlug Patrick grinsend vor, »dann rufe ich einen Kontakt bei der Polizei an und frage, wo er Kalle Südhoff suchen würde.«

»Erpresser!«, konterte Schröder, verließ die Küche, holte die Schürze und ging automatisch in Richtung Werkstatt. An der Tür zum Hof zögerte er, drehte sich um und ging die Treppe rauf in das obere Stockwerk. Die Werkstatt hatte ihn heute enttäuscht. Sie hatte ihm die versunkene Konzentration auf die Objekte und ihre Geschichten versagt.

Vor der Tür zur Erinnerungswohnung tastete er die Westentaschen nach dem Schlüssel ab und spürte in der Linken das gefaltete Blatt mit Isabelles Bild. Der nächste Atemzug war tief und schwer. Er schloss auf, drückte den Lichtschalter, der eine nackte Glühbirne in Gang setzte, und betrat die Wohnung. An der Schwelle zu einem der abgedunkelten Zimmer verharrte er. Er war ohne Plan heraufgekommen, suchte weder nach einem Gegenstand mit einer bestimmten Abholnummer noch nach denen, die laut Arbeitsliste zur Pflege anstanden. Es war gleichgültig, welchen Raum er betrat. An jeder Wand reihten sich Regale voller Vasen, Figuren, Besteckteile, Schüsseln, Kästchen. Wertvolle Schmuckstücke lagerten neben einer abgegriffenen Brieftasche, Stofftaschentücher neben Kinderspielzeug, ein Billard-Queue neben einer Puddingform. Schröder entschied sich für den zweiten Raum und setzte sich in einen Sessel. Er knipste eine Stehlampe an, lehnte sich zurück und schloss die Augen. Warum fügten sich die wiedergefundenen Bilder seines Lebens nicht von selbst zu einem sinnvollen, in sich schlüssigen Ganzen? Warum war es so schwer, die fehlenden Szenen zwischen den Bildern zu finden? Isabelle ... ihr Vater ... Jan ... Kalle – sein Freund, der klein und wendig war, ihm auf dem Schulhof beibrachte, sich gegen die großen Schüler zu wehren. Wie er bei Südhoffs am Familientisch beim Essen saß, wo gestritten und gelacht wurde, während die Mahlzeiten bei Gerlachs schweigsam und ernst zelebriert wurden. Tischgebet und strenge Mienen. Sein Vater, ein stummer Mann, verbat sich Geschwätz und Heiterkeit. Er kommentierte die Schulleistungen beider Söhne oder teilte sie zu Arbeiten auf den Baustellen ein. Widerspruch duldete er nicht.

Wie Kalle und er nach einem Rundgang im Kaufhaus im Park auf der Wiese saßen und Kalle Süßigkeiten, Zigaretten, eine Krawatte für jeden und eine Flasche Schnaps aus seinen Taschen hervorholte. Er legte alles so ungeniert auf den Rasen, als hätte er die Sachen bezahlt. Den Schnaps und die Zigaretten hatten sie gleich ausprobiert. Betrunken und benebelt pfiffen sie hübschen Mädchen hinterher, tanzten durch den Springbrunnen, und Schröder vergaß, dass er seinem Vater auf der Baustelle hätte helfen sollen. Die Folge waren Prügel mit dem Gürtel vom Vater, Tränen bei der Mutter und Hausarrest. »Diesen Kalle triffst du nie wieder!«, befahl sein Vater. Doch Schröder hatte sich nicht daran gehalten. Dass Kalle ein Dieb war, war ihm egal gewesen. Kalle war sein Freund. Als dieser das erste Mal im Gefängnis gesessen hatte, hatte Schröder ihn besucht.

Was wusste Kalle über Isabelle und ihn? Würde er die Leerstelle in Schröders Bilderfolge füllen können?

Und dann – wie ein Schlag – Kalles Gesicht, verzerrt durch einen übergezogenen Seidenstrumpf, starr, mit weit aufgerissenen Augen, eine Pistole in der Hand, zitternd, zielend, ein Schuss.

Schröder Herz polterte. Nach Atem ringend setzte er sich auf, griff den nächsten Gegenstand aus dem Regal, umfasste ihn fest, bis er die Rundungen, Kanten und Schrauben spürte. »Abholnummer 46, Fahrradklingel«, murmelte er monoton. »Abgegeben von einem jungen Mann vor zehn Jahren. Die

Fahrradklingel erinnerte ihn daran, wie sein Vater ihm das Fahrradfahren beigebracht hatte. Eine der wenigen glücklichen Erinnerungen an den Vater, der ansonsten unnahbar und gewalttätig gewesen war.«

Schröder starrte auf die Klingel. Was hatte der Mann erzählt? Da war noch etwas gewesen. »Ich will das wenige Gute nicht vergessen …« Schröder fluchte. Er drehte den Klingeldeckel ab, prüfte die Feder, ließ den Klöppel schnalzen und setzte alles wieder zusammen. Was war zwischen diesem Vater und dem Kunden vorgefallen? Fluchend donnerte Schröder die Klingel in die Ecke, wo sie scheppernd zu Boden fiel.

Und wieder war da Kalles Entsetzen, Jans lebloser Körper auf dem Rasen und der Tod von Isabelles Vater einen Tag vor seiner Abreise nach Argentinien. Gab es einen Zusammenhang? War er dabei gewesen? Wobei? Verflucht nochmal! Schröder heftete seinen Blick wahllos auf einzelne Gegenstände in den Regalen, referierte halblaut die Kurzfassungen ihrer Geschichten in das schummrige Halbdunkel. Kalle – Jan – Isabelle – und Peter, der Mann, der er einmal gewesen war. Schröder schlug mit der Faust auf die Lehne des Sessels. Wie konnte er bis in die Schwärze hinein alles vergessen, die Liebe, den Schuss, den Tod und einen Freund?

Als er die Ladenglocke durch den Lautsprecher läuten hörte, stand er erleichtert auf, durchquerte zügig die Wohnung und warf die Tür hinter sich zu.

Ein junges Paar stand in Schröders Laden. Er in Anzug, die Tüten einer Einkaufstour tragend, sie in kurzem Rock und Bluse. Frisch verheiratet auf der Suche nach hübschen Dingen für die neue Wohnung, mutmaßte Schröder. Von seinem Platz hinter der Verkaufstheke aus beobachtete Schröder die Kunden. Sie schlenderten zwischen den Möbeln durch, diskutierten über eine Tiffany-Lampe, nahmen Vasen in Augenschein und blieben bei einem Sessel stehen. Sie wurden sich nicht einig. Passte er in ihr Heim?

»Sie sind frisch verheiratet?«, fragte Schröder ins Blaue hinein.

»Ja, seit einer Woche. Sieht man uns das an?«, antwortete die Frau verlegen. »Wir suchen etwas für unsere erste gemeinsame Wohnung.«

Der Mann redete von Designermöbeln in Grau und Weiß, von Stil und Niveau. Die Frau sprach von etwas, was beiden gefallen sollte und ein Blickfang auf dem Kaminsims sein könnte.

»Warten Sie. Ich glaube, ich habe etwas Passendes«, sagte Schröder. Er ging in die Werkstatt und kehrte mit einem silbernen Jugendstil-Bilderrahmen zurück. Das Paar saß aneinandergelehnt auf der Chaiselongue. Schröder zog sich einen Stuhl heran und stellte den Bilderrahmen auf einen Beistelltisch. Um den ovalen Bildausschnitt waren zierliche Ranken und Muschelformen in das Silber getrieben.

»Sieh nur, Moritz«, schwärmte die Frau. »Wäre der nicht genau richtig für unsere Anrichte?«

Der Mann nahm mit Schröders Erlaubnis den Rahmen in die Hand und untersuchte ihn eingehend, nickte lächelnd und reichte ihn seiner Frau. Für Schröder sah die Sache eindeutig aus.

»Wenn Sie Zeit haben und mir etwas versprechen, können Sie den Rahmen günstig erwerben«, sagte Schröder.

Das Paar sah sich an, verständigte sich wortlos und willigte ein.

»Es ist so«, erläuterte Schröder. »Wenn Sie diesen Fotorahmen kaufen, dann müssen Sie auch die Geschichte dazu mitnehmen. Sie versprechen, die Erinnerung, die mit dem Rahmen verbunden ist, ebenso zu pflegen wie das Silber.« Schröder ließ ihnen Zeit sich zu wundern, Fragen zu stellen und sich schließlich auf den seltsamen Handel einzulassen. Daraufhin lehnte sich Schröder zurück und erzählte:

»Also, gebracht hat diesen Bilderrahmen ein Mann vor ungefähr 20 Jahren. Er war gerade in Rente gegangen und wollte sich die Welt anschauen. Einmal über alle Meere, den Fuß auf jeden Kontinent setzen. Bei der Reiseplanung ahnte er, dass er keine Lust verspüren würde, zurückzukommen. Also löste er seine Wohnung auf. Diesen Bilderrahmen wollte er nicht in irgendeine Kiste mit all den anderen Sachen packen. Sein Vater hatte ihn 1920 gekauft. Der Vater war damals ein Beamter der Stadtverwaltung, ein korrekter, biederer, etwas langweiliger junger Mann. Vielleicht liebte er es deshalb jeden Tag, auf seinem Weg ins Amt an dem Schaufenster eines Blumengeschäftes stehen zu bleiben. Er bewunderte die Gestecke und Sträuße, die die Blumenbinderin morgens zusammenstellte. Mit der Zeit allerdings bewunderte er vor allem die Blumenbinderin. Er wagte nicht, sie anzusprechen. Nach der Freude des Anblicks der Blüten und der Blumenbinderin begab er sich pflichtschuldig an seinen Platz zwischen Aktenschränken, Mappen voller Verzeichnisse, Listen, Anordnungen und unendlich vielen Karteikarten. Er unterzeichnete, stempelte, heftete, schrieb und versandte und wenn er abends müde nach Hause ging, war der Blumenladen schon geschlossen.

Doch eines Morgens, als er die Auslage im Schaufenster des Blumenladens bewunderte und in den Anblick einer Vase voller weißer Rosen versunken war, sah er, wie eine zarte Hand eine Blüte umfasste und nach oben zog. Sein Blick folgte der Blüte und traf auf das Lächeln der Blumenbinderin. Ihm zitterten die Knie und sein Herz hämmerte wild, als sie den Stil der Rose abschnitt, zur Ladentür ging, heraustrat und ihm *die Blüte in das Knopfloch des Revers seines grauen Anzugs schob.*

Nach einem halben Jahr verlobten sie sich. Zwei Monate später sollte die Hochzeit stattfinden. Um in ihrer ersten gemeinsamen Wohnung dem Hochzeitsfoto, dem Zeugnis ihres glücklichen Neubeginns, einen würdigen Platz zu geben, kaufte der Beamte diesen silbernen Bilderrahmen. Doch dieser Rahmen blieb leer. Über Jahrzehnte, bis heute, wie ihr seht.«

»Oh nein!«, seufzte die Kundin traurig. »Ist einer von beiden gestorben, bevor sie heiraten konnten?«

Schröder schmunzelte. »Nein. Ein Zirkus kam in die Stadt und blieb zwei Wochen lang. Der Zirkusdirektor war ein schneidiger Kerl, ein Löwenbändiger in rotem Frack, mit schwarzem Zylinder und einem strahlenden Lächeln. Als der Zirkus weiterzog, nahm er die Blumenbinderin mit. Der Beamte der Stadtverwaltung blieb zurück.«

»Ach nein! Das ist aber sehr traurig«, stellte die Kundin enttäuscht fest.

»Nicht ganz. Der Beamte hatte laut seinem Sohn, der nicht sein leiblicher Sohn war, ein gutes Leben. Nach dem Krieg gab es viele verwaiste Kinder in der Stadt. Er nahm drei bei sich auf und fand so zu einem erfüllten Leben. Nur dieser Bilderrahmen blieb leer. All die Jahre stand er auf der Vitrine und der Beamte staubte ihn regelmäßig ab. Als er gestorben war, nahm eins der Kinder den Rahmen und hütete ihn bis zu dem Tag, als er ihn hierherbrachte.«

Das Paar, gerührt von der Geschichte, kaufte den Bilderrahmen und versprach auch, die Erinnerung immer wieder aufzufrischen. Sie würden den leeren Bildausschnitt mit ihrem eigenen Hochzeitsfoto füllen.

Als die Kunden die Ladentür hinter sich schlossen, stand Schröder auf, schob die Geldscheine in die Hosentasche, drehte sich um und sah Julia auf der Theke sitzen.

»Du schon wieder«, stöhnte er und verdrehte die Augen.

»Das war richtig schön«, schwärmte Julia und hüpfte von der Verkaufstheke.

»Seit wann sitzt du schon da?«

»Ich habe fast die ganze Geschichte gehört. Die beiden haben dir gebannt zugehört. Die werden die Erinnerung sicher gut weiter pflegen.« Julia folgte Schröder über den Hausgang in die Küche seiner Wohnung.

»Weißt du«, redete sie munter weiter, »dass du beim Erzählen einen anderen Gesichtsausdruck als sonst hast? Als würde dabei jemand Fremdes aus dir herausschauen.«

Schröder ging zur Spüle und ließ Wasser in den Kessel laufen. »Wer soll schon aus mir rausgucken?«

»Jemand, der sehr feinfühlig ist und freundlich.«

»Ach ja?«, brummte Schröder. »Sonst bin ich das wohl nicht?« Er öffnete einen Schrank und holte Geschirr und eine Teedose heraus.

»Doch, aber anders«, sagte Julia versöhnlich. Sie setzte sich an den Küchentisch. »Ich dachte, du verkaufst die Erinnerungsstücke nicht.«

»Der Kunde hat mir geschrieben, dass er den Dienst nicht mehr benötigt, und die Erlaubnis erteilt, mit dem Rahmen zu verfahren, wie ich wolle«, erklärte Schröder, während er den Tee in einen Filterbeutel füllte. »Manchmal, wie heute, passt ein Erinnerungsstück zu einem Kunden. Als hätte der Gegenstand beziehungsweise seine Geschichte nur auf diese Menschen gewartet.«

»Warum?«, fragte Julia. »Was hat sich für deinen Kunden geändert? Wie kann man eine Erinnerung nicht mehr brauchen?«

Schröder füllte das heiße Wasser in die Teekanne, stellte sie auf das Tablett und trug es zum Küchentisch.

»Er braucht den Gegenstand nicht mehr. Was mit der Erinnerung ist, weiß ich nicht. Geht mich auch nichts an.«

Während er das Geschirr verteilte, durchsuchte Julia ihre Tasche. Sie legte Isabelles Brief und Schmuckkästchen auf den Tisch.

Schröder goss Tee in die Tassen. Er zitterte leicht, also hielt er die Kanne mit beiden Händen fest.

»Was ist das?«, fragte er.

»Ein Erinnerungsstück von Oma Belle.« Julia schob beides zu Schröder. »Ein Ring, den sie von Peter Gerlach bekommen hat. In dem Brief steht, was Gerlach und Oma Belle verbindet. Ihre Liebesgeschichte, nehme ich an. Da sie befürchtet, Gerlach nicht mehr zu treffen, hat sie alles aufgeschrieben. Damit die Erinnerung nicht verloren geht.«

Julia pustete in den Dampf, der aus der Tasse stieg. Als sie aufblickte, bemerkte Schröder Tränen in ihren Augen. Er hasste gefühlvolle Momente. Wenn Kunden vor ihm in Tränen ausbrachen, verließ er den Raum. Er respektiere damit die Privatsphäre der Kunden, rechtfertigte er gewöhnlich seine Flucht. Aber bei Julia konnte er nicht einfach die Küche verlassen. Er senkte den Blick in den Strudel, den der Löffel in dem Tee auslöste, bis er hörte, wie Julia die Nase hochzog, tief durchatmete und fragte, ob er Isabelles Erinnerungsstücke verwahren würde.

»Ich gebe dir später eine Abholnummer. Habe keine hier«, sagte er, als wäre Julia eine Kundin wie jede andere, als wäre sie nicht die Enkelin der einzigen Frau, die er geliebt und trotzdem vergessen hatte und die ihm wie eine schwarze Gewitterwolke vorkam, vor der er flüchtete. Schröder nahm Isabelles Erinnerungsstücke und schob sie in seine Westentasche.

»Willst du den Ring nicht anschauen?«, fragte Julia erstaunt.

»Nicht nötig. Deine Großmutter hat ihre Erinnerung aufgeschrieben. Ich muss sie mir also nicht merken. Es geht mich nichts an, wie der Ring aussieht.«

»Das verstehe ich nicht. Die anderen Erinnerungsstücke kennst du doch genau.«

»Ganz einfach«, seufzte Schröder. »Wenn ich mir fremde Erinnerungen einpräge, halte ich die Gegenstände in den Händen. Meine Hände prägen sich Form, Struktur der Oberfläche, das Material ein und mein Gehirn die Erinnerung. Wenn ich die Dinge später wieder in der Hand halte, weiß ich, was mir dazu erzählt wurde.« Schröder wunderte sich über seine Erklärung zu einem Vorgang, über den er sonst nie redete. Aus gutem Grund, dachte er jetzt. Es hörte sich dämlich an.

»Der Bilderrahmen vorhin im Laden«, meinte Julia nachdenklich. »Wie lange stand er bei dir im Lager?«

»Zwanzig Jahre. Aber ich hatte ihn ja mindestens einmal im Jahr in der Hand, um ihn zu polieren. Dabei wiederhole ich die Erzählung und so prägt sie sich mir wieder ein.« Julia trank Tee und schwieg eine Zeit lang. Dann setzte sie die Tasse ab.

»Wenn die Wohnung im ersten Stock so voller Erinnerungsstücke ist, wie du gesagt hast, dann bist du ja den ganzen Tag mit Erinnern beschäftigt.«

Die nüchterne Art, mit der Julia seine tägliche Praxis beschrieb, ließ diese wie eine seltsame Marotte erscheinen. Schröder ärgerte sich nicht einmal darüber. Patrick hatte ihn oft damit aufgezogen, dass er ein schräger Vogel sei, mit seiner übertriebenen Disziplin bei der Pflege der Erinnerungsstücke. Als Jugendlicher hatte er sich einmal geärgert, dass Schröder ihm verboten hatte eine Party im Haus zu veranstalten. Wütend hatte sich Patrick seinem Pflegevater in den Weg gestellt.

»Du verstehst doch nichts vom Leben«, hatte er Schröder an

den Kopf geworfen. »Anstatt selbst etwas zu erleben, wiederholst du ständig das, was schon lange vorbei ist und längst in die Mülltonne gehört.«

Schröder hatte wütend gekontert, Patrick wisse doch gar nicht, was Erinnerungen seien. Dafür sei sein Leben einfach zu kurz. Patrick sah ihn mit einem schrägen Grinsen von unten an und Schröder verstummte. Dieser junge Kerl trug zu viele Erinnerungen in sich, von denen Schröder sich gewünscht hätte, er könne sie in einem Regal ablegen.

Patrick kam die Treppe herunter und betrat die Küche. Er sah Julia, strahlte sie an und Schröder seufzte. Lass das, hätte er ihm gern gesagt. Sie wird wieder verschwinden und Reisende soll man nicht aufhalten!

»Du hast noch nicht gekocht?«, fragte Patrick. »Dann lasst uns doch zum Italiener gehen. Hast du Lust, Julia?« Sie sagte zu, hängte sich ihre Tasche um und sah Schröder fragend an.

Der winkte ab. Er war nicht in der Stimmung Zeuge einer sich anbahnenden, verhängnisvollen Affäre zu sein. Denn so, wie die beiden sich ansahen, konnte nur etwas Fatales entstehen. Sie war Isabelles Enkelin!

»Himmel!«, schimpfte Schröder, als die Haustür ins Schloss fiel. »Du bist echt kein netter Mensch!« Dann sah er den Zettel, den Patrick auf den Küchentisch gelegt hatte. Darauf stand: Südhoff, Karlheinz: Birkenallee 123a.

Kapitel 9

Eine Blüte, gefasst aus zehn Brillanten auf einem zierlichen Goldring. Schröder legte Isabelles Schmuckkästchen vor sich auf den Küchentisch. Viel zu wertvoll. Er hätte sich diesen Ring vor fünfzig Jahren gar nicht leisten können. Kalle hatte ihm den Ring wortlos in die Hand gedrückt, als Schröder ihm von seinen Heiratsplänen erzählte. Das war das einzige Stück, das sich Schröder jemals von Kalles Beute genommen hatte. Für Isabelle sollte es das Schönste sein, was er jemals in Händen gehalten hatte, das Wertvollste, was er irgendwie auftreiben konnte, Isabelle ähnlich, die sein Herz in Händen hielt.

Schröder schluckte. Was für ein romantischer, von flatternden Schmetterlingen weichgeklopfter junger Mann er gewesen war! Schröder war, als spüre er den warmen Wind, der über die sich in Braun- und Goldtönen wellende Landschaft der Toskana strich. Isabelle und er, im Schatten eines Olivenbaums, waren sich wortlos einig, als er Isabelle diesen Ring über den Finger streifte. Der Kuss, der ihr gegenseitiges Versprechen besiegelte, geschah ohne Vorbehalte. Zwei Wochen waren sie mit dem Lieferwagen der Gerlach Bau durch Italien getingelt. In Florenz hatte er in den Uffizien Eindrücke der dort ausgestellten Gemälde von Caravaggio für seine Doktorarbeit gesammelt, in Carrara holten sie Marmor für eine Baustelle der Gerlach Bau ab und am Meer verloren sie sich in der Weite. Bei Sonnenaufgang lasen sie in den schimmernden Wellen ihre gemeinsame Zukunft.

Und dann? Ein bitterer Geschmack füllte Schröders Mund aus. Er klappte das Kästchen zu. Was war dann passiert? Warum hatte diese Zukunft nicht stattgefunden? Er drehte Isabelles Brief in den Händen. Er musste nur das Siegel brechen und die düster drohende Leere in ihm würde sich füllen. Fragte sich nur mit was? Er hielt den Briefumschlag gegen das Licht. Wie sehr er sich wünschte, dass das, was Isabelle in diesem Brief über ihn geschrieben hatte, etwas Freundliches wäre, etwas Gutes, etwas, das den Cocktail aus Gefühlen wie Scham und Schuld in ihm auflöste. Er rieb mit dem Daumen über das Siegelwachs und die eingedrückten verschlungenen Buchstaben I. und K. S. Entschieden legte er Ring und Brief in eine Schublade der Vitrine im Salon. Noch hatte er eine Chance selbst herauszufinden, was passiert war, ohne Isabelles und Julias Vertrauen zu missbrauchen.

Das Haus Birkenallee 123 stand in einer Siedlung aus Einfamilienhäusern mit gepflegten Gärten, Zäunen und Verbotsschildern. Entlang der Straße reihten sich Kleinwagen und Familienkutschen. Schröder stand am Gartentor und drückte auf den Klingelknopf ohne Namensschild. Er legte die Hände auf dem Rücken zusammen und wippte vor und zurück. Hinter einer Thujen-Hecke bellte ein Hund, es roch nach glühender Grillkohle und ein paar Kinder kickten im Nachbargarten. Die Haustür öffnete sich und ein dünner, alter Mann stand in der Tür. Schröder schmunzelte. Karlheinz Südhoff, in Trainingshose, Adiletten, ärmellosem Unterhemd, tätowierten Armen, aber mit gepflegtem Haarschnitt und dicker goldener Uhr sah ihn fragend an.

»Was ist?«

»Guten Tag, Kalle. Ich bin's Peter.«

Kalle zog die dicken Augenbrauen zusammen und kam einige Schritte näher.

»Hab meine Brille nicht auf. Peter wer?«

»Gerlach.«

Als Kalle vor Schröder stand, schaute er skeptisch zu ihm rauf, die Falten seines Gesichts unbewegt.

»Verarsch mich nicht. Siehst aus wie ein Bulle in Rente. Bist du einer? Hast du mich mal hopsgenommen?«

Schröder nahm seine Kappe ab und strich die Haare nach hinten.

»Peter Gerlach aus der Louisenstraße. Wir sind zusammen in die Schule gegangen. Wir waren befreundet.«

Kalle trat zwei Schritte zurück, stemmte die Hände an die Hüfte und blieb misstrauisch.

»Nee, glaub ich nicht. Der ist schon seit Ewigkeiten tot oder verschollen oder so was.« Er drehte sich um und rief ins Haus: »Lise, bring mir meine Brille!«

»Ich war lange in Argentinien. Habe das Interview mit dir in der Zeitung gelesen. Da dachte ich, ich komme mal vorbei«, erklärte Schröder.

Ein Mädchen mit schwarzen Zöpfen hüpfte auf Kalle zu und reichte ihm eine Brille. Kalle setzte sie auf und prüfte mit einem schnellen Blick die Umgebung, als würde sich jemand hinter einem Busch verstecken, dann betrachtete er Schröder von oben bis unten. Ein spöttisches Lächeln bewegte sein faltiges Gesicht.

»Peter Gerlach, ach nee! Bist kaum wiederzuerkennen. Bist alt geworden. Schaust aus wie dein Vater.« Er öffnete das Gartentor und winkte Schröder mit einer weit ausladenden Armbewegung und angedeuteter Verbeugung herein.

Die Betonplatten der Terrasse waren uneben, das Gras stand kniehoch, die Büsche wucherten. Kalle wohnte zwar in einer Brave-Leute-Siedlung, aber deren Ordnungsliebe teilte er nicht, stellte Schröder fest. Er setzte sich in einen weißen Plastikstuhl.

»Ja, geh rüber zum Nachbarn, Lise. Aber prügle dich nicht wieder mit den Jungs, verstanden?«, hörte er Kalle im Haus sagen. Er kam mit zwei Bierflaschen auf die Terrasse und sah Schröder kopfschüttelnd an.

»Echt nicht. Ich glaub's nicht«, meinte Kalle, öffnete die Flaschen und reichte Schröder eine.

»Ich auch nicht, Kalle. Was machst du hier in dieser Vorstadtidylle? Wolltest du nicht immer auf eine Palmeninsel mit Yacht und dickem Haus?«

Kalle lachte auf. »Die Frauen sind schuld. Eine war schwanger, bevor du verschwunden bist. Na ja, und dann die nächste und die dritte. Lise ist meine jüngste Enkelin. Habe ein paar davon. Habe es nicht fertiggebracht, zu gehen. Und hier habe ich alles, was ich brauche.«

Sie prosteten sich zu. Schröder erzählte, zu schnell, zu laut und zu viel von Argentinien. Dass er als Schreiner und Restaurator gearbeitet, nie geheiratet und das Heimweh ihn nach fünfzehn Jahren nach Hause getrieben habe.

Kalle verzog keine Miene. Er sah den Spatzen zu, die durch den Garten tobten. Schröder verstummte. Die Luft um ihn schien sich zu verdichten, drohte sich zu entladen. Er hob ein Plastikauto auf, das unter seinem Stuhl stand, schob es prüfend auf dem Tisch hin und her und bog die schiefen Räder gerade.

»Hunger?«, fragte Kalle plötzlich, stand auf und ging ins Haus. »Ich habe noch Würstchen im Kühlschrank und Lises Mama hat mir Kartoffelsalat gebracht«, rief er aus der Küche. Schranktüren klappten auf und zu, Geschirr und Besteck schepperten. Nervös sah sich Schröder nach einem Gegenstand um, den er reparieren konnte. Das würde ihn beruhigen. Er fand nur den Sonnenschirm, den er aufspannte, obwohl die Sonne längst hinter Hecken und Bäumen verschwunden war. Kalle sah irritiert zwischen dem Sonnenschirm und Schröder hin und her, bevor er ein volles Tablett auf den Tisch stellte.

»Ich werde gut versorgt von der Bande. Wenn es nach ihnen ginge, müsste ich dick und fett sein«, sagte er, während er den Tisch deckte. Sie setzten sich, aßen und redeten wie alte Freunde, die sich bei einem Klassentreffen wieder begegneten. Schröder wähnte sich in Sicherheit. Deshalb fuhr ihm der Schreck durch die Glieder, als Kalle die Bierflasche auf den Tisch knallte.

»Jetzt spuck es endlich aus!«, sagte Kalle grimmig.

»Was meinst du?«, fragte Schröder und faltete seine Papierserviette akkurat zusammen.

»Deine Entschuldigung, du Aas!«, fauchte Kalle. »Du bist seit Jahrzehnten zurück, ohne dich zu melden. Und jetzt kommst du, nach all der Zeit, setzt dich an meinen Tisch, isst mein Essen, für einen Altmännerplausch?«

Schröder räusperte sich, legte die Hände im Schoß zusammen und wagte nicht Kalle anzusehen.

»Entschuldigen? Wofür? Dass ich dich erst jetzt besuche?«

Kalle sprang auf, rang mit den Händen.

»Bullshit! Von mir aus hättest du gar nicht mehr auftauchen müssen. Natürlich erwarte ich eine Entschuldigung für den Schlamassel, in den du mich damals reingeritten hast!«

»Kalle, es ist so«, sagte Schröder leise und räusperte sich, »ich weiß es nicht mehr. Ich habe vergessen, was vor meinem Abflug nach Buenos Aires passiert ist.«

Kalle riss die Augen auf. »Ach nee!«, rief er empört. »Der Herr geruhte zu vergessen! Ich aber nicht! Wie auch? Ich habe dir das Leben gerettet und als Dank lässt du mich in der Scheiße sitzen. Haust ab. Plopp – von heut auf morgen!«

Er verschwand im Haus, durchquerte wie ein gereizter Tiger das Wohnzimmer, kam zurück und stellte sich breitbeinig vor Schröder auf.

»Das lasse ich nicht durchgehen. Vergessen, ja? Nein, so etwas vergisst man nicht, außer, dir hat einer ins Hirn geschissen!«

Schröder hob beschwichtigend die Hände. »Ich habe gehofft, du erzählst mir, was los war. Was ich getan habe.«

Kalle lachte bitter auf. »Ich sage dir, was du getan hast. Nach der Schießerei in der Kellermann-Villa hast du dich verdrückt. Die Bullen haben das ganze Umfeld der Kellermanns durchpflügt. Über deine Isabelle kamen sie auf dich, über dich zu deinem Bruder und zu mir. Wir wurden tagelang verhört. Aufträge für die Gerlach Bau platzten und es kamen lange keine neuen rein. Fast wäre Antons Firma pleitegegangen. Die Polizei hat in voller Montur die Wohnung meiner schwangeren Freundin gestürmt. Leider war ich gerade nicht anwesend. Irgendwann fanden sie mich doch und weil sie mich schon mal vor sich hatten, haben sie mir gleich zwei Einbrüche nachgewiesen und für drei Jahre weggesperrt. Mit Tanja war Schluss und meinen Sohn habe ich jahrelang nicht gesehen. Nur, weil du Feigling dich am Strand von Acapulco gesonnt hast!«

»Acapulco ist in Mexiko«, murmelte Schröder hilflos, stand auf, zog seine Jacke an und schob den Stuhl an den Tisch. »Kalle, es tut …«

»Nenn mich nicht so!«, blaffte Kalle dazwischen. »So nennen mich nur Freunde.«

»Ich hätte nicht einfach bei dir reinplatzen sollen«, gab Schröder kleinlaut zu. Er wollte verschwinden. Weg von der brodelnden Wut, die er ausgelöst hatte. Auf halbem Weg zum Gartentor packte Kalle ihn von hinten am Kragen und zog ihn zurück.

»Du gehst nirgends hin, bis du das wieder gutgemacht hast!«, fauchte er, stellte sich vor Schröder und stieß ihn gegen die Brust. »Weißt du, wie es ist, wenn die Bullen einem einen Mord anhängen wollen?« Wieder stieß Kalle mit der flachen Hand gegen Schröders Brust.

»Hör auf!«, mahnte Schröder stimmlos. Seine Hände zogen sich zu Fäusten zusammen.

»Aufhören?«, zischte Kalle zornig und stieß Schröder so kräftig, dass dieser zurücktaumelte.

»Ich habe jedes Recht, dich grün und blau zu schlagen.« Eine Ohrfeige klatschte in Schröders Gesicht. »Ich rette dir das Leben und du tauchst ab.«

»Du hast mir das Leben gerettet?«

Kalle stöhnte auf, schüttelte den Kopf, tippte sich mit dem Finger an die Stirn. »Sag mal! Nichts mehr drin bei dir, was? Hast du Alzheimer?«

Schröder biss die Zähne zusammen. Er schüttelte leicht den Kopf, in dem ein Sturm alles verwirbelte und jeden klaren Gedanken mit sich riss. Wie sollte er angesichts des Freundes, der wie ein lodernder Flammenwerfer vor ihm stand, erklären, was er selbst nicht verstand? Kalle stieß einen rauen Schrei aus. Seine Hand sauste so schnell an Schröders Wange, dass der sie nicht einmal kommen sah.

»Du hast mich angefleht, diesen arroganten Arschlöchern eins auszuwischen. In die Kellermann-Villa einzubrechen. Fette Beute hast du versprochen, und was war?« Zack, ein Schlag auf Schröders rechte Wange, zack in die Magengrube. »Dabei ging es dir nur um dein verletztes Ego!«, zischte Kalle voller Verachtung. »Armer kleiner Peter mit seinem schlimmen Herzeleid«, höhnte er.

Schröder Fäuste schnellten wie von selbst hoch und prallten gegen Kalles Gesicht. Dessen von Schreck und Schmerz verzerrtes Gesicht befriedigte Schröder so, dass er Mühe hatte, die Arme sinken zu lassen. Kalle wischte sich übers Gesicht und als er Schröder ansah, lag Traurigkeit in ihm.

»Glaubst wohl, so einem wie mir liegt so was nicht auf der Seele, was?«, fragte Kalle mit rauer Stimme. »So einer steckt das weg, jemanden zu töten?«

»Du hast Jan erschossen!«, entfuhr es Schröder entsetzt.

»Spinnst du?« Kalles neu entfachter Zorn fuhr in seine Faust, die gegen Schröders Schläfe donnerte.

Benommen stieß er Kalle von sich. Da bemerkte er Lise, die über den Rasen auf sie zulief.

»Opa, warum darfst du dich prügeln und ich nicht?«, fragte das Mädchen empört.

Kalle ließ sofort die Arme sinken. »Hau bloß ab, Mann!«, fauchte er und spuckte vor Schröder aus.

Schröder marschierte die friedliche Wohnstraße entlang, sein Puls raste, seine Hände schmerzten und sein Gesicht schien auf das Doppelte anzuschwellen. Das Schlimmste aber war das dumpfe, grimmige Vakuum, das seinen Brustkorb ausfüllte. Kalles Zorn und Hass vor Augen, seine Vorwürfe im Ohr. Er, Peter Gerlach, war schuld, dass Kalle getötet hatte. Eine Anklage, so schwer wie ein Sack Granitsteine. Das war das eine, das andere war die Wucht seiner eigenen Wut, mit der er Kalle geschlagen hatte. Er kannte sich nicht mehr. Schröder blieb abrupt stehen. Nein, dachte er. Andersherum war es richtig. Er erkannte sich wieder. Diese Rage, diese alles aufwirbelnde Verwirrung, diese Scham, das alles hatte er schon einmal erlebt.

Während der Taxifahrt quer durch die Stadt zur Louisenstraße beruhigte sich Schröder soweit, dass er wieder normal atmen konnte und das Summen in seinen Ohren nachließ. Doch dann schloss er die Haustür auf und sah Patrick und Julia eng umschlungen im Hausflur stehen. Sie küssten sich. Als hätte jemand den Gashahn aufgedreht, flammte Schröders Zorn auf. Er stürzte auf die beiden zu, packte Julia am Arm und zerrte sie Richtung Haustür. Patricks wütende Rufe, Julias Proteste tosten an ihm vorbei.

»Verschwinde!«, fauchte er und drängte Julia aus dem Haus. »Reicht dir nicht, was du angerichtet hast?«

Patrick schob ihn grob zur Seite und rief Julia nach, ob alles in Ordnung sei und dass er sich gleich bei ihr melden werde. Schröder schloss seine Wohnungstür auf, wollte sie öffnen, doch Patrick zog sie wieder zu.

»Moment, Robert!«, sagte er in bemüht ruhigem Ton. »Was sollte das gerade? Wieso hast du Julia rausgeschmissen?«

»Die holst du mir nicht ins Haus«, zischte Schröder entschieden.

»Bitte? Ich höre wohl nicht richtig! Seit wann interessiert es dich, wen ich ins Haus hole? Was geht dich das an?«

»Sie wird dich verraten und dir das Herz brechen.« Schröder hörte sich reden, doch er erkannte seine eigene Stimme nicht wieder.

Patrick deutete auf Schröders angeschwollenes Auge. »Ich weiß ja nicht, was heute Abend passiert ist«, sagte er schroff und verschränkte die Arme vor der Brust. »Aber ich vermute, du bringst da etwas durcheinander. Es geht hier nicht um Isabelle! Verstanden, Peter Gerlach?«

Schröder sah ihn entgeistert an. »Das ist mein Haus und ich bestimme, wer es betreten darf und wer nicht«, sagte Schröder so ruhig, als hätte jemand einen Eimer Wasser auf die lodernde Flamme gegossen.

»Und da oben ist meine Wohnung, für die ich Miete zahle, und damit habe ich bestimmte Rechte, die ich dir gern näher erläutere«, konterte Patrick und wedelte mit seinem Schlüsselbund vor Schröders Gesicht.

Der schlug Patricks Hand weg. »Gut, dann kündige ich den Mietvertrag.«

»Ach ja? Damit du dann völlig allein in deinem Haus wohnst und es komplett zu einem Mausoleum umwandeln kannst?«

»Was soll das denn heißen?«, fragte Schröder und schloss zum zweiten Mal seine Wohnungstür auf.

»Ganz einfach! Vielleicht kannst du dich noch daran erinnern, dass das Haus vor wenigen Jahren noch voller Leben war. Da waren die Studenten, eine Familie und die Witwe Behrens, die du eigentlich ganz gernhattest, – aber du hast nicht eine Wohnung neu vermietet, wenn die Leute ausgezogen sind. Stattdessen herrscht jetzt absolute Friedhofsruhe.«

Schröder ließ Patricks Plädoyer an sich abperlen und betrat seine Wohnung. Als er die Tür schließen wollte, stellte Patrick den Fuß in die Tür.

»Moment, ich bin noch nicht fertig«, sagte Patrick und lehnte sich gegen die Wohnungstür.

Schröder tat, als ginge ihn Patricks Protest nichts an, ging in die Küche und goss sich ein Glas Wasser ein.

»Je mehr das Haus sich leerte«, redete Patrick unbeirrt weiter, »desto größer wurde die Anzahl deiner Erinnerungsstücke. Leblose Gegenstände, Zeugen einer Vergangenheit, von der keiner weiß, ob sie nicht besser vergessen werden sollte. Und unter der Masse fremder Erinnerungen, die du in deinem Kopf sammelst, findest du deine eigenen nicht wieder. Und dann kommt Julia und bläst die Staubschicht weg, die sich auf dein Leben gelegt hat. Sie ist nicht die Schuldige, wenn du gerade durch die Hölle gehst, weil die Leerstelle in deinem Gedächtnis anfängt zu schmerzen.«

»Sehr poetisch«, höhnte Schröder. »Bist du fertig? Dann schließ die Tür hinter dir.« Er hörte, wie die Wohnungstür und dann die Haustür zuknallte. Schröder atmete auf. Jetzt war es endgültig ruhig im Haus.

Kapitel 10

Julia sah durch den Türspion. Patrick stand im Hausgang, das Haar zerzaust, die Hände in den Taschen der Jeans vergraben, den Blick auf die Fußmatte geheftet. Woher wusste er, wo sie wohnte? Dann fiel es ihr ein. Beim Italiener hatte sie es ihm gesagt. Sie hatten sich beim gemischten Vorspeisenteller vernünftig unterhalten und sich dann spielerisch um die letzte gegrillte Zucchinischeibe gestritten. Beim Risotto mit Meeresfrüchten erzählten sie sich von ihren Berufen und was sie an ihnen liebten. Als Julia mit dem Löffel die karamellisierte Kruste ihrer Panna Cotta durchstieß, konnte sie Patrick schon nicht mehr ansehen, ohne zu lächeln, weshalb sie es so gut wie möglich vermied. Ihm war es wohl ähnlich gegangen. Er hatte das Essen in die Länge gezogen, noch einen Grappa bestellt, dann einen Espresso, als wollte er den Abend nicht enden lassen. Und als er die Rechnung zahlte, lag die Frage wie selbstverständlich in der Luft. Zu dir oder zu mir? Dabei war es für sie keineswegs selbstverständlich. Nicht nach nur einem gemeinsamen Abend. Und da hatte sie erklärt, in welchem Viertel der Stadt das Apartment ihrer Familie lag und wie unendlich weit ihr der Weg erschien, wo die Louisenstraße 13 doch gleich gegenüber war. Und als sie begannen, sich ineinander zu verlaufen, war Schröder aufgetaucht und hatte sie zornig vor die Tür gesetzt.

»Patrick«, sagte Julia erstaunt und hielt ihm die Tür auf.

»Es tut mir leid«, stieß er sofort aus.

»Komm rein«, sagte Julia. Sie bemerkte, dass er schwitzte. »Du bist mit dem Fahrrad gekommen? Du warst schnell. Ich bin selbst erst vor Kurzem angekommen.«

»Ja, ich war so wütend und ich hatte Angst, du würdest

Roberts Auftritt … du würdest meinen, ich hätte etwas damit zu tun – habe ich ja auch … aber nicht wirklich …«

Patrick sah so verwirrt und zerzaust aus, war so besorgt um sie und überhaupt war die einzige Reaktion, die ihr einfiel, ihn zu küssen.

»Ich weiß nicht, was in Robert gefahren ist«, erklärte Patrick, als sie ineinander verschlungen auf dem Sofa in der Wohnküche saßen. »Das einzige Mal, dass er so ausgerastet ist, war, als ich mit sechzehn rückfällig geworden bin.« Julia setzte sich auf und bedeutete ihm, weiterzuerzählen. »Ich bin, wie du weißt, auf Schröder gestoßen, da war ich zwölf Jahre alt. Meine Mutter war drogensüchtig und hat mich regelmäßig auf die Straße geschickt, um ihr Stoff zu besorgen. Das Jugendamt hat das beendet und mich in Pflegefamilien untergebracht. Dann starb meine Mutter an einer Überdosis und ich sah keinen Grund mehr, mich ordentlich zu verhalten. Also lief ich weg und lebte auf der Straße, bis ich in Schröders Laden aufkreuzte. Robert und ich vertrugen uns sehr gut. Damals war er noch gesprächiger und die Wohnungen im Haus waren vermietet und voller Menschen. Dann traf ich einige Freunde aus meiner Zeit auf der Straße. Wir lungerten im Park herum, tranken zu viel Alkohol und die Jungs warfen sich irgendwelche Pillen ein. Es wurde laut, wir pöbelten Passanten an, randalierten, bis die Polizei auftauchte. Sie steckten uns in eine Zelle der Polizeiinspektion, riefen die Eltern an und so tauchte auch Schröder bei der Polizei auf, um mich abzuholen. Den ganzen Weg bis zur Louisenstraße sagte Robert kein Wort. Erst, als wir in der Wohnung waren, hielt er mir eine wirklich wütende Ansprache. Er sei maßlos enttäuscht von meiner Unreife, ich habe ihn missbraucht und verraten und ich solle mich entscheiden, ob ich bei ihm bleiben wolle oder nicht. Das war eigentlich das einzige Mal, dass ich spürte, dass Robert etwas an mir liegt. Dass er mich mochte oder so.«

»Du machst dir Sorgen um Schröder«, stellte Julia fest.

»Ja, ich verstehe gar nicht, was bei ihm zur Zeit abläuft«, bestätigte Patrick. Er stand auf, ging zum Fenster und blickte auf den Lichterteppich der Stadt. »Heute, als ich in seine Werkstatt kam, weißt du, was er da gemacht hat?«

Julia setzte sich in den Schneidersitz, klemmte ein Kissen vor den Bauch und schüttelte den Kopf.

»Er saß in einem Sessel und stierte vor sich hin! Robert, der immer irgendetwas zu werkeln in den Händen hat. Aber er sagt ja nichts. Ich meine, er hat nie viel geredet. Wenn ich ihn wegen irgendetwas um Rat gefragt habe, dann hat er mit Geschichten der Erinnerungsstücke geantwortet. Das war voll ausreichend. Er hat mich nie ausgefragt und ich ihn auch nicht. Wir pflegten eine, wie sage ich es?« Patrick drehte sich um, sah Julia an und schnipste mit den Fingern. »… eine wohlwollende Hausgemeinschaft. Genau. Keiner redete dem anderen in seine Sachen rein. Auch als er die Wohnungen leerstehen ließ, sagte ich nichts. Wenn ich eine Freundin hatte, dann hielt er Abstand. Verstehst du?« Patrick ließ sich neben Julia auf das Sofa plumpsen. »Mit seinen Erinnerungs-Kunden macht Robert es genauso. Er löchert sie nicht, was die Erinnerungen den Leuten bedeuten, ob sie überhaupt der Wahrheit entsprechen und so etwas. Er nimmt die Erinnerungen einfach an, erhält sie am Leben und gibt sie wieder ab. Mit mir macht er es ähnlich.« Er lehnte sich seufzend zurück. »Keine Ahnung, was ich damit sagen will. Jedenfalls tauchtest du mit dem Foto auf …« Er verstummte, presste die Lippen aufeinander und fuhr sich mit den Händen über das Gesicht.

»Ich habe alles durcheinandergebracht?«, fragte Julia vorsichtig.

Patrick nickte. »Du oder deine Oma Belle, keine Ahnung, was ihn an der Geschichte so umtreibt.«

»Weißt du, wo Schröder heute Abend gewesen ist? Er ist anscheinend schon wütend nach Hause gekommen.«

»Karlheinz Südhoff. Ein Schulfreund von Robert. Ich hatte ihm die Adresse gegeben. Ich denke, er hat ihn besucht.«

Julia lehnte ihren Kopf an Patricks Schulter und sie schwiegen eine Zeit lang.

»Meinst du, es ist eine gute Idee«, überlegte Julia schließlich, »wenn Schröder einfach mal zu Oma Belle geht? Wenn die beiden miteinander reden, kommen sie vielleicht darauf, wie sie Peter Gerlach aufspüren können. Dann wäre der Spuk für Schröder vorbei.«

Patricks Arm um ihre Schulter versteifte sich und Julia sah ihn an. Er küsste sie flüchtig auf den Mund. »Ich kann es ihm ja mal vorschlagen.«

»Kann ich auch machen«, bot Julia an.

»Ich glaube, du hast gerade keinen so guten Stand bei Schröder.«

»Dann besuche ich morgen den Südhoff«, schlug sie vor. »Ich frage ihn einfach, was vorgefallen ist. Das ist schließlich der erste Name, der in der Geschichte auftaucht. Möglich, dass er mir etwas zu Peter Gerlach sagen kann.« Julia setzte sich auf und sah Patrick erwartungsvoll an. Der zog die Augenbrauen zusammen, räusperte sich und zog seine Hand aus ihrer.

»Äh, ich glaube«, stammelte er, »keine so gute Idee.«

»Wieso? Ist doch sicher leichter für Schröder, wenn er nicht alles allein machen muss«, erwiderte Julia irritiert. Patrick kratzte sich am Hals. »Also, ich denke, du fragst erst Robert, was passiert ist. Wir sollten ihm die Gelegenheit geben, seinen Ausraster zu erklären. Meinst du nicht?«

Julia atmete tief durch. »Na gut«, sagte sie. »Aber das Warten macht mich wirklich verrückt. Oma Belle könnte jeden Tag sterben und ich kann ihr nicht helfen.«

Patrick zog sie auf seinen Schoß, legte einen Arm um die Taille und strich eine Locke aus ihrem Gesicht.

»Du hilfst ihr doch. Allein damit, dass du da bist. Dafür, dass sich die alten Leute aus den Augen verloren haben, bist du nicht verantwortlich. Du tust, was du kannst.«

Sie verharrten, betrachteten gegenseitig Augen, Falten, Grübchen, Sommersprossen und Lippen. Dann bewegten sie sich, strichen mal sanft, mal kräftig durch Haare, über Rücken und Schenkel, hauchten in Ohren und Schlüsselbeinkuhlen und dann war es Julia, die leicht erhitzt und wackelig aufstand, um Patrick zur Tür zu lotsen. Warum?, fragte sie sich, als sie an der geschlossenen Wohnungstür lehnend Patricks polternden Schritten die Treppe runter lauschte. Sonst hatte Julia nichts gegen eine One-Night-Begegnung oder eine Affäre, gern auch über Kontinente hinweg. Doch bei Patrick schien alles zu kompliziert. Nicht nur die Sache mit Schröder und Oma Belle oder Schröders Auftritt am Abend, sondern auch, dass Patrick ein sesshaftes Leben führte, während sie ständig unterwegs war, dass er ein vernünftiger Anwalt und sie eine impulsive Fotografin war – allerdings waren Unterschiede angeblich dazu da, um überwunden zu werden. Jedenfalls behauptete Oma Belle das gern. Vielleicht war die Begegnung mit Patrick auch ungewohnt einfach? Auf jeden Fall war das zu viel Durcheinander für alles, was möglich wäre oder eben auch nicht. Es war sicher kein Fehler, Patrick nach Hause geschickt zu haben. Sie sollte sich einfach auf das konzentrieren, was wichtig war. Und das waren Oma Belle und Peter Gerlach. Morgen würde sie erst mit Schröder reden, dann Südhoff besuchen, ob mit oder ohne Schröders Einverständnis, und am Ende vom Tage würde sie Oma Belle endlich konkrete Antworten in der Gerlach-Sache liefern können.

Kapitel 11

Nachdem Patrick die Türen hinter sich zugeschlagen hatte, schleuderte Schröder seine Jacke auf das Bett. Dabei fiel ein kleiner schwarzer Beutel auf den Boden. Fluchend hob er ihn auf, wog ihn in der Hand. Das Säckchen aus weichem Stoff barg mehrere kleine perlenartige Teile in sich. Was sollte das denn schon wieder? Er knüpfte den Knoten der Zugschnur auf, zog an der Öffnung und ließ den Inhalt in die Hand kullern. Ihm stockte der Atem. Schröder zählte fünfzehn geschliffene Diamanten.

Kalle! Er musste ihm den Beutel untergeschoben haben. War doch Karlheinz Südhoff, der alte Meisterdieb, der Einbrecher bei Juwelier Krämer gewesen? Es wurden vor allem Diamanten gestohlen, hatte in der Zeitung gestanden. So stellte sich Kalle also die »Wiedergutmachung« vor, die er ihm angedroht hatte. Kalle wollte die Beute aus dem Haus haben und Schröder sollte sie für ihn verstecken. Ein Antiquitätenladen, mit Werkstatt und einem Haus mit fünf Wohnungen bot genügend Ecken und Winkel, um ein Säckchen voller Diamanten verschwinden zu lassen. Dass die Polizei allerdings immer wieder in Schröders Laden auftauchte, wenn sie gestohlene Wertgegenstände und Antiquitäten suchte, daran hatte Kalle anscheinend nicht gedacht. Schröder sah sich in seinem Zimmer um. Wo konnte er die Steine vorübergehend verstecken? Im Haus wollte er dafür mitten in der Nacht auf keinen Fall herumspazieren. Schröder öffnete den Kleiderschrank, tastete die Innenwände ab und legte den Beutel auf eine Latte an der Seitenwand. Wird schon gut gehen, hoffte er. Er hatte schließlich gegenüber der Polizei eine weiße Weste und in seinem Laden hatte er selten wertvolle Schmuckstücke angeboten. Also warum sollte irgendjemand auf die Idee kommen, die Diamanten bei ihm zu suchen?

Kaum hatte Schröder die Schranktür geschlossen, nahm er die bleierne Stille und Dunkelheit in seinem Zimmer wahr. Sie füllte nicht nur diesen Raum aus, dessen karge Einrichtung ihm bisher eine willkommene Erholung gewesen war. Er wusste, dass diese Starre das ganze Haus befallen hatte, seit Patrick wütend das Haus verlassen hatte. Die erhoffte Erleichterung trat nicht ein. Die äußere Ruhe setzte sich nicht gegen sein inneres Chaos durch.

Schröder ließ sich auf das Bett sinken. Wie sollte er dem Entsetzen entkommen, das ihn seit Kalles zorniger Attacke erfasst hatte? Nein, es war nicht Kalles unversöhnter, über Jahrzehnte konservierter Hass gewesen, der Schröder erschreckte. Seine eigene wild aufgeflammte Wut, seine eigenen geballten Fäuste, seine eigenen Schläge machten ihn fassungslos. Und er erinnerte sich an die Raserei in Körper und Gedanken. Als er das Foto von Isabelle und sich zusammen mit dem Toskana-Bild verbrannt hatte, hatte sie ihn im Griff gehabt. Aber das war nicht alles gewesen. Schröder setzte sich auf. Sich wehrlos von den alten, bewusst ins Vergessen verbannten Gefühlen auffüllen zu lassen, war unerträglich. Was konnte er tun? Seit Julia seinen Laden betreten hatte, hing eine Gewitterwolke über ihm. Er wusste nicht, wann das Unwetter über ihn hereinbrechen würde. Seine Versuche, Zeitpunkt und Wucht des Sturms zu kontrollieren, waren erfolglos geblieben. Das Einzige, was er erreicht hatte, war, dass er die Umrisse der Wolke erkannte. Schröder sah auf die Uhr. Die Zeiger standen auf neun Minuten nach vier Uhr. Viel zu früh, um sich bei Patrick zu entschuldigen, um bei Kalle aufzutauchen oder sonst etwas zu unternehmen, um seine Erinnerungen in Gang zu bringen. Feigling! Er wusste ganz genau, was er tun musste, um sich von der schwelenden Angst vor der Erinnerung zu befreien.

Schröder stand auf, ging in seinen Salon, öffnete die Schublade der Vitrine und nahm Isabelles Erinnerungsstücke heraus. Er tastete die rechte Westentasche ab. Dort steckte der Ausdruck des Fotos von der jungen Isabelle. Ihren Brief und Ring steckte er in die linke Tasche. Schröder verließ das Haus und machte sich auf den Weg durch die Stadt zum Elisabeth-Stift.

Die Sonne ging gerade auf, als Schröder endlich die lange Auffahrt zu dem schlossartigen Gebäude entlangging. Hinter einem der vielen Fenster lag Isabelle Kellermann-Schäfer. Einige Autos fuhren an ihm vorbei und verschwanden hinter dem Haus. Die Frühschicht des Personals, vermutete Schröder. Für einen Besuch war es eindeutig noch zu früh. Deshalb suchte er sich im Park eine Bank, von der aus er die Front des Gebäudes im Blick hatte. Die Wanderung hatte Schröder gutgetan. Jetzt konnte er warten, bis die Türen des Hauses für Besucher geöffnet wurden. Schröder war entschlossen, sich nicht mehr vor Isabelle zu verstecken. Er würde sich anhören, was sie ihm zu sagen hatte. Schlimmer als die Begegnung mit Kalle konnte es nicht werden. Denn es gab für ihn keinen Zweifel mehr, dass er seinem alten Freund und wahrscheinlich auch Isabelle etwas angetan hatte, was nicht zu entschuldigen war. Nur das Wie und Was fehlte Schröder noch. Isabelle würde es ihm erzählen. Ob sie sich dann mit ihm versöhnen oder ihn für seine Verfehlungen verurteilen würde, war Schröder inzwischen gleichgültig. Verfehlungen, dachte er verächtlich. Was für ein harmloser Begriff für eine Handlung, die nach einem halben Jahrhundert derart heftige Gefühle wachrief.

Er zog Isabelles Porträt aus der Tasche, faltete es auseinander und betrachtete es.

Es musste bei einer der Demonstrationen im Mai 1970 gewesen sein, als er Isabelle kennengelernt hatte. Hunderte Studenten waren von der Universität vor das Amerikahaus gezogen, um gegen den Vietnamkrieg und die US-Politik zu protestieren. Er war zusammen mit Jan und seinen Mitbewohnern losgezogen, um das Haus der imperialistischen Großmacht zu besetzen und möglichst viel Randale zu machen. In der Menge hatte er Jan bald aus den Augen verloren. Schon hundert Meter vor dem Amerikahaus standen Polizeieinheiten in voller Montur aus Helmen, Schildern und Knüppeln, um die Demonstranten aufzuhalten. Wütend drängten die Studenten gegen die Absperrung, brüllten im Chor Parolen, schwenkten ihre Schilder mit Slogans gegen Nixon und die korrupte Bundesregierung. Peters Blick fiel auf Isabelle. Erst war es nur eine zufällige Begegnung. Sie wäre flüchtig geblieben, wenn sich nicht eine weitere Polizeikette von der Rückseite dem Pulk Studenten genähert hätte. Sie drängten die Demonstranten Schritt für Schritt zusammen, um sie einzukesseln. Über Megafone forderte ein Polizist die Menge auf, die Versammlung aufzulösen. Einige Kommilitonen verschwanden schnell in den Gassen. Die meisten allerdings wollten nicht kleinbeigeben. Auch Peter war entschlossen, sich lieber festnehmen zu lassen, als feige davonzulaufen. Immer weiter rückten die Polizeireihen aufeinander zu und schoben die Studenten zusammen. Ein Ausbrechen schien inzwischen unmöglich. Peter stand Schulter an Schulter zwischen Kommilitonen eingezwängt, als jemand durch die Masse an seinen Rücken gedrückt wurde. Er drehte sich fluchend um und sah die Panik in Isabelles Gesicht. Instinktiv nahm Peter ihre Hand, überblickte die Bewegung der Menschenmasse, den sich immer enger schließenden Kreis der Polizisten und entdeckte einen Ausweg. Er packte Isabelle fest am Handgelenk, um sie in dem Gedränge nicht zu verlieren, und zwängte sich durch die gedrängt stehenden Menschen. Er spürte, wie Isabelle immer wieder gegen seinen Rücken stolperte, wie sie sich an seinem Hemd festhielt, und schob sich vorwärts. Es war knapp gewesen. Der Ring aus Polizisten hatte sich fast geschlossen, als er Isabelle aus der Menge zog, einen Beamten, der sie festhalten wollte, zur Seite drängte und mit ihr in die nächste Gasse floh. In dem Moment, als er sie ansah, spätestens, als sie sich im Café gegenübersaßen, hatte er sich in sie verliebt, erinnerte sich Schröder und lachte leise vor sich hin. Er hörte Isabelles Stimme, erleichtert und fröhlich, wie sie sich bei Peter entschuldigte und bedankte.

»Ich will ehrlich sein«, sagte sie. »Mein Name ist Isabelle Kellermann. Mein Vater ist der Boss vom Bankhaus Kellermann. Deshalb nenne ich mich an der Uni Isabelle Stadler. Das ist der Mädchenname meiner Mutter. Das ist zwar nicht ganz ehrlich, aber sonst nimmt mich doch kein Kommilitone ernst. Höchstens die, die Wirtschaft studieren. Die würden vor mir auf die Knie sinken, um meine Hand anhalten oder um eine Stelle im Bankhaus flehen. Die anderen, zum Beispiel die da draußen, würden mich steinigen, weil ich aus einem reaktionären Kapitalistenhaushalt stamme.«

Peter hatte nur gelacht, weil ihn diese funkensprühende Frau sprachlos machte.

Schröder faltete Isabelles Bild zusammen und steckte es zurück in die Westentasche. Die Morgensonne hatte inzwischen einen Teil des Parks und eine Ecke der wilhelminischen Villa erobert. Ob Isabelle schon wach war? Eine alte Frau schlief sicher nicht länger als er, vermutete Schröder. Doch noch war die Eingangstür zum Elisabeth-Stift geschlossen. Es würde sicher nicht mehr lange dauern, bis er Isabelle besuchen konnte. Schröders Herz schlug schneller. Er freute sich auf das Wiedersehen, stellte er erstaunt fest. Er klammerte sich an diese Vorfreude, denn das dicke Ende würde mit zementierter Gewissheit über ihn hereinbrechen. Das dicke, fürchterliche Ende! Schröder spürte seine Hände nicht mehr. Er hasste diesen Zustand. Seine Hände waren sein Ankerpunkt. Angst schnürte alles in ihm ein. Die Angst vor Entdeckung und der unweigerlich folgenden Scham, die ihn in den Abgrund ziehen oder in die Flucht treiben würde. Genau wie vor fünfzig Jahren. Er beobachtete eine Angestellte dabei, wie sie die Eingangstür öffnete und festklemmte. Schröder starrte auf die offene Tür. Jetzt also. Die Wahrheit war nur noch wenige Meter entfernt. Die Wahrheit! Schröders Hände zitterten, kalter Schweiß bildete sich auf seiner Stirn, in den Ohren hörte ein drängendes Rauschen. Die Wahrheit über den Toten? »Nach der Schießerei in der Kellermann-Villa«, hatte Kalle gesagt, und er habe Jan nicht erschossen. Aber er hatte jemanden erschossen. Wen? Und wer hatte auf Jan geschossen? Er selbst? Und das alles passierte, weil er Kalle zu einem Racheakt angestiftet hatte. Warum? Schröders Brustkorb fühlte sich schwer an wie ein Steinblock. Nein! So nicht! Er war noch nicht soweit. . In Schröder schlug eine Tür krachend zu. Er stand auf, marschierte auf die Auffahrt zu, den Blick auf den Boden geheftet. Er musste weg, in die Werkstatt, wo Arbeit mit dem Versprechen auf Entlastung auf ihn wartete. Die schmucklose Kaffeekanne von der Großmutter einer kinderreichen Familie stand ganz oben auf der Liste. Die Kinder und Enkel hatten sich nach dem Tod der Großmutter nicht einigen können, wer die Kanne und damit das Zeugnis glücklicher, ausgelassener Familientreffen erben sollte. Also hatte man die Kanne in Schröders Laden gebracht, damit sie in dem Streit nicht verloren ginge.

Am Eingangstor des Elisabeth-Stifts bemerkte Schröder zwei Männer. Er ignorierte sie, durfte sich jetzt nicht ablenken lassen. In Gedanken hielt er sich an der Kaffeekanne fest, um nicht zu spüren, dass er wieder auf der Flucht vor der Konfrontation mit Isabelle und der ganzen verdammten Wahrheit war. Die Kaffeekanne, was benötigte er für die Pflege, um den Glanz ihres Dekors zu erhalten? Wie lautete der Name des Ortes im Sudetenland, wo die Kanne damals von dem jungen Ehepaar gekauft worden war? Wer rettete die Kanne bei der Vertreibung nach dem Krieg?

»Robert Schröder?«

Schröder schreckte auf und starrte auf den Polizeiausweis, den ihm einer der Männer vor die Nase hielt.

»Ja, was gibt es?«, fragte Schröder verwundert.

»Ich bin Kriminalmeister Strobel und das ist mein Kollege Henning. Wir fordern Sie auf, uns für eine Zeugenbefragung ins Präsidium zu begleiten.«

»Befragung zu was?«

»Es geht um Karlheinz Südhoff«, antwortete Strobel und deutete auf einen silbergrauen Toyota. »Bitte, steigen Sie ein, Herr Schröder.«

Schröder sah entgeistert von Strobel zu Henning, der schon die Autotür aufhielt. Er presste die Lippen aufeinander, warf einen Blick zurück auf den wilhelminischen Prachtbau und verfluchte seine Feigheit.

Kapitel 12

Julia presste ihren Finger auf den Klingelknopf neben Schröders Namensschild. Es rührte sich nichts. Sie klopfte an die Ladentür, obwohl dahinter alles im Dunkeln lag. War Schröder immer noch wütend wegen gestern Abend? Was auch immer ihn so hatte ausrasten lassen, über Nacht musste er sich doch soweit beruhigt haben, dass er mit ihr reden konnte. Sie hatte schließlich niemanden ermordet, sondern lediglich seinen erwachsenen Ziehsohn ein bisschen verführt. War das unverzeihlich? Warum? Sie drückte den Klingelknopf von Patrick. Nach einem Summen öffnete sie die Haustür. Patrick stand oben an der Treppe und winkte sie nach oben.

»Wo ist Schröder?«, fragte Julia, als sie die Wohnung betrat. Patrick rief ihr von der Küche aus »Guten Morgen!« zu. Julia folgte seiner Stimme, wobei sie in jedes Zimmer einen schnellen Blick warf. Einfach, aber geschmackvoll eingerichtet, einigermaßen aufgeräumt, im Büro stapelten sich Akten auf dem Schreibtisch, das Schlafzimmer sah nicht nach einer Lasterhöhle aus. Aber woran erkannte man eine solche überhaupt?

»Na? Gut geschlafen?«, fragte Patrick und reichte ihr einen Becher Kaffee. Eine aufgeschlagene Zeitung und die Reste eines Frühstücks waren noch auf dem kleinen Küchentisch.

»Nein, gar nicht«, gestand Julia, nahm den Becher und setzte sich an den Tisch. »Ich war so durcheinander wegen Schröder und überhaupt.«

Patrick setzte sich ihr gegenüber. »Ging mir ebenso«, sagte er schmunzelnd. »Aber vor allem wegen dem ›überhaupt‹.«

Julia wurde verlegen, was ihr schon lange nicht mehr passiert war. Sie nahm Patricks Hand und verschränkte ihre Finger mit seinen.

»Wo ist Schröder? Ich habe bei ihm geklingelt. Er macht aber nicht auf. Hast du ihn inzwischen getroffen?«

Patrick schüttelte den Kopf, angelte, ohne Julias Hand loszulassen, sein Handy von der Theke und prüfte die Anzeigen. »Hat auch keine Nachricht hinterlassen. Sonst macht er das immer, wenn er das Haus verlässt.« Er stand auf. »Ich sehe mal nach.«

Es dauerte nicht lange, bis er zurück war. Nachdenklich ließ er sich auf den Küchenstuhl sinken.

»Nichts«, sagte er. »Die Wohnungstür ist abgeschlossen, was er sonst nie tut. Also bin ich mit dem Ersatzschlüssel rein. Kein Schröder.«

»Meinst du, ihm ist etwas passiert?«, fragte Julia besorgt.

»Denke ich nicht. Schröder hat meine Nummer als Notfallnummer in seinem Handy gespeichert und in seinem Geldbeutel. Also hätte jemand angerufen, wenn er einen Unfall gehabt hätte.«

Sie beschlossen, bis zum Mittag zu warten. Julia könnte, falls nötig, den Laden öffnen, Patrick würde eine Stellungnahme für einen Mandanten schreiben und wenn sich Schröder bis dahin nicht gemeldet haben sollte, dann würde Patrick sie in die Birkenallee begleiten, um Karlheinz Südhoff aufzusuchen.

Eine Stunde später hatte Schröder sich immer noch nicht gemeldet. Julia hatte zweimal an seine Wohnungstür geklopft, geklingelt und gerufen. Nichts. So stur konnte man doch gar nicht sein, dachte sie und war sich gleichzeitig nicht sicher, ob das für den knorrigen alten Schröder galt. Sie schloss pünktlich die Ladentür auf, schaltete den Kronleuchter an, holte den Staubwedel und machte sich an die Arbeit.

Erst dachte Julia, sie sei Zeugin eines Polizeieinsatzes in der Nachbarschaft. Doch als vier uniformierte Polizisten auf den Wink eines Beamten in Zivil auf die Ladentür zugingen, wurde Julia klar, dass der Aufmarsch der Ordnungshüter mit Schröder zu tun hatte. Der Zivilbeamte betrat als erster den Laden und hielt Julia seinen Ausweis unter die Nase.

»Kriminalkommissar Lorenz Precht, ich habe einen Durchsuchungsbeschluss für den Laden«, klärte er Julia im Kommandoton auf. »Und wer sind Sie?«, fragte er schroff, während er mit einer Kopfbewegung die Uniformierten in den Laden dirigierte.

»Kann ich mal sehen?«, fragte Julia mit trockenem Mund.

»Was?«, fragte Precht irritiert.

»Den Durchsuchungsbeschluss.«

»Sind Sie überhaupt berechtigt?«

»Ich weiß nicht, aber Sie stürmen den Laden, in dem ich arbeite. Ich denke, ich habe sogar die Pflicht, mich zu vergewissern, dass dieser Überfall hoheitlich angeordnet wurde«, erwiderte Julia spitz. Sie konnte gar nicht hinsehen, wie die Polizeibeamten gerade grob Sitzmöbel verrückten, auf die Polster boxten und filigrane Tischchen kippten, als wären sie in einem Discount-Möbelhaus. Precht griff in die Innentasche seines zerknitterten Leinensakkos und fischte ein Blatt heraus, das er Julia hinhielt.

»Bitte, überzeugen Sie sich, dass es sich um eine richterlich angeordnete Maßnahme handelt und nicht um einen Überfall«, sagte Precht herablassend. Dann winkte er einen Beamten zu der Vitrine mit den Döschen und Etuis. »Hier, das wäre doch perfekt als Versteck!«

Julia war viel zu aufgeregt, um die Einzelheiten in dem Schreiben zu lesen. Sie erkannte seinen amtlichen Charakter am Briefkopf, den Unterschriften und einer Liste von Paragrafen. Sie verließ trotz des Protestes des Hauptkommissars den Laden, rannte die Treppe rauf und hämmerte gegen Patricks Tür.

»Ist Robert endlich wieder da?«, fragte Patrick, als er die Tür öffnete.

»Nein«, antwortete Julia und drückte Patrick den Durchsuchungsbeschluss in die Hand. »Aber dafür ein Bataillon Polizeibeamter inklusive Heerführer Precht.«

Patrick sauste fluchend die Treppe runter und in den Laden. Als Julia ihn erreichte, studierte Patrick die richterliche Anordnung.

»Der Alte hat seinen Anwalt gleich im Haus, wie praktisch«, spottete Precht und setzte sich in einen prächtigen Barocksessel, der wie ein Thron in dem Laden wirkte. »Dann darf ich Sie unterrichten«, erklärte er selbstgefällig, »dass Ihr Mandant, Robert Schröder, sich bereits für eine Befragung im Präsidium Mitte befindet.«

Während Patrick sich mit dem Hauptkommissar auseinandersetzte, beobachtete Julia die Polizisten im Laden. Sie rollten den Teppich auf, räumten den Wäscheschrank aus, klopften an Wände, hoben Figurinen, Tassen, Teller und tasteten Kissen ab. Sie stellte sich neben Patrick, der sich mit finsterer Miene an die Verkaufstheke gelehnt hatte und die Beamten beobachtete.

»Was suchen die eigentlich?«, fragte Julia ihn leise.

»Vor zwei Tagen wurde der Juwelier Krämer ausgeraubt«, erklärte Patrick. »Ein dreistes Stück, was die Diebe da abgeliefert haben. Das müssen Profis gewesen sein. Die haben sogar den Safe geknackt und leergeräumt, ohne Spuren zu hinterlassen.«

»Und was hat Schröder damit zu tun? Soll dabei gewesen sein? Echt jetzt?«

»Nein, dieser Kommissar glaubt, hier irgendwo sei die Beute versteckt«, sagte Patrick kopfschüttelnd. Julia beobachtete einen Polizisten, der sich hinter der Theke an einer Schublade zu schaffen machte. Mit einer Handbewegung wühlte er die dort sorgfältig drapierten Lederhandschuhe durcheinander. Julia holte tief Luft, um dagegen zu protestieren, doch Patrick legte beschwichtigend eine Hand auf ihren Arm.

»Die Polizei verdächtigt Karlheinz Südhoff, an dem Einbruch beteiligt gewesen zu sein«, erklärte Patrick leise. »In seinem Haus haben sie allerdings nichts gefunden. Dafür beobachteten sie Robert gestern Abend bei Südhoff. Seitdem haben sie Schröder observiert und schließlich aufs Präsidium zitiert.«

»Was?« Julia schnappte nach Luft. »Wann kommt er dann wieder?«

»Keine Ahnung. Ich fahre zu ihm, sobald die Durchsuchung abgeschlossen ist. Hoffentlich hält Robert solange die Klappe.«

Julia hielt sich an der Theke fest, um die Beleidigungen und Flüche, die ihr auf der Zunge lagen, nicht rauszuschreien. Denn wenn sie Schröder und, wenn alles schiefliefe, auch Südhoff in Haft nahmen, was wurde dann aus Oma Belle?

»Sie wissen hoffentlich, dass Ihre Suche hier verschwendete Mühe ist, oder?«, blaffte Patrick. »Robert Schröder hat in all den Jahren, in denen er diesen Laden betreibt, nicht einmal etwas zu Schulden kommen lassen. Juristisch gesehen steht Ihre Aktion auf sehr dünnem Eis.«

Kommissar Precht stand ruckartig von seinem Thron auf. Offensichtlich nahm er Patrick die Zurechtweisung übel. Eine Hand an die Hüfte gelegt, so dass der Holster seiner Dienstwaffe zu sehen war, ging er in verachtender Lässigkeit auf Patrick zu.

»Glauben Sie mir, Herr Mehler, ich werde mir diesen Fall nicht von einem halbgaren Paragraphentypen wie Ihnen kaputt machen lassen. Ihr Pech ist, dass dies mein erster Fall als leitender Ermittler ist und ich alles tun werde, um ihn aufzuklären«, presste er zwischen den Zähnen hervor. »Wir finden hier etwas, das können Sie mir glauben. Schmuck und Diamanten lassen sich gut verstecken, wir werden also eine ganze Zeit brauchen, bis wir fertig sind. Wenn Sie Ihrem Mandanten helfen wollen, dann behalten Sie Ihre Belehrungen für sich, Herr Anwalt.«

Patrick schien das Duell Spaß zu machen, er grinste und

setzte zu einer Erwiderung an, doch Julia legte schnell ihre Hand auf seinen Arm. Ein Machtkampf würde sicher nicht dazu führen, dass Schröder schneller wieder nach Hause geschickt würde. Patrick atmete tief durch und lud Julia zu einem Tee in Schröders Küche ein. Julia sah ihn irritiert an.

»Du willst die Horde unbeobachtet lassen?«, flüsterte sie.

Patrick zwinkerte ihr zu und bot ihr galant seinen Arm an. Julia hakte sich bei ihm ein und ließ sich in Schröders Küche führen.

»Ich nehme an, die Wohnung Ihres Mandanten liegt gegenüber?«, rief Precht ihnen hinterher.

»Richtig kombiniert, Herr Kriminalkommissar«, antwortete Patrick sarkastisch und erntete einen Boxhieb in die Seite von Julia.

»Provozier ihn nicht!«, zischte sie.

Sie betraten Schröders Wohnung und ließen die Türen für die Polizisten offen.

»Was hast du vor, Patrick? Solltest du nicht Schröder helfen? Ich meine, auf dem Präsidium?«, fragte Julia.

»Das Verhör überlässt dieser frischgebackene Kommissar niemand anderem. Das wird er selbst durchführen. Außerdem habe ich Schröder tausendmal gepredigt, ohne mich nie einen Ton bei der Polizei zu sagen. Bisher ist es nie so weit gekommen. Ich hoffe, er erinnert sich daran.«

»Gehört das zum Berufsbild eines Antiquitätenhändlers, dass er ständig verdächtigt wird?«

»Ich glaube nicht. Sie drehen routinemäßig eine Runde durch die entsprechenden Läden, wenn etwas geklaut worden ist, was sich verkaufen lässt. In der Regel informieren sie die Händler, mehr nicht. Dass der Precht jetzt wegen des Einbruchs bei Krämer gegen Schröder ermittelt, ist lächerlich.« Patrick setzte sich und goss sich ein Glas Wasser ein. »Vielleicht hat Schröder mir auch nicht alles erzählt.«

»Männer!«, stöhnte Julia. »Reden nie über die wesentlichen Dinge des Lebens.«

»Wirklich?«, fragte Patrick amüsiert nach. »Ich habe aber auch nicht den Eindruck, dass Frauen mit ihrem ständigen Gerede weiterkommen.«

Julia biss grinsend in einen Keks. »Trotzdem, du solltest zu Schröder fahren und ihn unterstützen. Hier passe ich schon auf, dass nichts wegkommt. Du sagst mir einfach, was die Bullen dürfen und was nicht.«

»Traust du dir das zu?«

»Hey, ich bin in eine Drogenrazzia in New York geraten und nicht untergegangen, da macht mir dieser Precht keine Angst«, erwiderte Julia empört.

Während sie Patricks Jacke und Tasche aus seiner Wohnung holten, hielt er Julia einen Vortrag über das, was sie tun und lassen solle. Es dürften nur der Laden und Schröders Wohnung durchsucht werden, mehr nicht, und alles müsse protokolliert werden. Auf jeden Fall solle Julia höflich sein und am besten den Mund halten.

»Die werden alles umdrehen. Wenn dir etwas komisch vorkommt, ruf mich an! Wenn die Polizisten glauben, etwas gefunden zu haben, ruf mich an! Wenn …«

»Ja, ich habe verstanden«, unterbrach Julia ihn und drängte Patrick in Richtung Haustür. »Ich rufe an, versprochen.«

Drei Stunden lang beobachtete Julia, wie die Polizisten jedes Teil im Laden dreimal umdrehten. Sie war sich sicher, dass sie nichts finden würden. Schröder war keiner, der sich an einem Juwelenraub beteiligte. Nie und nimmer. Er war zwar ein knorriger alter Mann, aber in seinem versteckten Inneren ein freundlicher Mensch. Bis auf gestern Abend. Aber ein Ausraster machte aus Schröder keinen Kriminellen. Allein, wenn sie sich vorstellte, wie sorgsam sich Schröder um die Lebenserinnerungen seiner Kunden kümmerte, ohne Profit daraus zu schlagen! Dieser Mann hatte sicher noch nie in seinem Leben ein Gesetz übertreten. Julia lehnte an der Tür zum Laden und beobachtete die Polizisten, die ins Schwitzen kamen, obwohl sie die Uniformjacken längst abgelegt hatten. Reine Verschwendung von Steuergeldern. Auf der Verkaufstheke standen rote Plastikkisten für beschlagnahmte Gegenstände bereit. Sie warf einen Blick rein und registrierte, dass bisher nur alte Kassenbücher darin gelandet waren. Sie hob die oberen Bücher an, um zu sehen, aus welchen Jahrgängen die unteren waren.

»Hände weg!«, rief Precht quer durch den Laden.

Julia legte sofort die Bücher zurück und sah dem Hauptkommissar mit überraschter Unschuldsmiene an.

»Wo sind die aktuellen Bücher?«, fragte Precht.

Julia zuckte mit den Schultern.

»Hat der Schröder kein Büro, wo er die Unterlagen aufbewahrt?«

Julia zuckte mit den Schultern.

»Das ist ja ein toller Kerzenleuchter, wo hat Schröder den denn her?«

Julia zuckte mit den Schultern.

Während die Polizisten Schröders Wohnung durchsuchten, saß sie am Küchentisch und blätterte die Zeitungen der letzten Tage durch. Sie wollte alles über den Einbruch bei Juwelier Krämer lesen. Im Internet zu recherchieren, traute sie sich nicht. Nachher beschlagnahmten die Polizisten ihr Smartphone oder ihren Laptop, weil sie nicht glaubten, dass diese ihr Eigentum waren. Sie studierte gerade eine Ankündigung der Galerie Habicht & Klausner zu ihrer Fotoausstellung, als ein Beamter quer durch die Wohnung rief: »Herr Precht, kommen Sie mal! Ich glaube, ich habe etwas gefunden!«

Julias Herz schlug sofort doppelt so schnell. Sie eilte in Schröders Schlafzimmer, wo der Beamte einen kleinen schwarzen Stoffbeutel in seiner Hand hielt.

»Was ist das?«, fragte Julia aufgeregt.

»Moment mal!«, schnaubte der Kriminalkommissar und drängte Julia zur Seite. »Geben Sie her!« Der Beamte gab seinem Vorgesetzten den Beutel. Precht zog die Schließbänder auf und kippte den Inhalt in seine Hand.

»Und? Sagen Sie schon!«, forderte Julia.

Precht öffnete die Hand. »Fünfzehn Diamanten, lupenrein, würde ich sagen. Die gehören garantiert zur Beute vom Juwelier Krämer.« Er sah Julia triumphierend an. »Habe ich es nicht gesagt? Wir finden was.«

Er ließ die Steine zurück in den Beutel kullern und steckte ihn in die Sakkotasche.

»Das will ich aber quittiert haben«, schnauzte Julia.

»Mit Freuden!«, bestätigte Precht hämisch.

Kapitel 13

Schröder entdeckte Kalle am Ende des Ganges im ersten Stock des Polizeipräsidiums.

»... nichts gefunden und keine Beweise! Ihr müsst mich gehen lassen«, redete dieser laut auf einen uniformierten Beamten ein, der ihn am Arm zu einem Büro führte.

»Kriminalkommissar Precht hat sicher noch einige Fragen an Sie, Südhoff. Also werden Sie hier schön brav warten, bis er zu Ihnen kommt«, erwiderte der Polizist und öffnete die Bürotür. In dem Augenblick drehte sich Kalle um, sah Schröder und grinste, als wolle er sagen: »Jetzt kannst du mal sehen, wie das ist!«

Schröder wich seinem Blick aus.

»Hey Peter! Tu nicht so, als würdest du mich nicht kennen!«, rief Kalle, der versuchte, sich dem Griff des Beamten zu entziehen.

»Wieso Peter?«, fragte der ältere Polizist neben Schröder. »Südhoff, dieser Mann war gestern doch noch bei dir und du erkennst ihn schon nicht mehr? Sind deine Augen altersschwach oder dein Gedächtnis?«

»Bei mir funktioniert alles prima«, antwortete Kalle. Er fixierte Schröder mit grimmiger Miene, zeigte dann mit ausgestrecktem Arm auf ihn und sagte so laut, dass es jeder hören konnte: »Das ist Peter Gerlach, mein Freund aus Kindertagen, den erkenne ich auf hundert Meter.« Dann schaffte es der Polizist endlich, Kalle in das Büro zu bugsieren und die Tür zu schließen.

Schröder wurde in den Verhörraum verfrachtet. In einem Raum einer irgendwie gearteten Strafverfolgungsbehörde hatte er noch nie gesessen, stellte Schröder erleichtert fest und hoffte, dass er sich auf diese Erinnerung verlassen konnte. Schalldichte

Türen, ein Tisch, zwei Stühle, kein Fenster, Kamera in einer Ecke, Neonlicht, Wände und Möbel in Grautönen. Der Beamte forderte ihn auf, sich zu setzen, und nahm gegenüber Platz. Er nehme nur die Personalien auf, meinte der Polizist freundlich. Die Befragung würde Kriminalkommissar Precht durchführen, wenn er wieder zurück sei. Nun folgten die Fragen nach Name, Geburtstag, Anschrift.

»Robert Schröder, geboren 3. Februar 1942, wohnhaft in der Louisenstraße 13, Antiquitätenhändler.«

Der Beamte tippte Schröders Angaben flott in die Tastatur.

»Was war das gerade mit dem Südhoff? Wieso glaubt er, Sie würden Peter Gerlach heißen?«, fragte er mit skeptischem Blick auf den Bildschirm.

»Keine Ahnung«, antwortete Schröder, lehnte sich zurück und verschränkte die Arme vor der Brust.

»Ich notiere das«, informierte der Beamte. Er klappte den Laptop zu und stand auf.

»Sie sind zwar als Zeuge hier, aber wollen Sie trotzdem einen Anwalt?«, fragte der Polizist, die Hand auf der Türklinke. Schröder dachte kurz an Patrick und wie sie letzte Nacht auseinandergegangen waren.

»Nein«, antwortete er. »Wie lange wird das dauern? Ich habe heute noch etwas vor.«

Der Polizist öffnete schulterzuckend die Tür. »Keine Ahnung«, sagte er und verschwand.

Schröder fuhr sich leise fluchend mit beiden Händen durch die Haare. Er tastete die Westentaschen ab, wollte das Schmuckkästchen herausholen, erinnerte sich an die Überwachungskamera und zog die Hand zurück. Während ein Trupp Polizisten seine Wohnung nach der Beute eines Juwelenraubes durchsuchte, sollte er nicht mit einem Brillantring herumspielen. Und überhaupt, kam es ihm in den Sinn, Isabelles Ring stammte ja tatsächlich aus Kalles Beute vor fünfzig Jahren. Er legte die linke Hand auf die Westentasche, in der Isabelles Foto steckte. Er fühlte das gefaltete Papier. Doch er gönnte sich ihren Anblick nicht. Die Freude, die er auf der Parkbank gespürt hatte, als er die Erinnerung an ihre erste Begegnung wiedergefunden hatte, verdiente er nicht. Nicht, nachdem er ein weiteres Mal geflohen war. Schröder zweifelte inzwischen daran, dass er vor 50 Jahren wegen etwas untergetaucht war, was er getan hatte. Eher würde es seine Unfähigkeit gewesen sein, Isabelle danach in die Augen zu sehen. Was im Grunde keinen großen Unterschied machte. Schröder stützte stöhnend den Kopf in seine Hände. Es könnte längst vorbei sein. Er könnte längst Klarheit über seine Taten haben, wenn er nicht im Park des Elisabeth-Stifts winselnd davongelaufen wäre.

Und jetzt saß er hier fest und konnte nichts weiter tun, als zu warten. Schröder setzte sich wieder auf, strich sanft über die linke Westentasche.

»Es wird schon gutgehen«, murmelte er.

Schröder wusste schon gar nicht mehr, wie er auf dem harten Stuhl sitzen sollte, ohne dass sein Rücken oder ein anderes Körperteil schmerzte. Endlich öffnete sich die Tür. Patrick betrat den Verhörraum, überzog Schröder mit prüfenden Blicken und legte seine Aktentasche auf den Tisch.

»Alles in Ordnung bei dir? Brauchst du etwas?«

»Ein Schluck Wasser wäre gut«, antwortete Schröder.

Patrick kümmerte sich darum. Als er mit einer Wasserflasche und zwei Pappbechern zurückkam, brummte sein Handy. Er öffnete eine App, las und stöhnte auf.

»Das gibt's doch nicht! Julia schreibt, sie haben einen Beutel mit Diamanten bei dir gefunden!«, sagte er aufgebracht.

»Kannst du mir das erklären? Ist das Südhoffs Beute von dem Juwelierraub?«

»Julia? Ist sie im Laden?«, fragte Schröder, als wäre der Inhalt der Nachricht belanglos.

»Ja, sie wollte mit dir wegen gestern Abend reden«, antwortete Patrick betont ruhig.

Schröder nahm das mit Erleichterung zur Kenntnis. Dann hatte er mit seinem sinnlosen Ausbruch nicht alles versaut.

»Die Diamanten!« Patrick beugte sich weit über den Tisch und bohrte seinen Blick in Schröders Gesicht.

»Ich war gestern bei Kalle.«

»Ich weiß«, sagte Patrick leicht ungeduldig. »Die Polizei hat dich dort gesehen und dann observiert. Und die Diamanten?«

»Kalle hat sie mir untergeschoben«, erklärte Schröder und erzählte von seinem Besuch in der Birkenallee.

Patrick hörte aufmerksam zu, während er sich Notizen machte.

»Wo haben sie dich eigentlich aufgegabelt?«, fragte er.

»Vor dem Elisabeth-Stift. Ich habe im Park gewartet, bis ich Isabelle besuchen kann.«

Patrick atmete hörbar aus. »Du wolltest zu Isabelle? Als Robert Schröder oder Peter Gerlach?«

»Ist doch egal!«, blaffte Schröder, wobei er hoffte, sein Versagen verschweigen zu können. »Übrigens hat Kalle mich vorhin mit Peter Gerlach angesprochen.«

»Hat das jemand gehört?«

»Mindestens drei Uniformierte.«

»Mist! Wenn der Kommissar dich triezen will, wird er das überprüfen, und das kann dauern.«

Schröder packte Patrick am Arm. »Hol mich hier schnell raus«, sagte er eindringlich. »Ich muss zu Isabelle. Danach ist es mir auch egal, wie lange sie mich wegsperren.«

Patrick drückte seine Hand und nickte. »Keine Sorge, du hast die Steine ja nicht geklaut. Deswegen gehst du nicht in den Knast.«

»Aber vielleicht wegen der Sache vor fünfzig Jahren. Schließlich hat es Tote gegeben.«

Patrick schüttelte energisch den Kopf. »Aus dem, was Südhoff dir erzählt hat, lässt sich nicht zweifelsfrei schließen, dass du daran schuld warst.«

»Ich weiß nicht. Wäre schon möglich«, gestand Schröder.

»Nein, das glaube ich nicht. Und wenn, dann war es ein Unfall«, erwiderte Patrick überzeugt. »Und der wäre längst verjährt.«

Wieder brummte Patricks Handy und er las die Nachricht von Julia: *»Precht ist unterwegs. Er führt sich auf wie der König von Kotzburg! Gruß an Schröder, warte hier auf euch.«*

Kriminalkommissar Precht wedelte triumphierend mit dem schwarzen Stoffsäckchen herum, als er in der Tür des Vernehmungsraumes stand.

»Nun, Herr Rechtsanwalt Mehler«, sagte Precht süffisant, »dieser Fund macht Ihren Mandanten zum Mittäter eines Juwelenraubs. Nach dem, was mir die Kollegen erzählen, sieht es nicht gut für Herrn Schröder aus.«

»Das ist lächerlich«, entgegnete Patrick. »Das lässt sich schnell widerlegen.« Er hängte noch eine ausführliche juristische Argumentation an. Doch Precht ließ sich nicht beeindrucken.

»Es kommt ja noch hinzu«, sagte dieser er hämisch, »dass die Identität Ihres Mandanten in Frage steht. Robert Schröder oder Peter Gerlach, so genau lässt sich das wohl nicht sagen.«

»Vor Ihnen sitzt eindeutig Robert Schröder«, behauptete Patrick.

»Das werden wir überprüfen. Im Moment steht die Aussage

von Südhoff gegen die Ihres Mandanten. Südhoff erzählte von einem Raubüberfall mit zwei Toten vor fünfzig Jahren. Daran soll Peter Gerlach beteiligt gewesen sein.«

»Sie wollen sich die alten Akten kommen lassen? Die gibt es doch gar nicht mehr!«

»Doch in dem Falle wohl schon«, erklärte Precht. »Es handelt sich um den gewaltsamen Tod von Bernhard Kellermann im Jahr 1973. Bankhaus Kellermann, das sagt ihnen doch was, oder? Bei dem zweiten Toten handelt es sich um einen Studenten. Soweit ich weiß, wurden die Täter bis heute nicht ermittelt. Also gibt es die Akte noch.«

Schröder hörte der Argumentationsschlacht nicht weiter zu. Isabelles Vater! Hatte Kalle ihn erschossen? Oder war er selbst es gewesen? Wollte Isabelle ihn deswegen treffen? Um ihm den Tod ihres Vaters vorzuwerfen? Oder, noch schlimmer, ihm diese Untat verzeihen? Schluss, befahl sich Schröder. Die Spekulationen machten keinen Sinn. Es existierte eine Ermittlungsakte zu den Ereignissen, die er aus seinem Gedächtnis gestrichen hatte. Er würde eine sachliche Darstellung der Ereignisse, ordentlich sortierte Fakten, protokollierte Aussagen vor sich haben und das erschien ihm allemal angenehmer als eine von Wut und Schmerz durchtränkte Anklage von Isabelle. Es hatte keinen Sinn, die wenigen aufgedeckten Karten, die er in der Hand hielt, zu deuten. Er musste diese Akte lesen. So schnell wie möglich! Er hörte, wie Patrick dafür stritt, dass Schröder bis zur Vernehmung nach Hause gehen dürfe. Wogegen Precht Einwände vorbrachte, die Patrick widerlegte, und so weiter.

»Ich warte hier auf die Akte«, verkündete Schröder. Das brachte die beiden schlagartig zum Schweigen.

Patrick sah Schröder verärgert an, zuckte mit den Schultern und packte seine Unterlagen in die Aktentasche. Precht dagegen war äußerst zufrieden. Er ging, um einen Kollegen anzuweisen, für Schröder eine Arrestzelle fertig zu machen. Patrick ließ sich auf den Stuhl sinken.

»Wieso? Ich hätte dich schon hier rausbekommen. Zumindest bis die alte Akte gefunden ist.«

»Wenn ich den alten Kellermann erschossen habe, dann ist es mir lieber, ich weiß das, bevor ich Isabelle besuche«, erklärte Schröder. »Kann ja nicht so lange dauern, oder?«

»Ich nehme an, dass der Precht seinen Kollegen Druck machen wird, damit die Akte schnell auf den Tisch kommt«, überlegte Patrick. »Über den Einbruch beim Juwelier Krämer wird viel in den Medien berichtet, er muss also Ergebnisse liefern, sonst macht er bei seiner ersten eigenen Ermittlung gleich mal Minuspunkte.« Patrick verabschiedete sich. Er würde sobald wie möglich wieder vorbeikommen.

Einer Eingebung folgend, nahm Schröder Isabelles Erinnerungsstücke aus der Westentasche und drückte sie Patrick in die Hand. Geistesgegenwärtig steckte dieser Ring und Brief in seine Aktentasche.

»Und du sagst Julia nichts über mich«, sagte Schröder, als Patrick die Tür öffnen wollte. »Du weißt schon. Peter Gerlach und so.«

»Robert! Ich will Julia nicht anlügen. Das hat sie nicht verdient«, entgegnete Patrick verärgert.

»Du willst sie nur nicht anlügen, weil du dich in sie verknallt hast.«

»Und wenn schon! Sie sucht nach dir, um ihrer Großmutter einen letzten Wunsch zu erfüllen. Sie zu belügen, ist einfach mies!«

»Es ist ja nur noch für kurze Zeit«, verteidigte sich Schröder und legte eine Hand an die linke Westentasche. »Du musst ja nicht lügen.«

»Ach nein?«, blaffte Patrick. »Wie soll ich ihr erklären, dass du hier festsitzt?«

»Du bist Anwalt«, antwortete Schröder verlegen. »Du findest sicher die richtigen Worte, um eine Lüge zu vermeiden.«

Patrick stieß hörbar die Luft aus, was an ein Knurren erinnerte, und verließ den Verhörraum.

Kapitel 14

Chaos konnte Julia es nicht gerade nennen, wie der Trupp Polizisten den Laden hinterlassen hatte. Sie beobachtete die Abfahrt der Streifenwagen, bis sie um die Ecke verschwunden waren, öffnete die Ladentür, um frische Luft reinzulassen, und sah sich im Laden um. Die Möbel und Stehlampen standen verdreht und verschoben im Raum, die Figurinen, Kerzenleuchter, das Geschirr verteilten sich ungeordnet auf den Tischen und irgendwie war alles schief und schräg. Sie schaltete sich auf ihrem Handy eine Playlist mit Weltmusik an, setzte Kopfhörer auf und drehte die Lautstärke auf. Es gab nichts Besseres, um sich vom Grübeln abzuhalten. Grund dazu hatte sie genug. Allein der Beutel mit gestohlenen Diamanten in Schröders Wohnung! Wie kamen die dahin? War Schröder doch ein Hehler? Und Patrick! Julia grinste. Wie kampflustig er mit Precht um die Feinheiten der Durchsuchung gerungen hatte und die theatralische Einladung zum Tee war bühnenreif gewesen. Und er hatte ihr vertraut, als er ihr die Aufsicht über die Polizeiarmee übertragen hatte. Andererseits, was hätte schon schiefgehen sollen? Der Hauptkommissar wäre auch in Patricks Anwesenheit mit den Diamanten aus dem Laden stolziert. Aber trotzdem. Es freute sie. Die afrikanischen Rhythmen trommelten die Gedanken aus Julias Kopf. Sie machte sich an die Arbeit, die Spuren der polizeilichen Durchsuchung zu beseitigen, drehte und schob die Tabakdöschen wieder in eine Linie, dann die Pillen- und Puderdosen.

Eine alte Frau, in einem leichten, lilafarbenen Mantel, unter dem dünne Beine hervorschauten, betrat Schröders Laden. Ihre weißen Haare waren zu kurzen Locken frisiert. Auf einen zierlichen Gehstock gestützt, stand sie da und redete auf Julia ein. Die verstand kein Wort, bis sie die Kopfhörer abnahm.

»Entschuldigen Sie«, sagte sie. »Ich habe Sie nicht gehört.«

»Kein Wunder«, sagte die Frau streng. »Bei den dicken Dingern auf Ihren Ohren.«

Wie Oma Belle, fiel Julia auf, gewohnt, dass jeder nach ihrer Pfeife tanzte. Die Kundin setzte sich aufrecht auf die Chaiselongue, legte den Gehstock ab und faltete die Hände im Schoß.

»Kann ich Ihnen helfen?«, fragte Julia.

»Nein, Kindchen, ich warte auf Herrn Schröder. Der wird sicher gleich kommen.«

»Tut mir leid, aber Herr Schröder ist nicht da.«

»Was? Nein, das gibt es nicht«, widersprach die Kundin und schüttelte energisch den Kopf. »Else Engelbrecht ist mein Name und ich komme hierher, seit der Laden eröffnet wurde, und zwar jeden Mittwoch um diese Zeit. Herr Schröder war immer da. Ist er etwa krank?«

»Nein, er hat nur auswärts zu tun. Ich vertrete ihn im Laden«, erklärte Julia und ließ den abschätzigen Blick der Dame in Lila gelassen über sich ergehen.

»Wenn das so ist, sollten Sie hier etwas Ordnung machen«, sagte Engelbrecht und fuhr mit der Hand unbestimmt durch die Luft. »Sieht alles irgendwie schlampig aus.« Sie stand auf, nahm den Gehstock und deutete damit auf die Verkaufstheke.

»Die Handschuhe!«, stieß sie entsetzt aus. »Wie kann man die so liederlich auslegen.«

Julia warf einen Blick auf die zu einem Haufen zusammengeschobenen Lederhandschuhe in der Auslage. Der sah wirklich aus wie in einem Ramschladen. Aber wie hätte sie ahnen sollen, dass sie die Handschuhe zuerst hätte aufräumen sollen, weil eine exzentrische Kundin im Anmarsch war? Frau Engelbrecht klopfte mit dem Stock auf die Theke. »Ich möchte bitte meinen Handschuh haben.«

Julia eilte um die Verkaufstheke herum, öffnete die entsprechende Schublade und zupfte, den Anweisungen der Dame folgend, einen einzelnen weißen Handschuh aus weichem Nappaleder mit zierlich gestickten Blumenranken heraus. Am Knopfloch hing ein Schild mit einer Abholnummer.

»Ein Erinnerungsstück?«, fragte Julia, als sie den Handschuh auf die Theke legte.

»Ja, natürlich«, sagte Engelbrecht leise, lehnte den Gehstock an die Theke und nahm behutsam den Handschuh mit beiden Händen.

Julia staunte über die Verwandlung der resoluten Dame in Else, die sanft lächelnd, zärtlich das Erinnerungsstück betrachtete. Dann räusperte Engelbrecht sich und fragte, ob sie sich dennoch, wie gewohnt, in Schröders Salon zurückziehen dürfe. Julia führte sie in die Wohnung gegenüber, öffnete die Tür zum Salon und bot ihr Tee an. Else Engelbrecht setzte sich in einen Sessel, wobei sie den Handschuh wie ein Heiligtum in der offenen Hand trug. Julia schloss leise die Tür, bereitete den Tee zu, stellte eine Tasse mit Zucker und Milch auf ein Tablett und trug es in den Salon. Eigentlich wollte sie sich wie ein unsichtbarer Geist zurückziehen. Doch nach einem tiefen Seufzer klagte die alte Dame, dass es einfach nicht funktioniere. Sie legte den Handschuh in den Schoß und griff nach der Teetasse.

»Fehlt etwas?«, fragte Julia freundlich.

»Der alte Sturkopf Schröder fehlt«, gab Engelbrecht lächelnd zu. »Er sitzt meist auch hier, während ich mein Ritual vollziehe. Hört sich mucksmäuschenstill die immer gleiche Geschichte von mir an und wenn ich wieder ins Jammern verfalle, lächelt er.« Sie legt eine Hand auf den Handschuh. »Im Mysterium des Lebens liegen Freude und Trauer dicht zusammen, sagt Schröder oft. Der Inhalt einer Erinnerung sei manchmal voller Freude. Dagegen sei die Tatsache, dass es eine Erinnerung geworden ist, ein sehr trauriger Moment.«

Engelbrecht nippte an ihrem Tee und Julia setzte sich auf das Sofa.

»Kennen Sie Schröder gut?«, fragte Julia.

»Ach nein. Ich glaube nicht, dass ihn überhaupt jemand kennt. Außer Patrick vielleicht. Er erzählt ja nie etwas über sich. Wenn er was redet, dann über die Erinnerungen seiner Kunden. Das kann er gut. Er findet immer eine Geschichte, die mir weiterhilft. Eigentlich ist er so etwas wie mein Therapeut, Beichtvater und – ja doch, ich würde sagen, Freund.«

Julia holte sich einen Becher Tee und setzte sich wieder in den Salon.

Engelbrecht lächelte verschmitzt. »Nun, ich nutze Schröder ein wenig aus, das muss ich zugeben. Er ist wie ein Schwamm, wenn er mir zuhört. Er saugt meine Traurigkeit auf.«

»Das kann ich mir gut vorstellen«, sagte Julia. »Erzählen Sie mir die Geschichte Ihres Handschuhs?«

Else Engelbrecht nahm ihr Kleinod zwischen die Handflächen und drückte sie zusammen.

»Wie Sie sehen, habe ich nur einen von dem Paar Handschuhe, die ich bei unserer Hochzeit getragen habe. Den zweiten habe ich meinem geliebten Egon mit ins Grab gegeben. Und das ist in Indonesien, genauer auf dem katholischen Friedhof in Jakarta. Er ist vor 39 Jahren bei der deutschen Botschaft im diplomatischen Dienst gewesen. Ich war zu der Zeit hier zu Hause, wegen der Kinder. Egon fing sich ein seltenes Virus ein und verstarb innerhalb weniger Tage. Als ich endlich in Jakarta eintraf, konnte ich nur noch seine Beerdigung organisieren. Zu der Zeit waren die politischen Verhältnisse in Indonesien katastrophal. Alles ging drunter und drüber, Unruhen bahnten sich an. Der Botschafter riet mir, Egon vor Ort zu beerdigen und möglichst schnell das Land zu verlassen. Ich ließ mich überreden, was ich oft bedauere. Wenn Egon auf Reisen war, teilten wir die Handschuhe auf. Einer blieb bei mir und seinen nahm er immer mit.« Engelbrecht lachte verlegen. »Sentimental, nicht wahr? Aber so hatten wir das Gefühl, uns an der Hand zu halten, egal, wie viele Kilometer zwischen uns lagen.«

»Das ist schön«, sagte Julia gerührt, wobei sie dachte, dass sie auch gern jemanden hätte, den sie über einen Handschuh von der Ferne aus festhalten könnte.

Else Engelbrecht atmete tief durch und strich über die gestickten Blüten auf dem Handschuh. »Für mich ersetzt der Besuch beim Handschuh den Gang auf den Friedhof. Ich kann ja kein Grab besuchen, verstehen Sie?«

Else Engelbrecht brach auf, sobald sie den letzten Schluck Tee getrunken hatte. Zu Julias Überraschung vertraute sie ihr den Handschuh an und wies Julia an, ihn sorgfältig zurück in die Schublade zu legen.

»Und räumen Sie hier etwas auf!«, sagte Else Engelbrecht streng, als sie durch den Laden zur Tür ging. »Weiß der Himmel, was in Herrn Schröder gefahren ist, dass er seinen Laden so ...«, sie wedelte unbestimmt mit der Hand durch die Luft, »... schepps hinterlassen hat. Gar nicht seine Art.«

Es dauerte nicht lange und Patrick stand im Laden. Julia ging erleichtert auf ihn zu, doch er machte keine Anstalten, sie zur Begrüßung zu umarmen oder gar zu küssen. Stattdessen machte er den Eindruck, als wollte er ihr aus dem Weg gehen. Was war passiert? Hatte sie etwas falsch verstanden? Patrick erstattete ihr den Bericht über Schröders Lage, als trage er den Sachverhalt einem Richter vor. Er sprach von einem ehrgeizigen Kriminalkommissar Precht, der die Anschuldigungen des Kriminellen Südhoff – Schröder sei an dem Einbruch beteiligt gewesen – ernst nehme und diesen in Haft sitzen lassen wolle, bis sein Alibi und sonstige Aussagen überprüft seien. Ein

Haftprüfungstermin beim Ermittlungsrichter könne sicher erst übermorgen anberaumt werden. Patrick sah Julia dabei nicht an, sagte kein persönliches Wort, stemmte die Hände in die Hüfte und stöhnte, er habe bis dahin noch eine Menge zu recherchieren.

Was war hier los? Irgendetwas stimmte nicht. Julia bemühte sich um ein verständnisvolles Lächeln. Sicher machte sich Patrick Sorgen um Schröder, aber er wollte diese offensichtlich nicht mit ihr teilen. Im Gegenteil, Julia hatte den Eindruck, er wolle sie loswerden. Lieber wäre sie auf ihn zugegangen, doch sie entschied sich anders. Sie würde sich nicht aufdrängen. Sie kannte sich bestens damit aus, wenn es Zeit für sie war zu gehen. Sie holte ihre Tasche und wandte sich zum Gehen. Kein Widerspruch von Patrick, keine Bitte um Hilfe, kein persönliches Wort.

»Ach, da fällt mir ein«, sagte Julia, als sie bereits in der Tür stand. Sie sah sich um. War da ein Bedauern in seinem Blick oder war das Wunschdenken?

»Was?«, fragte Patrick.

»Morgen treffe ich mich mit Sebastian Gerlach, dem Neffen von Peter. Er bringt Fotos und vielleicht auch Briefe seines Vaters an Peter mit.«

»Ach ja? Und?«

»Wir haben uns hier verabredet. Gerlach würde gern das Haus sehen, in dem sein Vater aufgewachsen ist.«

Patrick sah auf den Boden, schüttelte den Kopf und als er aufblickte, lag ein harter Zug um seinen Mund.

»Nicht jetzt! Schröder ist nicht da. Wäre seltsam, eine Hausbesichtigung zu machen ohne den Hausherren. Trefft euch woanders.«

»Wie du meinst«, antwortete Julia trocken. Dass Patricks abweisendes Verhalten sie verletzte, sollte er auf gar keinen Fall mitkriegen. Mit betonter Gelassenheit verließ sie Schröders Laden.

Die SMS aus dem Elisabeth-Stift erreichte Julia, als sie schon auf dem Weg dorthin war. »*Isabelle geht es schlecht. Kommen Sie so schnell wie möglich.*«

Kapitel 15

Schröder ging es gut. Das wunderte ihn nicht im Geringsten. Die Arrestzelle auf dem Polizeipräsidium erinnerte ihn an sein Zimmer in der Louisenstraße. Nur mit dem Nötigsten ausgestattet. Natürlich war die Zelle kleiner. Vier Schritte in der Länge und zweieinhalb in der Breite. Keine Ausmaße, bei denen Schröder seine anfängliche Unruhe durch Gehen hätte abreagieren können. Natürlich fehlte dem Sanitärbereich aus Edelstahl, den grauen Wandfliesen und dem festgeschraubten harten Bett jeglicher Hauch von Lebendigkeit. Aber es herrschte Ruhe. Nur, wenn sich ein Beamter näherte, waren dessen Schritte und Stimme zu hören. So sollte es sein. So war es richtig, dachte Schröder. Denn wo sollte er anders sein als hier. Hier hätte er vor fünfzig Jahren schon sein sollen. Es kam ihm vor, als rastete im Getriebe des Schicksals endlich ein Zahnrad ein, das er mit seiner Flucht blockiert hatte.

Als das Licht gelöscht wurde und nur durch das kleine Fenster eine kleine Bodenfläche von Mond und Straßenlaternen hell beschienen wurde, wanderte Schröder in Gedanken das erste Regal in der Erinnerungswohnung entlang. Der Reihe nach holte er sich die Objekte und deren Geschichten vor Augen. Das Silberbesteck, der Fußball, das Wolltuch, ein geschnitzter Hund. Bei der Brieftasche, die vor zwei Jahren eine junge Frau gebracht hatte, blieb er länger. Die Kundin wollte ihre Vergangenheit als Taschendiebin hinter sich lassen. Vielleicht brauche ich eines Tages diese Erinnerung an meine Wurzeln, hatte sie erklärt. Schröder musste bei dem Gedanken lächeln und ließ sich in die angenehme Leere des Schlafes sinken.

Precht persönlich brachte Schröder das Frühstück.

»Südhoff hat zugegeben, dass er Ihnen die Diamanten heimlich zugesteckt hat«, sagte er, während er das Tablett auf der Kante des Waschbeckens abstellte. »Er meinte, dies sei seine Rache wegen früher. Südhoff hat mit dem Einbruch beim Juwelier Krämer auch nichts zu tun. Fast nichts. Er hat zwar die Beute versteckt, uns aber auch die Namen der Täter mitgeteilt. Im Alter wird mancher Kriminelle noch vernünftig, möchte ich behaupten.«

Schröder setzte sich auf dem Bett auf, strich seine Haare glatt und zog die Weste gerade. »Kalle wird also entlassen?«

Precht nickte. »Bei Ihnen warten wir noch auf die alte Akte. Ihre Identität wollen wir auf jeden Fall überprüfen. Ich kann Sie nicht gehen lassen, ohne sicher zu sein, dass keine alte Rechnung offen ist. Denn wenn dem so ist, könnten Sie sich schneller aus dem Staub machen, als wir die Akte gelesen haben.«

Schröder nahm sich den Pappbecher mit lauwarmem Kaffee. Precht verschränkte die Arme vor der Brust.

»Sie können mir auch gleich sagen, dass Sie Peter Gerlach sind und am Tod von Bernhard Kellermann schuld sind. Wie wär's?«

Schröder schüttelte den Kopf. »Also, was den Bankier betrifft, weiß ich weniger als Sie.«

Precht lachte rau auf. »Ja natürlich! Glaube ich sofort!«

Bevor er die Sicherheitstür hinter sich zuzog, sagte er, dass er Rechtsanwalt Mehler informieren werde, sobald die Akte im Präsidium angekommen sei.

Schröder verbrachte die Stunden bis zum Mittagessen – einem undefinierbaren Stück Fleisch, irgendetwas wie Kartoffelbrei und eingefallenem Salat – sowie die Stunden danach in seltsamer Gelassenheit. Ihm waren die Hände gebunden oder besser: Er war aus dem Rennen. Ihm blieb nur noch das Warten auf die

Akte und damit auf die Beschreibung der Ereignisse, die er bewusst vergessen hatte. Schuldgefühle waren sinnlos. Ob sie nun sein Verhalten als junger Mann betrafen, seine zweite Flucht vor der Begegnung mit Isabelle oder seine Lüge gegenüber Julia. Die Akte würde aufzeigen, wofür er sich entschuldigen musste, wenn dies überhaupt möglich sein sollte. Zwei Tote bei einem Raub in der Kellermann Villa ließen sich kaum entschuldigen.

»Robert, komm! Du kannst gehen.« Patrick, einen roten Aktendeckel in der Hand, stand in der Tür der Arrestzelle. Hinter ihm drängte Precht herein.

»Die Akte?«, fragte Schröder, während er sich die Schuhe anzog.

»Ein Auszug der Ermittlungsakte vom Einbruch und der darauffolgenden Schießerei in der Kellermann Villa 1973«, sagte Precht nüchtern. »Die Kollegen waren so freundlich, die wesentlichen Seiten zu scannen und per Mail zu schicken. Aus dem Abschlussbericht und den Zeugenaussagen ergibt sich kein zwingender Grund, Sie weiter festzuhalten.«

»Kann ich sie lesen?«, fragte Schröder und schlüpfte in die Jacke.

»Das wäre ratsam«, erklärte Precht, trat zurück und machte die Tür frei. »Die Angelegenheit mit Ihrer Identität ist nämlich noch nicht geklärt. Peter Gerlach oder Robert Schröder – das überprüfen wir noch. Und wie Ihr Anwalt dem Staatsanwalt glaubhaft machen konnte, gibt es keinen Grund zu erwarten, Sie würden abtauchen.«

»Ehrlich? Hat er das gesagt?«, fragte Schröder amüsiert.

»Soll ich daran zweifeln?«, fragte Precht skeptisch.

»Aber nein, natürlich nicht«, erwiderte Schröder, erleichtert, dass Precht von seinem Fluchtinstinkt nichts bemerkt hatte.

Die Fahrt mit dem Taxi zur Louisenstraße verlief schweigend. Als Schröder seine Wohnungstür aufschloss, reichte Patrick ihm die Akte.

»Ich bin oben, wenn du mich brauchst«, sagte er, stieg die Treppe rauf und verschwand in seiner Wohnung.

Schröder setzte sich in den Salon, legte die Akte vor sich auf den Tisch und schlug den Deckel auf.

Abschließender Bericht der Staatsanwaltschaft in der Strafsache AZ. 12 Js 123/15/72: Raub in der Kellermann Villa, Birkenallee 76, am 16. September 1972.

Tödlicher Schuß auf Bernhard Kellermann, der vor Ort verstarb.

1 Raub: Der Beschuldigte Jan Roller drang mit mindestens zwei Komplizen in die Villa ein. Bei der Flucht wurde der Beschuldigte von Bernhard Kellermann angeschossen. Er wurde festgenommen und unter polizeilicher Bewachung ins Josefskrankenhaus verbracht. Gegen Roller wurde Anklage wegen schweren Raubes nach § 250 StGB sowie wegen der Mitgliedschaft in einer terroristischen Vereinigung nach § 129 vor dem Landgericht erhoben.«

Das Aktenzeichen des Gerichtsverfahrens sowie das Strafmaß für Jan Roller von zehn Jahren Haft waren an der Seite handschriftlich notiert.

2. Tötungsdelikt: Nach eingehenden Befragungen der beteiligten Polizeibeamten (siehe Liste) geht die Staatsanwaltschaft davon aus, dass der Schuss auf Jan Roller von Bernhard Kellermann ohne Vorwarnung oder Absprache mit den Polizeibeamten abgegeben wurde. Jan Roller wurde getroffen. Daraufhin feuerte ein unbekannter Beschuldigter seine Waffe ab. Kellermann wurde tödlich getroffen. Strafrechtlich zu beurteilen war demnach der zweite Schuss. Hier entschied die Staatsanwaltschaft, dass es sich um eine Notwehr nach § 32 StGB handelt. Die Ermittlungen wurden bis auf weiteres eingestellt.

Es folgte eine Namensliste über zwei Seiten. Zeugen, die zu der Sache befragt wurden. Schröder fand die Namen seines Bruders, seiner Schwägerin und einiger Arbeiter der Gerlach Bau, Kalles, dessen Freundin Tanja, Isabelles, deren Mutter, Jan und dessen Familienmitglieder. Und dann blätterte Schröder die Seite um. Der Staatsanwalt berichtete den Hergang der Tat, so wie sie sich anhand der Zeugenaussagen darstellte. Schröders Hände zitterten, sein Blick sprang zwischen den Zeilen hin und her. Er wollte alles sofort erfassen, doch der formale Text forderte Genauigkeit. Schröder fuhr mit dem Finger die Zeilen entlang, las Wort für Wort. Die spröde Fachsprache des Berichts entpuppte sich als passender Schlüssel zu dem verrosteten Schloss in Schröders Gedächtnis. Mit jedem gelesenen Satz lebten Bilder in Schröder auf und übernahmen schließlich die Führung.

Aus einem Impuls heraus, der aus einem dunklen Winkel seiner Persönlichkeit hervorschoss, hatte er, Peter Gerlach, seine Freunde überredet, in die Villa von Isabelles Familie einzubrechen. Es sollte genau in der Nacht passieren, in der das Haus leer war, weil Kellermanns zu einer Hochzeit einer Cousine nach Hamburg fahren würden. Peter war verzweifelt, zutiefst verletzt und gedemütigt. Wie war es dazu gekommen? Schröder fand die Antwort darauf nicht sofort und schob die Suche auf. Er las weiter.

Peter, Jan und Kalle saßen am Küchentisch in Jans Wohnung. Peter zeichnete auf einer Planskizze der Villa jede Schließvorrichtung, elektrische Alarmanlage, die mit der Polizeistation verbunden war, jeden Sicherungskasten, Schlosstypen, Kameras und Wachhunde ein. Einzelheiten, die er durch seine Arbeit am Anbau durch die Gerlach Bau kannte. Kalle, der Profi in Sachen Einbruch, brauchte jedes Detail, um einen sicheren Weg in die Villa und wieder raus zu planen. Kalle machte mit, weil er reiche Beute erwartete. Jan Roller machte mit, weil er darin eine politische Aktion sah. Der geldgierige Chef des Bankhauses Kellermann sollte bluten für seine korrupte, ausbeuterische Finanzierung der Waffenindustrie. Jan plante, ein verräterisches Papier, einen Vertrag, ein Gesprächsprotokoll zu finden und an die Presse weiterzugeben. Und warum machte Peter Gerlach mit? Er war voller Zorn, ohne Rücksicht auf irgendjemanden wollte er Rache für Isabelles Verrat an ihrer Liebe.

Schröder meinte die Zange in der Hand zu spüren, mit der er nach Kalles Anweisung ein Kabel durchtrennt hatte. Es war eine pechschwarze Nacht und sie hatten mit dem Schnitt die letzten Lichter gelöscht. Jan klopfte ihm lachend auf die Schulter. Er erkannte seinen Freund kaum. Sie hatten alle Seidenstrümpfe über die Köpfe gezogen, ihre Gesichter waren entstellt und plattgedrückt. Kalle kniete vor der Tür des Hintereingangs. Im Schein einer Taschenlampe stocherte er mit einem Dietrich im Schloss herum. Es klackte, die Tür sprang auf und die drei marschierten durch die Küche, einen Gang entlang bis in die Eingangshalle. Peter war wie von Sinnen, in den Ohren rauschte es, er hörte seine Freunde nicht, die sich leise absprachen. Kalle verschwand in einem der Wohnzimmer, wo der Safe in der Wand eingemauert war. Jan riss die Tür zum Arbeitszimmer auf und Peter rannte die breite Treppe nach oben direkt in Isabelles Zimmer. Was er hier zu finden hoffte, wusste er nicht. Einfach nur zerstören, abfackeln, ihr einen Denkzettel verpassen. Er kannte ihr Zimmer. Heimlich hatte er Isabelle hier manchmal besucht, wenn er mit der Arbeit auf der Baustelle fertig war. Sie hatte ihre Beziehung um jeden Preis vor ihren Eltern geheim halten wollen. Peter respektierte ihren Wunsch nicht nur, er fand auch Gefallen am Prickeln eines Geheimnisses. Doch jetzt stand er allein, im Reich einer verwöhnten Tochter reicher Eltern und wusste plötzlich, dass er diese Frau nicht kannte. Drei Haarbürsten lagen nach Größe geordnet auf dem Frisiertisch neben einer Schmuckschale mit goldenen Armreifen, die gelbe Tagesdecke faltenlos über dem Bett, auf der Vitrine Fotos von anderen reichen Mädchen, gerahmte Aquarelle an den Wänden – Isabelle hatte ein falsches Spiel mit ihm getrieben. Hatte sich über ihn, den Bauarbeiter mit Sinn für die Kunst lustig gemacht. Hatte die Show einer Studentin abgezogen, die sich gegen gesellschaftliche Konventionen auflehnte, die sich ohne Vorbehalte in die Welt stürzte. Es gab nicht eine Spur auf der Vitrine, dem Nachtkästchen, Schreibtisch an der Wand, die Peters Existenz belegte. Stattdessen fand er ein Foto von Hermann Schäfer auf dem Toilettentisch. Der geschniegelte Hermann mit seinem falschen Lächeln. Und wo war ihr Verlobungsring? Peter zerrte Schubläden raus, schüttete den Inhalt auf den Boden und warf sie durch den Raum. Nichts! Nicht einmal seinen Ring bewahrte sie auf. Zornig riss er die Bilder von den Wänden, donnerte einen Stuhl in den großen Spiegel und als er sich umdrehte, bemerkte er das Auf- und Abblenden blauer Lichter. Mindestens zwei Polizeiwagen näherten sich über die Auffahrt. Der Anblick verwandelte seine Raserei schlagartig in einen Fluchtreflex. Er stolperte zur Tür und entdeckte dabei das Toskana-Bild auf dem Boden liegen. Isabelles Zeichnung von der Toskana-Landschaft rund um den Olivenbaum, unter dem er ihr einen Heiratsantrag gemacht hatte. Er hob das Blatt auf und rannte in die Eingangshalle, alarmierte Kalle und Jan und dann sahen sie sich ratlos an. Was war los? Was hatten sie übersehen? Das Scheinwerferlicht erhellte die Eingangshalle und löste Kalles Schockstarre. Fluchend rempelte er Jan und Peter an, die wie hypnotisiert in das Licht starrten. »Weg hier!«, schrie er und rannte zum Hintereingang. Waren dort auch schon Polizisten? Nein, so schnell konnten sie nicht um das Haus herumgelaufen sein. Sie stürmten in den Garten. Ein Streifenwagen blockierte das Tor zur Auffahrt. Also über die Mauer. Doch ehe sie die erreichten, hörten sie aufgeregte Rufe, Warnungen der Meute hinter ihnen. Peter, mit dem Rücken an die Mauer gelehnt, half Kalle per Räuberleiter auf die Mauer. Er sah Jan stolpern, sich aufrappeln und auf ihn zu hasten. Und plötzlich, aus dem Nichts, der alte Kellermann, cholerisch brüllend rannte er schneller als die Polizisten über den Rasen. Wenige Meter hinter Jan, riss er ein Jagdgewehr hoch. Kalle lag schon auf dem Mauersims, griff Peters Hand und zog ihn hoch. Peter hörte einen Knall, der in den Ohren widerhallte, und Jans entsetzten Schrei. Halb über die Kante der Mauer gelehnt, drehte er den Kopf und sah Jan auf dem Boden liegen, die rechte Hand an die linke Schulter gepresst. Blut quoll zwischen seinen Fingern durch. Zwei Polizisten knieten schon bei ihm und bedrohten ihn mit Schusswaffen. Gleichzeitig eilten andere Polizisten auf Kellermann zu, befahlen, er solle die Waffe weglegen. Doch der zog das Gewehr erneut hoch und zielte mit kalter Verachtung auf Peter, der wie versteinert neben Kalle auf der Mauer stand. Und dann riss Kalle seinen Arm hoch und schoss ohne Zögern mit einer Pistole auf Kellermann. Der fiel rücklings zu Boden, Polizisten mit gezückten Waffen deckten ihn, zwei stürzten auf die Mauer zu. Peter und Kalle ließen sich auf der anderen Seite hinuntergleiten, rannten die Straße entlang und bei nächster Gelegenheit in den Stadtwald, wo sie sich trennten.

Der Schock verteilte sich wie Gift in Peters Körper, Denken und Fühlen. Wo um alles in der Welt, war der alte Kellermann hergekommen? Hatte sie jemand verraten? Hatte Isabelle ihre Planungen belauscht und ihrem Vater davon erzählt? Die Fragen stoben durcheinander und die Antworten ergaben keinen Sinn. Gleichwohl war er in der Lage die Louisenstraße zu erreichen, einen Koffer mit dem Nötigsten zu packen, Sparbuch und Ausweis einzustecken und zu verschwinden, um bei nächster Gelegenheit das erste Flugzeug zu besteigen, das ihn weit weg brachte.

Schröder klappte den Aktendeckel zu. Ein bitterer Geschmack lag ihm auf der Zunge. Der Schock über das, wozu er fähig war, steckte immer noch in ihm. Was für eine unberechenbare Tobsucht, einem Blutrausch gleich, unversöhnlich und brutal. Und dann das Entsetzen über die Schüsse, Jan sterbend auf dem Rasen, Kellermann in seinem Blut, und das allein seines verletzten Stolzes wegen.

Als er mit gepacktem Koffer in der Küche der Louisenstraße 13 stand und zusah, wie die Flammen das Foto von Isabelle und sich und das Toskana-Bild vernichteten, wurde ihm schwindelig. War nicht das Toskana-Bild ein Zeichen für seine Existenz in Isabelles Leben? Hatte er den Verlobungsring deswegen nicht gefunden, weil sie ihn am Finger trug? Zu spät!

Er würde niemals in der Lage sein, Isabelle noch einmal in die Augen zu sehen. Ihr, seinem Bruder Anton und seiner Mutter. Die Scham legte sich wie ein zäher Film über den Schock und gemeinsam verhinderten sie jeden weiteren Gedanken an die vergangene Nacht. Das Vergessen war die Lösung, die sich Peters Seele suchte.

Kapitel 16

»Frau Pfeiffer?«

Julia schreckte aus einem tiefen Schlaf auf. Vor ihr stand Anja, die Krankenpflegerin, die Oma Belle versorgte.

»Ich bin wohl eingeschlafen«, stellte Julia fest. »Die Morgenvisite war schon, oder nicht?«

»Ja«, bestätigte Anja freundlich. »Und Sie waren dabei, falls Sie sich erinnern. Jedenfalls waren Sie wach.«

Julia warf einen prüfenden Blick zu Oma Belle, die reglos dalag, zugedeckt mit dem Quilt aus Amerika. Sie war in eine tiefe Bewusstlosigkeit gefallen, aus der sie, wie die Ärzte annahmen, nicht mehr erwachen würde. Kabel schlossen ihren ausgezehrten Körper an diverse Geräte an, die jedes Lebenszeichen, das Isabelle aussandte, registrierten.

»Alles unverändert«, bemerkte die Krankenpflegerin, die ein Tablett voller Medikamente und Ampullen auf einem Tisch absetzte.

Julia streckte die steifen Glieder. Vor zwei Tagen, als sie von Schröders Laden hierher geeilt war, hatte sie eine Liege im Zimmer aufstellen lassen. Doch bisher hatte sie nicht eine Minute darauf gelegen. Wenn sie die Müdigkeit nicht mehr unterdrücken konnte, schlief sie kurz und tief im Lehnsessel, den sie an das Krankenbett geschoben hatte. Sie ging zum Fenster und öffnete es. Die Luft, die ins Zimmer strömte, war kalt und feucht. Der Park war in dichten Nebel gehüllt. Wie sollte das Wetter auch sonst sein? Schließlich lag Oma Belle im Sterben. Gestern war ihr Vater dagewesen und sie hatten in seltener stummer Eintracht an Isabelles Bett gesessen. Karsten wollte heute wieder kommen und seine Geschwister ebenfalls. Ob sie bleiben würde, wenn sich Isabelles Kinder von ihr verabschiedeten, wusste Julia noch nicht. Sie wollte sich nicht wie eine Randfigur dieser Familie fühlen. Und das vermied sie nur, wenn sie das Feld räumte.

Anjas Handy brummte. »Unten in der Lobby wartet ein Sebastian Gerlach auf Sie«, sagte Anja, nachdem sie die Nachricht gelesen hatte.

»Ach ja, den habe ich glatt vergessen«, sagte Julia. Sie fuhr sich mit den Fingern durch die Haare, stopfte die Bluse in die Jeans und schlüpfte in ihre Sneaker.

»Ich bin bald wieder da!«

»Kein Problem. Eine Pause tut Ihnen gut«, sagte die Krankenpflegerin, während sie die Anzeigen der Geräte ins Krankenblatt übertrug.

Julia hatte das Treffen mit Sebastian Gerlach nach der seltsamen Begegnung mit Patrick in Schröders Laden kurzerhand ins Elisabeth-Stift verlegt. Eigentlich wollte sie von der ganzen Gerlach-Sache nichts mehr hören. War doch absurd, das alles! Was aber, wenn Oma Belle noch einmal zu sich kam und nach Peter Gerlach fragte? Julia hatte ihr von Karlheinz Südhoff erzählt. Da wusste sie noch nicht, dass es das Letzte sein könnte, worüber sie mit ihrer Großmutter reden würde. Wenn sie das geahnt hätte, wären ihr hundert andere Themen wichtiger gewesen als diese Gerlach-Sache. Isabelle hatte erklärt, sie kenne Südhoff nicht persönlich. Könne sein, dass Peter Gerlach einmal von ihm erzählt habe. War das nicht so ein Kleinkrimineller? War dieser Name nicht bei den Ermittlungen um den Tod ihres Vaters genannt worden? Ehe Julia weiterfragen konnte, war Isabelle wieder eingeschlafen. Jedenfalls redete sich Julia ein, der Zustand, in dem ihre Großmutter immer wieder versank, wäre Schlaf und nicht irgendeine Art von Bewusstlosigkeit, die dem Tod sehr ähnlich war. Wie hingen Peter Gerlach, Schröder,

Südhoff und der Tod ihres Urgroßvaters zusammen? Julia versuchte, darauf eine Antwort zu finden, aber es war sinnlos. Was wusste sie schon über die Ereignisse von damals? Nichts! Während sie dem müden Herzschlag von Oma Belle lauschte, fragte sie sich, ob sie es jemals erfahren würde und ob es sie nach Isabelles Tod überhaupt noch interessieren würde. Die ganze Geschichte starb mit Oma Belle. Sie selbst hatte damit nichts weiter zu tun, als dass sie einige seltsame Tage in der Louisenstraße erlebt hatte.

Sebastian Gerlach machte auf Julia den Eindruck eines Vertreters. In seinem Business-Outfit, ein Glas Wasser vor sich auf dem Tisch und daneben eine aufgeschlagene Mappe mit Unterlagen. Als würde er Julia etwas verkaufen wollen, was sie mit Sicherheit niemals brauchen würde.

»Es tut mir leid, falls ich ungeduldig wirken sollte«, gestand Julia, nachdem sie neben Gerlach Platz genommen hatte. »Oma Belle geht es sehr schlecht und ich will so schnell wie möglich zu ihr zurück. Ich hoffe, Sie verstehen das.«

Sebastian verstand sehr gut und bot an, Julia eine Zusammenfassung der Unterlagen zu geben, die er für die Suche nach seinem Onkel für aufschlussreich hielt. Als Erstes legte er eine vergilbte Postkarte vor Julia auf den Tisch. Sie wirkte amtlich. Schreibmaschine, argentinische Briefmarke, keine Unterschrift.

Peter Gerlach,
Sarmiento 151, C1041 CABA, Argentinia
apatardo postal: 60984

»Diese Anschrift eines Postfachs in Buenos Aires schickte Onkel Peter meinem Vater drei Monate nach seinem Verschwinden«, erklärte Gerlach und zog ein mit Schreibmaschine beschriebenes Durchschlagpapier hervor. »Den Brief hat mein Vater mit Kohlepapier kopiert. Soll ich Ihnen die wichtigen Stellen vorlesen?«

»Ja, bitte.«

Sebastian las einige Passagen des Briefes vor:

»Lieber Bruder!

Ich schreibe Dir, weil ich vermute, dass Dich interessieren könnte, dass die Ermittlungen wegen des Einbruchs in der Kellermann-Villa und dem dabei erfolgten tödlichen Schuss auf Bernhard Kellermann ohne Ergebnis eingestellt worden sind. Mehr möchte ich dazu nicht schreiben. Sollte ich falsch mit der Annahme liegen, Dich würde das Schicksal der Familie Kellermann berühren, dann ignoriere bitte diese Information (…)

Leider wurden im Zuge der polizeilichen Ermittlungen auch viele Unschuldige nicht nur belästigt, sondern in ihrer Existenz bedroht. Da Jan Roller, mit dem Du befreundet bist, angeschossen und verhaftet wurde, suchte die Polizei auch nach Dir. Die Kriminalbeamten wollten Dich als Zeugen vernehmen. Du aber warst verschwunden, was dazu führte, dass Du der Mittäterschaft beschuldigt wurdest. Die Beamten nahmen deshalb die Gerlach Bau unter die Lupe. Sowohl unsere Mitarbeiter als auch ich wurden stundenlang verhört. Der Ruf der Firma litt erheblich. Aufträge wurden storniert und neue kamen lange nicht rein. Ich versuche alles, um eine Insolvenz der Gerlach Bau abzuwenden. Deine Unterstützung könnte ich gerade jetzt sehr gut gebrauchen.

Unsere Mutter macht sich sehr große Sorgen um Dich. Dass Du dich gar nicht meldest, ist ein ständiger Kummer. Wäre es zu viel verlangt, wenn Du wenigstens Mutter eine Nachricht zukommen lassen würdest?«

Julia starrte auf die verblassenden Buchstaben auf dem Durchschlag.

»Peter Gerlach ist also verschwunden, als dieser Einbruch in die Kellermann-Villa passierte«, überlegte sie laut. »Mir hat man erzählt, dass mein Urgroßvater, Bernhard Kellermann wegen des Einbruchs einen Herzinfarkt erlitt und starb.«

»So stand es damals in den Zeitungen. Mein Vater hat einige Artikel darüber aufgehoben. Onkel Peter war mit Isabelle Kellermann befreundet; oder mehr, wie das Foto von Ihnen zeigte. Das war sicher ein weiterer Grund für die Polizei Peter zu beschuldigen. Er kannte das Haus durch die Bauarbeiten beim Anbau an die Villa. Vater redete nicht über diese Zeit. Muss hart für ihn gewesen sein. Der Bruder verschwunden, die Kripo im Haus und das Geschäft vor dem Ruin.«

»Ihr Vater hat sich in seinem Brief sehr vorsichtig ausgedrückt. Aber, dass er Peter überhaupt diese Information geschrieben hat, bedeutet das nicht, dass er wusste, dass Peter wegen des Einbruchs untergetaucht ist?«

»Das vermute ich«, sagte Sebastian. »Aber bevor wir weiter herumrätseln, zeige ich Ihnen, was ich noch gefunden habe.« Er nahm einen weiteren kopierten Brief aus der Mappe. »1979 informierte mein Vater seinen Bruder über den Tod ihrer Mutter. Peter erbte das Haus Louisenstraße 13. Vater konnte oder wollte die Pflege und Verwaltung eines voll vermieteten Altbaus nicht leisten. Deshalb setzte er Peter eine Frist von einem Jahr. Sollte er sich nicht melden und sein Erbe antreten, würde Vater es verkaufen. Den Erlös wollte er treuhänderisch verwalten.«

»Und? Hat er sich gemeldet?«, fragte Julia voller Ungeduld, denn Sebastians verschmitzte Miene verriet, dass er noch etwas aus dem Hut zaubern würde. Er zog mehrere zusammengeheftete Blätter aus der Mappe und legte sie vor Julia auf den Tisch.

»Das ist die Kaufurkunde, ausgestellt im März 1983. Der Käufer ist Robert Schröder.«

Julia ließ sich enttäuscht in den Sessel sinken.

»Das ist keine Überraschung.«

»Moment. Schröder bediente sich eines Immobilienmaklers, der für ihn alle geschäftlichen Angelegenheiten erledigte. Dennoch muss so eine Urkunde vom Käufer persönlich und unter Zeugen, zum Beispiel einem Anwalt, unterzeichnet werden. Also schickte dieser Makler die Unterlagen an seinen Kunden, Robert Schröder, an diese Adresse.« Sebastian tippte auf die erste Seite der Urkunde. Julia schluckte, las die Adresse, las sie noch einmal und sah verwirrt zu Sebastian.

»Genau«, bestätigte er. »Das ist dieselbe Adresse, das Postfach in Buenos Aires, das Peter Gerlach seinem Bruder Jahre vorher mitgeteilt hat. Nur jetzt auf den Namen Robert Schröder.«

Julia holte die Karte unter den Briefen hervor und verglich jeden Buchstaben.

»Der Makler schickte die Urkunde an Robert Schröder«, stellte Julia mit trockenem Mund fest. »Der hatte dieselbe Adresse wie Peter Gerlach – kann es sein, dass …«

Sebastian legte ihr nun Fotos vor. Ein Familienfoto der Familie Gerlach von 1971. Sebastian tippte auf einen jungen Mann. »Das ist mein Vater Anton Gerlach. Von ihm haben Sie ja schon ein Bild gesehen. Und dieser junge Mann ist mein Onkel Peter. Ohne den Vollbart wie auf dem Foto mit Ihrer Großmutter.«

Julia nahm das Foto hoch. Der Kiefer, die Lippen, die Augen … Julia atmete durch und sah noch einmal hin.

»Hier ein Foto von Onkel Peter allein. Aufgenommen in einem Fotostudio 1970. Sehen Sie es?«

»Die Ähnlichkeit?«

»Ich erzählte Ihnen doch, dass ich auf der Beerdigung meines Vaters Schröder angesprochen habe. Ich hatte gehofft, Onkel Peter käme aus Argentinien, um sich von seinem Bruder zu verabschieden. Schröder stand als Letzter am offenen Grab und ich hatte den Eindruck einer Gerlach-Ähnlichkeit.«

»Also ich, puh«, Julia holte tief Luft. »Die Form des Kopfes und die Mundpartie ... und Schröder hält die Schultern genau wie Ihr Großvater.«

»Genau – und dazu die Postanschrift in Buenos Aires. Ich denke, Sie haben meinen Onkel gefunden. Robert Schröder ist Peter Gerlach«, stellte Sebastian freudig fest.

Sebastian Gerlachs Mappe vor den Bauch geklemmt, ließ sich Julia auf der Bettkante nieder. Sie betrachtete die reglose, in sich gekehrte Miene ihrer Großmutter.

»Oma Belle«, flüsterte sie. »Du glaubst nicht, wie dumm ich war.«

Du hast es vermasselt, schimpfte ihre innere Stimme, leise, aber unmissverständlich. Oma Belles letzter Wunsch bleibt unerfüllt, nur weil du leichtgläubig, vertrauensselig und blödsinnig naiv gewesen bist. Julia hielt Isabelles Nähe nicht aus, stand auf und setzte sich auf das Fensterbrett. Der Nebel hatte inzwischen den Park freigegeben. Frisch und farbenfroh breitete er sich unter Julia aus. Mit einem grauen, heruntergekommenen Wohnblock aus den Pariser Banlieues vor Augen, hätte sich Julia weniger elend gefühlt. Wie hatte sie sich so täuschen lassen können? Sie hatte sich immer für eine gute Menschenkennerin gehalten. Sprach sie nicht mit Menschen aus den unterschiedlichsten Kulturen? Gewann sie nicht ihr

Vertrauen, hörte sie nicht ihre Geheimnisse und gelang ihr nicht immer wieder ein Verstehen für ihre Handlungen, Motive, Wünsche und auch die nicht so freundlichen Seiten ihrer Persönlichkeiten? Und nun hatte ein alter Mann sie komplett hinters Licht geführt. Schröder, dieser knorrige Alte, der mit Feingefühl die Erinnerungsstücke seiner Kunden pflegte, hatte sie kühl und berechnend belogen. Und sie hatte sich von dem warmherzigen Charme, den Schröder ausstrahlte, wenn er an seiner Werkbank saß und mit Freundlichkeit und Verständnis die Geschichten der Objekte erzählte, einwickeln lassen. Wut füllte Julias Leere und Fassungslosigkeit. Wut über ein mieses Schmierentheater, dem sie treuherzig gefolgt war.

»Wenn ein Herr Schröder auftauchen sollte, um Frau Kellermann-Schäfer zu besuchen, dann verweigern Sie ihm bitte den Zutritt«, ordnete Julia über das Haustelefon der Rezeptionistin an.

»Schröder, ist notiert, Frau Pfeiffer.«

»Gerlach«, fügte Julia hastig hinzu. »Er könnte sich auch als Peter Gerlach vorstellen.«

»Ein Betrüger? Oder ist er Reporter?«, fragte die Frau am Empfang nach.

»Eher Betrüger«, antwortete Julia und legte den Hörer auf. In demselben Moment wurde ihr klar, dass noch ein Name auf die Verbotsliste gehörte. Patrick Mehler. Der Stachel seines Betrugs saß noch tiefer. Selten hatte Julia sich mit einem Mann so gut verstanden, selten einem so schnell vertraut. Julias Handy klingelte. Das Display zeigte einen Anruf von Patrick an. Julia tippte auf den grünen Button.

»Was?«, fragte sie kühl.

»Julia?«

»Wer sonst. Was willst du?«

»Du hast dich schon mit Sebastian getroffen. Du weißt

Bescheid«, stellte Patrick fest. Julia glaubte Bedauern in seiner Stimme zu hören, doch das beeindruckte sie nicht.

»Weißt du, das ist einer der Gründe, warum ich gern in der Welt unterwegs bin. Diese Lügerei, miesen Intrigen, die widerliche hinterlistige Art der Menschen kriege ich so nicht mit.«

»Julia, es tut mir leid. Ich wollte es dir sagen.«

»Wieso sollte ich dir glauben? Du lügst zu gut, Herr Anwalt.« Julia liefen Tränen über die Wangen. Das konnte sie gar nicht brauchen. Sie hielt das Handy mit der einen Hand von sich weg, mit der anderen wischte sie sich über das Gesicht, atmete durch und lauschte auf die Stille, die aus dem Lautsprecher zu ihr drang.

»Hast du dich wenigstens gut amüsiert, als ich dir so leichtgläubig auf den Leim gegangen bin?«, fragte sie sarkastisch, weil sie sein Schweigen noch wütender machte als billige Ausreden.

»Nein, gar nicht. Können wir uns treffen und über alles reden?«

»Vergiss es.«

»Weißt du«, erwiderte Patrick hörbar aufgewühlt. »Du kannst meine Einladung leicht ablehnen. Du verschwindest ja, sobald es schwierig wird. Du bleibst nirgends so lange, dass du einem Menschen so wichtig werden könntest, dass er dich anlügen muss. Ich aber lebe hier, in der Louisenstraße mit einem alten Mann zusammen, der mir sehr viel bedeutet. Und das ist der Punkt. Der Grund, der einen manchmal lügen lässt, ist auch der Grund, warum man irgendwo bleibt.«

»Ach ja, und was soll das sein? Hinterlist? Bosheit?«, fuhr Julia dazwischen.

»Nein. Ich rede von Zuneigung, Vertrautheit, Liebe und daraus erwächst der Wunsch jemanden zu schützen, auch wenn sein Weg gerade ein Irrtum ist.«

»Dann mach das, Patrick, aber nicht mit mir.« Julia tippte auf dem Display den roten Button und beendete das Gespräch.

Kapitel 17

Schröder lag schwer und steif in seinem Bett, während Träume ihn unaufhörlich mit immer gleichen Bildern überfluteten. Schüsse, Panik, verzerrte Gesichter, Jan verletzt auf dem Rasen, Kalle entsetzt die Pistole auf Kellermann gerichtet, warnende Rufe, die zornrote Fratze Kellermanns, sein Gewehr ladend. Und mittendrin Isabelle, die im Obergeschoss der Kellermann-Villa am Fenster stand und ihn zu sich winkte.

Selbst als Schröder im Morgengrauen die Augen aufschlug, war er noch mitten im Geschehen, panisch, planlos, entsetzt. An Isabelles Anblick am offenen Fenster hielt er sich fest. Sie schüttelte den Kopf, lächelte und winkte ihn energisch zu sich. Was hatte das zu bedeuten? Was hatte sie von ihm gewollt? Schröder schlug die Decke zur Seite und setzte sich auf. Isabelle? Sie war der Grund, warum er ausgerastet war!

Schröder stand auf, tastete sich wie ein Schlafwandler durch das halbdunkle Zimmer in die Küche, wo Isabelles Ring und Brief auf dem Tisch lagen. Er öffnete das Schmuckkästchen und starrte auf die Brillanten. Sie hatten einen Plan gehabt, damals nach der Italienfahrt, wusste er wieder.

Es war ihnen beiden klar gewesen, dass der alte Kellermann niemals mit ihrer Heirat einverstanden gewesen wäre. Dazu war Peter Gerlach zu wenig. Zu wenig reich, zu wenig Status, zu wenig von allem und zu viel kleine Baufirma. Doch Isabelle wollte es wenigstens versuchen. Sie hing an ihrer Familie, auch wenn sie als politisch aktive Studentin für völlig andere Meinungen über soziale Gerechtigkeit und Gleichheit eintrat als ihr Vater im Bankhaus Kellermann. Peter stimmte zu. Er versprach, sich zu rasieren, die Haare schneiden zu lassen und in einem Anzug mit Blumenstrauß in Händen offiziell und formvollendet bei ihren Eltern um ihre Hand anzuhalten. Schröder hörte Isabelles Lachen.

»Nein, keine Chance, Peter«, hatte sie gesagt. »Wir müssen taktisch vorgehen. Das braucht etwas Zeit und Geduld. Wir müssen dich zuerst Vaters Bild von dir als Gehilfen einer kleinen Baufirma in das eines gebildeten, freundlichen, zuverlässigen Intellektuellen verändern.«

Und dann kam das Gartenfest in der Kellermann-Villa mit Geschäftsfreunden, Kunden und Gästen, deren Namen im Wirtschaftsteil der Zeitungen oder in den Klatschspalten genannt wurden.

»Wir mischen uns einfach unter die Gäste, plaudern hier und da und so werden wir dich neu einführen.«

Isabelle listete auch noch einige Verhaltensregeln auf, an die sich Peter halten sollte, um dem Bankier Kellermann positiv aufzufallen. Er sollte in den nächsten Tagen die Nachrichten aus der Finanzwelt lesen, sollte auf keinen Fall die Hand in die Hosentasche stecken, wenn er mit ihrem Vater sprach, sich immer zuvorkommend, höflich, respektvoll geben und so wenig widersprechen wie möglich. Kunst sei ein schwieriges Thema.

»Für Vater hört die Kunst vor dem Ersten Weltkrieg auf. Was danach kam, hält er für Schmiererei. Also vielleicht könntet ihr über Architektur reden.«

Peter verstand, dass er eine Rolle spielen musste, damit er zu dem Theaterstück »feine Gesellschaft« passte. Erst widersprach er Isabelle. Er sei nun einmal, wie er sei, und wenn das ihrem Herrn Vater nicht passe, dann solle er es lassen. »Ich will dich heiraten, nicht deinen Vater«, stellte er entschieden fast. Doch Isabelles Bitten konnte er nicht widerstehen. Also lieh er sich einen Anzug von seinem Bruder. Das Sakko war ihm zu weit und die Hose einen Tick zu kurz. Peter putzte seine Schuhe auf Hochglanz, ging zum Friseur und übte vor dem Spiegel Haltung und Gestik eines höflichen, geistreichen, verlässlichen Mannes. Kurz bevor er sich mit dem Fahrrad auf den Weg machen wollte, rief Isabelle an.

»Komm erst zum Hintereingang. Ich warte dort auf dich. Ich muss dir dringend vorher etwas sagen.«

»Du willst nur prüfen, ob meine Krawatte richtig sitzt«, lachte er in den Hörer.

»Nein, da vertraue ich auf dein Geschick. Komm einfach.«

Schröder zog den Verlobungsring aus dem Polster, schloss seine Hand um ihn und drückte sie fest zusammen, bis die Kanten des Rings schmerzhaft in die Handfläche drückten. Ruhelos ging er in seiner Wohnung auf und ab. Es war sein Fehler gewesen, der das Desaster losgetreten hatte. Sein verdammter, überhöhter Stolz hatte sich empört aufgebläht. Das fing schon auf der Fahrt zur Villa an. Er war auf seinem rostigen Fahrrad die Straße zur Villa entlanggefahren und eine dicke Limousine nach der anderen war an ihm vorbeigefahren. Verschämt stellte er das Rad außer Sichtweite der Villa ab und näherte sich zu Fuß der Toreinfahrt. Dort stoppten ihn die Männer vom Sicherheitsdienst. Sie hielten ihn für einen Aushilfskellner.

»Isabelle Kellermann hat mich eingeladen«, widersprach Peter und erntete höhnisches Gelächter.

»Hättest du wohl gern, was?«

Sie schickten ihn auf einem Schleichweg zum Kücheneingang. Peter ging einige Schritte, zögerte plötzlich, zog das Sakko aus, krempelte die Ärmel des weißen Hemdes hoch, zerrte den Krawattenknoten locker und öffnete den obersten Hemdknopf. So betrat er den Rasen, auf der sich die feinen Leute tummelten. Diese Damen, aufgetakelt mit luftigen Sommerkleidern, zu viel Schminke im Gesicht und aufgemotzten Föhnfrisuren. Die Herren in korrekt zugeknöpften Maßanzügen, mit Einstecktuch und dicken Uhren am Handgelenk. Peter ignorierte, wie sie ihn abschätzig angafften, wie sie vor ihm zurückwichen und hinter ihm tuschelten. Er marschierte quer über den Rasen, an Bistrotischen und Pavillons vorbei, bis sich ihm Bernhard Kellermann in den Weg stellte. Der Mann war kleiner, als Peter ihn sich vorgestellt hatte, runder und mit dem hellblauen Sommeranzug und weißem Hemd mit Rüschenbesatz unvorteilhaft gekleidet.

»Herr Gerlach, was machen Sie denn hier?«, fragte Kellermann und taxierte ihn missbilligend. »Der Anbau ist doch fertiggestellt, oder haben Sie ein Werkzeug vergessen?«

»Guten Tag, Herr Kellermann. Ich bin hier, um Isabelle zu sehen.«

»Meine Tochter? Was haben Sie denn mit ihr zu schaffen?«

Peter schluckte, suchte nach Worten. Da entdeckte er Isabelle am Fenster im Obergeschoss der Villa. Sie winkte ihn zu sich und ihm fiel ein, dass er gerade das tat, was sie ihm strikt verboten hatte. Aber sich jetzt mit einer unterwürfigen Ausrede vor dem Tyrannen verkriechen? Jetzt, wo die Augen und Ohren von Kellermanns Geschäftsfreunden auf ihn gerichtet waren?

»Ich heirate Isabelle«, entfuhr es ihm, bevor er einen klaren Gedanken fassen konnte. Kellermanns Gesicht lief rot an, er donnerte den Champagnerkelch auf den Boden, stemmte die Hände an die Hüften, lachte verächtlich auf und fragte mit eisiger Stimme: »Was glauben Sie, wer Sie sind? Mitgiftjäger? Sie Emporkömmling haben bei meiner Tochter nichts zu suchen.« Ohne Luft zu holen, fragte Kellermann, ob sich Peter schändlich über Bettgeschichten in höhere Kreise arbeiten wolle, nannte ihn einen unverschämten Hochstapler und Versager. In Peter stauten sich die Widerworte, doch er brachte keines über die Lippen.

»Sie haben wohl gedacht, nur weil Sie ein paar Ziegelsteine für mich schleppen durften, gehören Sie hier dazu, oder was?«

»Herr Kellermann, ich bin Doktorand der Kunstgeschichte und ...«

»Lächerlich!«, unterbrach Kellermann unwirsch und zog einen jungen Mann an seine Seite. »Das ist Hermann Schäfer, ein erstklassiger Jurist. Er ist mit Isabelle seit einem Jahr verlobt.«

Hermann lächelte verlegen und reichte Peter die Hand, die er unbeachtet in der Luft stehen ließ. Denn Peter sah zu Isabelle, die inzwischen auf die Terrasse getreten war. Ihr buntes Kleid flatterte im Wind, ihr rotblondes Haar leuchtete in der Sonne. Sie sah besorgt zu ihm, schüttelte den Kopf und setzte an, die Stufen zum Rasen herunterzugehen. Nein, das nicht, durchfuhr es Peter. Verlobt seit einem Jahr? Und Isabelle hat davon nicht ein Wort erzählt!

Dass seine Faust in Hermanns Gesicht prallte, bemerkte er erst, als dieser zurücktaumelte und Kellermann die Männer vom Sicherheitsdienst zu sich rief.

»Lass dich hier nie wieder blicken! Widerlicher Schmarotzer!«, schrie Kellermann Peter hinterher, der von zwei Wachleuten über den Rasen, vorbei an den hämisch grinsenden Gästen, zum Ausgang gezerrt wurde.

Kapitel 18

Schröder ließ sich auf dem Sofa im Salon nieder und starrte auf den Verlobungsring. Er hatte nicht mehr erfahren, was Isabelle ihm vor jenem Gartenfest hatte sagen wollen. Ob es wirklich um sein Rollenspiel als Bewerber um ihre Hand gegangen wäre? Oder hatte sie ihm beichten wollen, dass sie mit ihm, dem netten Mann aus der Arbeiterwelt, nur gespielt hatte? Dass ihre Liebe nur eine Laune gewesen war? Dass sie längst mit Hermann verlobt war? Jedenfalls hatte Peter nach dieser peinlichen, demütigenden Begegnung mit seinen Freunden Kalle und Jan einen Plan für den Einbruch entworfen und war mit ihnen losgezogen, um dem kaltherzigen, hochmütigen Finanzmogul eins auszuwischen. Und das war so tragisch schiefgegangen, dass zwei Menschen starben und die Leben der anderen Beteiligten wundgeschlagen waren.

Schröder seufzte tief. War das jetzt endlich alles? War seine Geschichte komplett oder tauchte noch ein Kapitel auf, das er gelöscht hatte?

Schröder wusste, was zu tun war. Er musste zu Isabelle, unverzüglich. Nicht, um von ihr eine Entschuldigung zu erbitten. Nein, das war unmöglich. Das konnte er nicht von ihr verlangen. Aber um ihrem Wunsch, Peter noch einmal zu sehen, nachzukommen. Mehr nicht. Das war das Wenigste, was er für sie noch tun konnte. Und egal, ob sie ihn verfluchen und verdammen würde, er würde es hinnehmen. Nichts weniger hatte er verdient. Schröder setzte Kaffee auf und während die Maschine lief, ging er ins Bad. Er rasierte sich sorgfältig, schnitt einige Haarsträhnen ab, die sich dem Kamm widersetzten, und zog sich an. Beim Frühstück blätterte er die Tageszeitung durch.

Als er keine Nachricht über die Ermittlungen zu dem Einbruch beim Juwelier Krämer fand, studierte er die Todesanzeigen. Erleichtert stellte er fest, dass der Name Isabelle Kellermann-Schäfer noch nicht auf dieser Seite zu finden war.

Mit einem Taxi ließ er sich zum Elisabeth-Stift fahren. Im Gegensatz zum letzten Mal, als er die Auffahrt zu dem pompösen Bau entlanggefahren war, fühlte er sich leichter, trotz des Gewichtes seiner Taten, die wie Felsbrocken in ihm lagerten.

»Es tut mir leid, Herr Gerlach, aber wir haben strikte Anweisung nur Besuche von Familienmitgliedern zu Frau Kellermann-Schäfer zuzulassen«, sagte die Rezeptionistin mit bedauerndem Lächeln.

Schröder schluckte. »Und der Name Robert Schröder, steht der auch auf der Verbotsliste?«

Die Frau an der Rezeption blätterte in einem Buch, fuhr mit dem Finger über die Seite und tippte schließlich energisch auf eine Stelle.

»Herr Schröder und Herr Gerlach sind ausdrücklich abzuweisen«, las sie vor. »Ich muss Sie bitten, zu gehen.«

»Isabelle hatte um einen Besuch von mir gebeten«, beharrte Schröder.

»Tut mir leid. Die Anweisung ist eindeutig.«

Zu spät also, dachte Schröder. Dass nur noch Familie zu Isabelle durfte, deutete er so, dass sie im Sterben lag. Ihr Weg ging also unausweichlich auf das Ende zu und er hatte die letzte Kreuzung verpasst, wo er ihr noch einmal hätte begegnen können.

Zurück in der Louisenstraße trug Schröder eine Kristallvase, die Brieftasche, an die er sich während seiner Nacht in der Arrestzelle erinnert hatte, und einen spanischen Fächer aus der Erinnerungswohnung in der Werkstatt. Er legte die Objekte auf die Werkbank und band die Schürze um. Dabei zog er so fest an einem Band, dass es abriss. Schröder biss die Zähne zusammen. Das war kein Omen für irgendetwas, redete er sich ein. Mit zitternden Händen hängte er die Schürze wieder an den Haken.

Die schwarze Brieftasche würde er sich als Erstes vornehmen. In das Regal mit den Tiegeln und Tuben griff er sonst blind, um die richtige Paste oder Flüssigkeit herauszunehmen. Jetzt stand er davor und suchte die Dose mit dem Lederfett. Als er sich endlich damit an die Werkbank gesetzt hatte, schraubte er den Deckel ab und fuhr mit dem Lappen für Silberpolitur in die Masse. Was war los mit ihm? Reiß dich zusammen! Er tauschte den Lappen aus und tunkte ihn in die gelbliche Masse. Er war froh, dass er sich keinem Objekt widmen musste, das mit Rillen und Ranken bestückt war. Deren Pflege hätte ein Feingefühl verlangt, das ihn offensichtlich überfordert hätte. Er konzentrierte sich auf den simplen Vorgang, das Lederfett auf dem Leder zu verteilen, um es dann behutsam zu polieren. Die Erinnerung der jungen Kundin kam ihm gleich bei den ersten Kreisen mit dem Lappen über eine Lasche an der Brieftasche in den Sinn. Sobald er die Geschichte erzählte, würde sich von selbst jede kleinste Gefühlswoge in ihm beruhigen. Dann würde er vergessen …

Das Wort, obwohl nur im Stillen gedacht, schnürte ihm den Hals zu.

»Eine Frau mittleren Alters brachte die Brieftasche vor drei Jahren zu mir. Es war ihr letztes Beutestück als Taschendiebin. Seit ihrer Jugend verdiente sie auf diese Weise auf Jahrmärkten, in Fußballstadien und Vergnügungsparks ihren Lebensunterhalt. Nun will sie ein neues, ordentliches Leben anfangen«, redete Schröder leise vor sich hin, stockte, begann von Neuem. Doch die Verbindung, die sich seit über dreißig Jahren zwischen den Erinnerungsstücken und seinen Worten wie ein pulsierender

Strom eingestellt hatte, blieb aus, als wäre eine Leitung gekappt worden. Schröder erzählte lauter und deutlicher von der Frau, die ihr Leben ändern wollte. Doch seine Stimme klang blechern und seine Bewegungen stockten. Schlimmer noch, seine Gedanken wanderten wirr um Isabelle, Patrick und Julia. Der Wunsch, etwas wieder in Ordnung zu bringen, wuchs. Aber was konnte er tun? Wie funktionierte das? Schröder zwang sich, wenigstens die handwerkliche Arbeit an den drei Erinnerungsstücken zu erledigen und verließ die Werkstatt.

Mit Isabelles Erinnerungsstück stand er bald vor Patricks Wohnungstür. Das Namensschild kaum lesbar. Wurde es nicht Zeit für ein blank geputztes Messingschild, auf dem neben dem Namen auch »Rechtsanwalt« eingraviert war? Schröder klingelte und trat einen Schritt zurück. Wann hatte er das letzte Mal hier gestanden? Als er dem Achtzehnjährigen die Wohnung überlassen hatte? Das war vor zwölf Jahren gewesen. Seitdem hatte Patrick dafür gesorgt, dass der Kontakt zwischen ihnen nicht im Sand verlief. Schröder, die Hände hinter dem Rücken gefaltet, wippte auf und ab.

»Robert? Ist was passiert?« Patricks Erstaunen beschämte Schröder. Es sollte selbstverständlich sein, dass er vor der Tür seines Pflegesohns stand. Und noch etwas fiel Schröder auf. Der Junge von damals, der nun als Mann vor ihm stand, war ihm längst zu einem Sohn geworden. Er sollte ihn endlich auch so nennen.

»Hast du Zeit?«, fragte Schröder verlegen. »Können wir reden?«

»In deinem Ermittlungsverfahren gibt es noch keine neuen Entwicklungen«, stellte Patrick trocken fest.

»Das meinte ich auch nicht. Ich will ...« Schröder stockte, er biss die Kiefer aufeinander. Sah Patrick ihn besorgt oder verärgert an? Schröder konnte dessen Miene nicht recht deuten.

»Darf ich reinkommen?«

Patrick trat zur Seite und zog die Tür ganz auf. Schröder schlenderte mit Patricks Erlaubnis durch die Zimmer. Er staunte über die geschmackvolle, moderne Einrichtung. Wie hatte Patrick die Möbel und Geräte herauftragen können, ohne dass er etwas davon gemerkt hatte. Wieso wusste er nicht, was Patrick bevorzugte? Offensichtlich wollte er keine Antiquitäten um sich haben.

»Angenehm hast du es hier«, sagte Schröder und ließ sich in einem Polstersessel nieder.

Patrick bot ihm Kaffee an.

»Erst einen Schnaps, wenn möglich«, meinte Schröder.

»Einen Schnaps? Am Nachmittag? Du?«

Schröder nickte.

Patrick schenkte ihm ein Glas Grappa ein, Schröder schüttete ihn in sich rein, atmete durch und gestand: »Ich muss mich bei dir entschuldigen.«

Und dann erzählte Schröder. Wie er als junger Mann entschlossen gewesen war, sich von dem mühsamen Dasein als Teil der Gerlach Bau zu befreien und sich durch das Studium der Kunstgeschichte dem Schönen zuwenden wollte. Wie er Isabelle kennengelernt und alles zerstört hatte, bis zu dem Augenblick, als er in die Lufthansa-Maschine gestiegen war, um vor den Konsequenzen seiner Handlungen zu fliehen, die sein Gedächtnis zu dem Zeitpunkt bereits zerlegte, um sie restlos zu entsorgen.

»Wie ich alles so völlig vergessen konnte, ist mir unerklärlich«, sagte Schröder bedauernd.

Patrick wischte über das Display seines Smartphones und hielt es ihm schließlich hin. »Hier steht es«, erklärte er. »Schon mal von Dissoziativer Amnesie gehört?«

»Du meinst, für diese fiese Masche gibt es einen Fachausdruck?«

»Zumindest für eine gewisse Zeit. Dass du über fünfzig Jahre diese Ereignisse vergessen oder verdrängt hast oder was weiß ich, wie das heißt, ist …«

»Meine Entscheidung gewesen!«, warf Schröder ein, stand auf, stampfte mit finsterer Miene durch die Wohnung, bis Patrick ihn zurück ins Wohnzimmer rief.

»Hast du mit Julia gesprochen?«, fragte Schröder, als er sich wieder in den Sessel plumpsen ließ.

»Kann man so nicht sagen. Sie hat mich abgekanzelt und stillgelegt. Sie hat mit Hilfe deines Neffen Sebastian dein Doppelleben selbst herausgefunden«, erzählte Patrick. Seitdem reagiere Julia nicht mehr auf seine Anrufe. Im Apartment habe er sie auch nicht angetroffen. »Ich habe eine Nachricht an die Tür geklemmt. Auch an das Penthouse ihrer Großmutter – keine Reaktion.«

»Sie wird gerade andere Sorgen haben«, sagte Schröder bedauernd. Er legte Isabelles Ring und Brief auf den Tisch.

»Das hat mir Julia gegeben. Erinnerungsstücke von Isabelle für Julias Vater Karsten Schäfer. Ich glaube, das ist Isabelles Ältester. Jedenfalls habe ich vergessen, Julia dafür eine Abholnummer mitzugeben. Wenn es soweit ist, muss ich Karsten die Erinnerungsstücke selbst übermitteln.«

»Du meinst, wir haben einen guten Grund, um Julia weiter zu kontaktieren?«, fragte Patrick verschmitzt lächelnd. »Sehr schön! Dagegen habe ich nichts einzuwenden. Schaut besser aus, als wenn ich ihr verliebt hinterherhechele.«

Schröder steckte Ring und Brief zurück in die Westentasche. »Na, dann halt dich mal ran«, sagte er grinsend.

Sie beschlossen, beim Italiener essen zu gehen. Als Patrick die Haustür öffnete, stand dort ein Mann im Anzug und mit einer schwarzen Mappe unter dem Arm und studierte die Namen auf den Klingelschildern.

»Wenn Sie von Immobilien Hecht kommen«, sagte Schröder genervt, »dann ...«

»Onkel Peter?«, fragte der Mann. »Ich bin Sebastian Gerlach, Antons Sohn.«

Schröder brauchte den Namen nicht erst zu hören, um seinen Neffen zu erkennen. Nicht das auch noch, stöhnte Schröder innerlich. Reichte es nicht für einen Tag? Jetzt auch noch Familie!

»Sebastian, schön, dich kennenzulernen«, brachte Schröder mühsam hervor. Er deutete auf Patrick.

»Das ist Patrick, mein Sohn.« Wie leicht ihm das von den Lippen ging. Warum hatte er Patrick nicht schon lange so genannt? Ziehsohn, Pflegesohn, oder sogar Mündel waren Ausdrücke, mit denen er bisher Außenstehenden ihre Beziehung beschrieben hatte. Er spürte den Druck von Patricks Hand auf seiner Schulter und lächelte zufrieden, während er voranging.

Zu dritt saßen sie im Restaurant und Schröder fühlte sich völlig überfordert. Wie ähnlich Sebastian seinem Bruder war! Selbst die Art, wie er redete, hörte sich an, als säße Anton am Tisch. Schröder verfiel in ein bewährtes Verhaltensmuster. Grimmig und wortkarg gab er Sebastian in groben Zügen Auskunft über seine Situation. Amnesie und dissozial – das alles in den letzten Tagen – tut mir leid – alles zu viel – aber bestimmt ein anderes Mal – natürlich wolle er Sebastians Familie kennenlernen. Zu seiner Erleichterung übernahm Patrick das Gespräch und Schröder brauchte nur mit halbem Ohr einem fachlichen Austausch über die Tücken und Mängel des Baurechts zuzuhören.

Drei Tage lang wartete Schröder vor dem Elisabeth-Stift auf der Bank im Park, in der weißen Laube oder unter der alten Linde auf den glücklichen Moment, der es ihm ermöglichte, ins Gebäude und damit zu Isabelle zu gelangen. Natürlich wusste er, dass Glück nicht ausreichte, um unerkannt an den Adleraugen der Rezeptionistin vorbeizukommen. Aber wer konnte das schon mit Gewissheit vorhersagen? Manchmal setzten sich Bewohner des Hauses zu Schröder und erzählten ihm aus ihrem Leben. Nicht, dass Schröder danach gefragt oder es jemals seiner Aufforderung dafür bedurft hätte. Während dieser Tage bemerkte Schröder allerdings, dass er seit langer Zeit nicht mehr absichtslos zugehört hatte. Seit er Tom vor 35 Jahren im Südpark getroffen hatte und mit dessen Hundeleine nach Hause gegangen war, hatte er jede Lebensgeschichte, die ihm anvertraut worden war, mit einer Verpflichtung verbunden. Natürlich, es war seine Entscheidung gewesen und er beklagte sich nicht. Für Schröder waren die Gespräche im Park jedenfalls eine willkommene Unterbrechung seiner Grübeleien. Und wenn gerade niemand bei ihm saß, zog er ein Stück Holz und ein Schnitzmesser aus der Tasche. Dennoch bedrängte ihn die Frage nach dem, was gewesen wäre, wenn – beziehungsweise wenn nicht. Daraus ergaben sich unzählige Einzelfragen, Unterpunkte und Variationen, die er nicht einmal für sein eigenes Leben beantworten konnte. Er konnte nur eines feststellen, nämlich dass die Leben jedes Beteiligten einen herben Schlag erleiden mussten. Und er mit seinen Ängsten, dem mangelnden Vertrauen und übertriebenem Stolz war derjenige, der die Schläge ausgelöst hatte. Das Vergessen schien der einzige Weg gewesen zu sein, mit dem Peter Gerlach mit seiner Schuld zurechtgekommen war. Aber als Entschuldigung konnte Schröder diesen Gedanken nicht gelten lassen. Er war lediglich eine Erklärung für seine feige Lösung des Problems.

Am vierten Tag kam die Rezeptionistin zu ihm in den Park und teilte mit, dass Isabelle Kellermann-Schäfer am Vortag verstorben sei. Schröder hatte diese Nachricht erwartet. Dennoch schmerzte es ihn, was sich dumpf anfühlte und einen lähmenden

Druck in seiner Brust verbreitete. Schröder verließ das Gelände des Elisabeth-Stifts zu Fuß, wanderte wie benommen zurück in die Stadt, irrte ziellos herum. Der Schmerz, Isabelle zweimal im Stich gelassen zu haben, hämmerte wild. Was hätte sie ihm gesagt damals auf dem Gartenfest? Dasselbe, was sie ihm fünfzig Jahre später mitgeteilt hätte, wenn er den Mut gehabt hätte, sie zu besuchen? Egal, jetzt war es vorbei. Er würde es nie erfahren und das hatte er sich selbst zuzuschreiben. Er konnte nur noch eines versuchen. Als junger Mann hatte er Freunde und Familie in Schwierigkeiten gebracht und sie damit allein gelassen. Wenigstens diesen Fehler würde er nicht ein zweites Mal begehen.

Patrick kam in die Küche, als Schröder gerade Isabelles Todesanzeige in der Tageszeitung entdeckt hatte. Die größte Anzeige kam von der Familie. Daneben standen die vom Bankhaus Kellermann-Schäfer und ihrer Stiftung.

»Übermorgen ist die offizielle Trauerfeier für Isabelle«, sagte Schröder. »Da werden eine Menge Honoratioren aufmarschieren. Aber sicher auch ihr Sohn Karsten und Julia.«

Patrick stellte die Kaffeetasse ab und studierte die Anzeigen. »Die Feier findet im Dom statt. Sehr eindrucksvoll. Du meinst, wir sollten uns unter die Gäste mischen und Karsten den Brief seiner Mutter übergeben?«

»Genau, und wir treffen sicher auch Julia«, bestätigte Schröder. »Hast du sie inzwischen erreicht?«

»Nein«, antwortete Patrick.

Schröder hörte Enttäuschung in Patricks Stimme. Schon wieder, dachte er grimmig. Schon wieder hatte er aus falschem Stolz etwas angerichtet. Nur aus Angst vor Julias und Isabelles Urteil, hatte er Patrick genötigt Julia anzulügen.

»Ich werde mich bei ihr entschuldigen«, sagte er. »Sie wird es verstehen.«

Und da es auch darum ging, Isabelles Enkelin freundlich zu stimmen, fuhr Schröder in ein Einkaufszentrum und kaufte sich einen schwarzen Anzug. Er würde diesmal nicht aus der Rolle fallen, sondern mit dem Schwarm schwimmen, um niemanden zu verärgern. Als er an einem Elektrogeschäft vorbeiging, überlegte er kurz, ging hinein und kaufte ein Diktiergerät.

Eine Porzellanfigur, ein Halstuch, ein Armband, eine Obstschale aus Holz, ein ausgestopfter Specht. Schröder ordnete die Erinnerungsstücke auf seiner Werkbank nebeneinander an. Dann schaltete er das Diktiergerät an und probierte es aus. Wie laut musste er sprechen, damit er die Aufnahme verstand?

»Abholnummer 58, abgegeben am 23.11.2004 von einem jungen Mann; Figur einer Schäferin aus Meißener Porzellan.«

Schröder untersuchte die Figur nach Rissen und Staub in Armbeugen und Falten des Gewandes. Dann tupfte er mit dem feuchten Reinigungslappen über das Porzellan. Laut und deutlich erzählte er die Geschichte, die ihm der Kunde mit dieser Figur anvertraut hatte. Dies wiederholte er zweimal. Dann schaltete er das Diktiergerät auf Stopp, prüfte die Aufnahme und war zufrieden. Die Schäferin wickelte er in Seidenpapier und stellte sie in eine leere Umzugskiste, die er neben die Werkbank gestellt hatte. Diese Figur und ihre Geschichte würde Schröder erst wieder in die Hand nehmen, wenn jemand mit ihrer Abholnummer seinen Laden betrat. Es überraschte ihn, dass ihn dieser Gedanke nicht erschreckte. Im Gegenteil, er fühlte sich entspannt und konzentriert wie sonst auch, wenn er mit den Erinnerungsstücken arbeitete. Wahrscheinlich würde sich erst dann etwas ändern, überlegte er, wenn er das letzte Objekt aus der Erinnerungswohnung auf diese Weise weggelegt hätte. Routiniert bearbeitete er die nächsten Erinnerungsstücke. Als die Kiste zwei Tage später gefüllt war, schloss er sie, klebte außen einen Zettel mit den darin abgelegten Abholnummern darauf und schob sie in eine Ecke der Werkstatt.

Kapitel 19

Schröder und Patrick fuhren mit der Straßenbahn ins Stadtzentrum und legten die restliche Strecke zum Dom zu Fuß zurück. Bereits in den Frühnachrichten im Radio war darauf aufmerksam gemacht worden, dass wegen Isabelles Trauerfeier die Straßen um den Dom an diesem Tag teilweise gesperrt oder überlastet sein würden. Die Radiomoderatorin zählte eine Reihe Persönlichkeiten auf, die zur Feier erwartet würden.

Obwohl sie eine Stunde vor Beginn der Trauerfeier den Dom betraten, waren bereits die meisten Kirchenbänke besetzt. Schröder zog Patrick an den äußeren Rand der letzten Reihe. Vor dem Altar, neben dem Rednerpult, umrahmt von Blumengestecken, war ein großes Foto von Isabelle im Alter von ungefähr fünfzig Jahren aufgestellt. Ihr Blick war freundlich interessiert auf die Kamera gerichtet. Schröder erkannte diesen Gesichtsausdruck. Er schien ihr eigen gewesen zu sein, denn so hatte sie schon den verliebten Peter angesehen, wenn er etwas erzählt hatte. Er dagegen hatte ihr nicht richtig zugehört, seine Gabe als Zuhörer hatte er bei ihr nicht ausgelebt. Vielleicht lag das an seiner Verliebtheit. Dieser Zustand, überlegte Schröder, förderte jede egoistische Neigung. Sonst hätte er verstanden, dass sie ihre Herkunft nicht durch eine Heirat verraten wollte. Als Studentin hatte Isabelle zwar einen Ausbruch aus der Welt der reichen Bankleute gewagt, doch sie hatte diese nie ganz verlassen. Für ihn hatte sie einen Kompromiss gesucht. Das hatte Gerlach nicht begriffen. Hätte Peter Gerlach ihr zugehört, hätte er sich auf dem Gartenfest ihres Vaters nicht wie ein egoistischer Pfau verhalten.

Als das Kammerorchester die ersten Töne einer getragenen Melodie anstimmte, war der Dom bis auf den letzten Platz gefüllt und die Parade der Honoratioren beendet.

»Ich kann Julia nicht entdecken«, flüsterte Patrick.

»Vielleicht am Ende, wenn alle gehen«, erwiderte Schröder, der ebenfalls den Hals reckte, um die Gäste in den Bänken für Isabelles Familie zu betrachten. Karsten Schäfer, für den er Isabelles Erinnerungsstück mitgebracht hatte, konnte er auch nicht entdecken. Erst, als schon einige Reden über Isabelle als Vorstandsmitglied des Bankhauses Kellermann-Schäfer, als Vorstand ihrer Stiftung, als Gönnerin und Mentorin von Künstlern und Kultureinrichtungen gehalten worden waren, trat Karsten Schäfer ans Rednerpult. Das war er also. Der Mann, dem Isabelle die Geschichte zu Gerlachs Verlobungsring hinterlassen hatte. Schröder schluckte, als er feststellte, dass Karsten einen ähnlichen Körperbau wie der alte Kellermann hatte. Ein kurzer, gedrungener Rumpf, ein rundlicher Kopf, Halbglatze. Obwohl Karsten in warmen Worten über Isabelle als herzliche Mutter, umsorgendes Familienoberhaupt, liebende Ehefrau redete, sah Schröder in ihm nur Isabelles Vater, dem Peter Gerlach provokant seine Heiratsabsicht in sein arrogantes Gesicht gespuckt hatte. Was Schröder durch die Trauerreden über Isabelles Leben erfuhr, ließ ihre gemeinsame Zeit als Liebespaar wie einen Sekundenschlag erscheinen. Isabelle war zu einer einflussreichen, interessanten und hoch geschätzten Persönlichkeit geworden. Ob ein Peter Gerlach dieser Frau gewachsen gewesen wäre?

Das Kammerorchester setzte gemeinsam mit der Orgel zu einem Schlussakkord an. Nachdem die letzten Klänge sich aufgelöst hatten, bewegte sich die schwarze Masse und strebte durch das Kirchenportal ins Freie. Schröder und Patrick postierten sich beim Hauptgang. Schröder behielt Karsten im Auge und Patrick suchte nach Julia. Karsten schüttelte viele Hände, dankte, nickte, ließ sich auf die Schultern klopfen und als er endlich allein vor dem Bild seiner Mutter stand, ging Schröder auf ihn zu.

»Karsten Schäfer?«

Isabelles Sohn drehte sich zu ihm um. Schröder atmete erleichtert auf. Karsten sah seinem Großvater Kellermann doch nicht so ähnlich wie aus der Ferne vermutet. Die Augen- und Kinnpartie konnte Schröder nicht zuordnen. Auf jeden Fall hatte der Mann auch einiges von seiner Mutter mitbekommen, wie die freundliche Art, mit der er sich Schröder zuwandte.

»Entschuldigen Sie«, sagte Schröder. »Es ist bestimmt nicht der beste Augenblick, aber ich muss Ihnen etwas von Ihrer Mutter übermitteln. Mein Name ist Peter Gerlach.« Schröder brach ab. Hitze wallte durch seinen Körper, als er seinen richtigen Namen nannte. Er räusperte sich und fuhr fort. »Oder Robert Schröder, je nachdem. Isabelle hatte Julia auf die Suche nach mir geschickt.«

Karstens Blick wechselte zwischen Skepsis und Erstaunen. »Sie sind der Mann mit dem Mama als Studentin eine Affäre hatte?« Karsten trat einen Schritt zurück, verschränkte die Arme und musterte Schröder unverhohlen. »Julia hat mir von Mutters Auftrag erzählt. Aber nicht, dass sie Sie gefunden hat.«

Schröder steckte die Hände in die Sakkotaschen und schloss sie um Isabelles Erinnerungsstücke. Wusste Karsten auch, was er in der Kellermann-Villa getan hatte? Nein, das war nicht möglich. Er zog Ring und Brief hervor und betrachtete sie liebevoll. Er sollte die Stücke jetzt Karsten geben, dafür müsste er die Arme ausstrecken, doch kein Muskel gehorchte Schröders Anweisungen.

»Als Affäre würde ich unsere Beziehung damals nicht bezeichnen«, sagte er ernst. »Wir wollten heiraten. Leider kam es nicht dazu.«

Karsten ließ die Arme sinken. »Entschuldigen Sie, ich wollte Sie nicht beleidigen.«

»Das hier«, sagte Schröder und schaffte es endlich, Ring und

Brief Karsten entgegenzuhalten. »Das hat Isabelle über Julia bei mir hinterlegen lassen. Es ist für Sie bestimmt.«

Karsten nahm beides an sich. »Mamas Erinnerungsstücke? Sie sind auch der Antiquitätenhändler, von dem Julia erzählt hat! Schröder. Natürlich. Schröders Laden in der Louisenstraße.« Während Karsten seinen Blick zwischen Isabelles Stücken und dem Foto von ihr neben dem Rednerpult schweifen ließ, als überlege er, was er mit den Sachen machen solle, fragte Schröder nach Julia.

»Ich habe sie nicht unter den Trauergästen gesehen.«

Karsten öffnete das Schmuckkästchen und betrachtete den Ring. »Julia ist fort. Gleich nachdem meine Mutter gestorben ist«, antwortete er in Gedanken versunken. »Den Ring kenne ich gar nicht.«

»Die Erklärung steht sicher in dem Brief«, sagte Schröder. »Darf ich noch fragen, wo wir Julia finden können? Wir hätten noch etwas zu klären.«

Karsten schüttelte den Kopf. »Thailand, nehme ich an. Dort ist sie gern, wenn es ihr nicht gut geht.« Er steckte den Ring in eine Sakkotasche und drehte den Brief zwischen den Händen.

»Mit Wachs versiegelt«, sagte Karsten leise lachend. »Mutter hat den digitalen Möglichkeiten nie ganz getraut. Die wichtigen Informationen hat sie über Briefe mitgeteilt.« Er brach das Siegel und öffnete den Umschlag.

Schröder legte die Hände auf dem Rücken zusammen und wippte auf und ab, den Blick auf das Blatt mit Isabelles Handschrift geheftet.

»Mutter hat auch uns Kindern Briefe geschrieben, wenn sie uns zu Erfolgen gratulierte oder uns trösten wollte oder wenn sie wütend auf uns war.«

Schröder hätte sich diskret zurückziehen und Karsten einen intimen Augenblick mit seiner Mutter gönnen sollen. Aber er stand da, unfähig Isabelles Brief und vor allem seinen Inhalt aus den Augen zu lassen.

»Bitte entschuldigen Sie«, sagte Karsten, entfernte sich, um sich in eine leere Kirchenbank zu setzen. Dann faltete er den Brief auseinander und las.

Patrick zog Schröder einige Schritte fort und drückte ihn in eine Bank.

»Wenn dich Isabelles Botschaft etwas angeht, wird er dir das sicher mitteilen«, flüsterte Patrick. »Hast du Julia gesehen?«

»Thailand«, antwortete Schröder, wobei er seine Hände nervös an den Oberschenkeln rieb. »Ist gleich auf und davon, nachdem Isabelle gestorben ist. Kann ich gut verstehen.«

»Klar, dass du das verstehst«, schnaubte Patrick.

Schröder bohrte seinen Blick in Karstens Profil, der konzentriert las, den Kopf schüttelte, noch einmal las und sich dann suchend umsah.

»Wie, haben Sie gesagt, ist Ihr Name?«, fragte er, wobei ihm die Haltung des Chefs eines Bankhauses anzumerken war.

»Peter Gerlach, beziehungsweise Robert Schröder«, antwortete Schröder mit trockenem Mund.

»Wieso zwei Namen?«

»Lange Geschichte.«

»Wissen Sie, was in dem Brief steht? Welche Information Mutter mir unbedingt hinterlassen wollte?«

Schröder schüttelte den Kopf.

»Wenn das so ist, wird Sie der Inhalt interessieren.«

Schröder hielt das von Isabelle beschriebene Papier in seinen zitternden Händen. Dass Patrick Karsten einige Schritte den Mittelgang entlang begleitete, dass sie Visitenkarten austauschten, bevor sie sich verabschiedeten, nahm er gar nicht richtig wahr. Tränen füllten seine Augen. Als Patrick sich in seiner

Nähe auf die Bank setzte, wischte Schröder sich über die Augen und las den Brief.

»Mein lieber Karsten,

Du liest diesen Brief? Schade, denn das bedeutet, daß ich Peter Gerlach das, was ich Dir jetzt schreibe, nicht mehr sagen konnte.

Ich weiß, Du wolltest den Namen deines leiblichen Vaters nie wissen. Zweimal habe ich versucht, ihn Dir zu sagen. Du erinnerst dich sicher. Das war an deinem vierzehnten Geburtstag und an deinem einundzwanzigsten. Du hast beide Male das Gespräch mit der Begründung abgelehnt, daß Du in Hermann einen Vater hast, den du liebst und respektierst. Das hat mich sehr glücklich gemacht. Dennoch will ich nicht sterben, ohne den Namen deines leiblichen Vaters bei euch zu lassen. Wie soll ich beurteilen, ob es für Dich nicht doch auf irgendeine Weise wichtig wird, zu wissen, von wem du abstammst.

Während meiner Zeit als Studentin war ich sehr verliebt in Peter Gerlach. Wir wollten heiraten. Den Verlobungsring hältst du sicher auch in Händen. Leider geriet Peter mit meinem Vater auf einem Gartenfest heftig aneinander. Du weißt sicher noch, wie cholerisch und ungemütlich dein Großvater sein konnte. Bei dem Gartenfest wollte ich Peter sagen, daß ich schwanger bin, daß er Vater wird. Doch leider kam es nicht mehr dazu. Peter verschwand komplett aus meinem Leben. Ich hatte weder eine Adresse von ihm noch traf ich ihn jemals wieder. Er weiß nicht, dass Du sein Sohn bist.

Ich habe Julia losgeschickt, Peter Gerlach zu suchen, um ihm zuerst von Dir zu erzählen. Doch die Chancen, daß Julia ihn rechtzeitig findet, stehen schlecht. Deshalb schreibe ich dir diesen Brief.

Bitte erzähle auch Julia davon. Für sie ist es vielleicht von Bedeutung, wer ihr Großvater ist. Und vor allem, schau Dir deine Tochter mal genau an. Sie hat so viel von Dir. Möglicherweise streitet ihr deshalb ständig miteinander. Solltest Du Peter Gerlach kennenlernen wollen, dann wende Dich an Julia. Sie wird sicher ihre Informationen mit Dir teilen. Und wenn ihr gemeinsam nach Peter Gerlach sucht? Ach, jetzt werde ich sentimental. Kein Wunder in meinem maroden Zustand.

Mein lieber Sohn, ich wünsche Dir ein volles, freudiges Leben, deine Dich liebende Mama.

Kapitel 20

Kaum hatte der Arzt Isabelle Kellermann-Schäfers Tod festgestellt, noch bevor ihre Familie auftauchen konnte, um sich wortreich, mehr oder weniger betroffen, gegenseitig ihr Beileid auszusprechen, hatte Julia das Elisabeth-Stift verlassen, ihre Sachen gepackt und war zum Flughafen gefahren. Es gab für sie nur einen Weg, um den prüfenden Blicken, den Fragen und halbherzigen Umarmungen aus dem Weg zu gehen: in den nächstbesten Flieger zu steigen und sich irgendwo auf der Welt zu verkriechen. Lediglich ihre Eltern hatte sie per Kurznachricht informiert, dass sie sich dem Trauertheater entziehen würde. Als sowohl Karsten wie auch Nicole in ihren Antworten mitfühlendes Verständnis äußerten, bereute sie ihre grobe Wortwahl.

Julia entschied sich für Bangkok. In Thailand kannte sie sich aus. Sie könnte sich einen Jeep leihen und die Ecken des Landes erkunden, die sie noch nicht gesehen hatte. Doch als sie in der riesigen Halle des Suvarnabhumi Airports vor der Informationstafel für Abflüge stand und las, dass in einer Stunde ein Flug auf die Insel Kho Samui abheben würde, buchte sie sich ein. Auf ihren Reiserouten hatte sie bisher klassische Urlaubsorte vermieden. Sie waren zwar praktisch, um Vorräte aufzufüllen, sich auszuschlafen, zu duschen oder Kontaktpersonen zu treffen, doch sie hatte die Aufenthalte stets so kurz wie möglich gehalten. Und nun – ab auf die beliebte Touristeninsel! Hier warteten keine Abenteuer und Entdeckungen auf sie, hier war alles geregelt. Die Straßen zu den Sehenswürdigkeiten waren breit und befestigt, riesige Schilder lenkten die Besucher zu den Tempeln Wat Phra Yai und Wat Plai Laem, bei den Leihwagen konnte sie sich auf pannenfreie Fahrten verlassen und die Kletterwege um die Wasserfälle Na Muang waren mit Griffen und Stufen gesichert. Julia musste sich weder mit Landkarten, Google Maps, Motorschäden oder unpassierbaren Pisten herumschlagen. Sie musste lediglich schlafen, essen, im Meer baden und den Rest würde das Hotelpersonal organisieren.

Drei Tage bunkerte sich Julia in ihrem klimatisierten Hotelzimmer bei heruntergelassenen Jalousien ein. Sie bestellte sich das Essen aufs Zimmer und blockierte jeden Gedanken an die letzten Tage mit Cocktails und Marvel-Blockbuster-Filmen. Dann schaltete sie das Handy wieder ein. Die Liste der entgangenen Anrufe überraschte sie. Ihr Vater hatte jeden Tag angerufen, ihre Mutter auch, einige Freunde, Frau Klausner von der Galerie, und Patrick hatte zweimal täglich versucht, sie zu erreichen. So ein Sturkopf! Er hatte offensichtlich nicht kapiert, dass sie sich nicht auf eine Beziehung mit einem Mann einlassen würde, der ihr schamlos ins Gesicht log. Sie schaltete den Fernseher, auf dem knallbunte Bilder eines thailändischen Privatsenders flimmerten, auf lautlos und tippte auf die Nummer ihrer Mutter.

»Julia, da bist du ja endlich, Liebes«, hörte sie Nicoles Stimme und war sprachlos. Liebes? Hatte ihre Mutter sich so große Sorgen um ihre Tochter gemacht, dass ihre wohldosierte Gefühlskontrolle nicht funktionierte? Julia beruhigte sie und log, dass es ihr gut gehe und sie Thailand genieße.

»Komm doch nach Hause«, sagte Nicole.

»Mama, bei Oma Belle war mein Zuhause und die ist jetzt nicht mehr da.«

»Ich weiß. Du könntest trotzdem kommen. Dann wärst du nicht so allein mit deiner Trauer.«

»Ich bin nicht allein. Hier sind viele Menschen.«

»Julia, bist du betrunken? Du hörst dich etwas wackelig an.«

»Nur ein bisschen.«

»Na gut, wie du willst. Hast du mit Karsten gesprochen? Kennst du das Ende deiner Suche nach Isabelles erster Liebe?«

»Mama, ich will nicht darüber reden. Erzähl mir lieber von deinen aktuellen Lieblingen aus dem Labor. Was machen die Zellen? Teilen sie sich?«

»Deinen Sarkasmus kannst du dir sparen. Also, du weißt es nicht, oder?«

»Was? Dass Schröder eigentlich Gerlach ist?«

»Ja, und – ich sage es dir jetzt einfach, obwohl es Karstens Aufgabe wäre. Dieser Gerlach-Schröder ist dein Großvater. Karstens leiblicher Vater.«

Julia verschluckte sich, prustete den Martini über den Couchtisch. Hatte sie sich verhört? Doch Nicole blieb bei ihrer Behauptung. Nach zwei weiteren Martinis und dem Dreistundenfilm »Herr der Ringe Teil 1« rief sie ihren Vater an.

»Ist das wahr, dass Gerlach dein leiblicher Vater ist?«

Karsten blies hörbar Luft aus und erzählte den Inhalt von Isabelles Brief und dass er diesen nicht in Zweifel zog. Im Gegenteil, rein vom Gefühl her, wobei er zugab, sich mit Gefühlen nicht sonderlich auszukennen, aber vom Gefühl her müsse er sagen, dass es die Wahrheit sei. Warum hätte seine Mutter lügen sollen?

»Wieso hat sie es mir dann nicht gesagt?«, fragte Julia, mit einem Mal wieder stocknüchtern. »Warum diese Geheimniskrämerei? Das geht mich doch auch etwas an.«

»Natürlich geht es dich etwas an. Sie hat ja dafür gesorgt, dass du es erfährst, oder nicht?«, entgegnete Karsten beschwichtigend. »Außerdem, du kennst doch Oma Belle …«

»… kannte«, fuhr Julia ihm ins Wort.

»Du *kanntest* doch Oma Belle und ihre Einstellungen. Es war anständig von ihr, zuerst mit dem Betroffenen reden zu wollen.«

»Diese Fürsorge hat Schröder nicht verdient. Er hat gelogen und sich feige vor einem Besuch bei Oma Belle gedrückt.«

»Das mag sein«, erwiderte Karsten betont ruhig. »Aber ich kenne seine Gründe dafür nicht. Weißt du, warum er und Mutter nicht geheiratet haben?«

»Nein«, blaffte Julia. »Ist mir auch egal.« Dann trat das Schweigen ein, was sich meistens bei ihren Gesprächen breitmachte und beiden vertraut war.

»Also gut, Julia«, sagte Karsten freundlich. »Erhole dich, wo auch immer du bist, und wir sehen uns bei deiner Ausstellung. Du kommst doch hoffentlich?«

»Ja, ich habe es Klausner versprochen.«

»Schön. Du kannst auch früher kommen oder überhaupt zu uns kommen. Das Gästezimmer ist immer für dich frei.«

Gästezimmer! Es standen zwei Gästezimmer für sie bereit. Eines bei ihrer Mutter und eines bei ihrem Vater. Sie hielt sich auch in dem Moment in einem Gästezimmer auf. Ein Hotelzimmer war nichts anderes. Frei für Besucher, die wieder abreisen würden, mit denen man sich gut unterhielt, die aber nicht an dem Leben ihrer Gastgeber teilnahmen. Auf ihren Reisen, ob in Pakistan, Kolumbien oder im Senegal, ob als Fotografin oder Freundin, Julia war immer zu Gast. Sie beobachtete ihre Gastgeber, machte sich ein Bild von ihnen, fotografierte Land und Leute, wurde dabei aber nie Teil ihrer Leben. Wozu auch? Sie hatte nichts vermisst. Sie hatte Oma Belle. Julia schaltete fluchend den Fernseher aus, zog die Jalousien hoch und korrigierte ihren letzten Gedanken: Sie hatte Oma Belle gehabt!

Nach einer kalten Dusche suchte Julia ihre Badesachen zusammen und verließ das Zimmer. In türkisblaues Wasser abtauchen. Möglichst wenig den Kopf über Wasser bringen, wo die Idylle aus weißem Sand, Palmen und glücklichen Touristen ins Auge stach. Julia kletterte auf einen Felsen, der aus dem Wasser ragte. Sie konnte ihre Augen schließen und sich von den Eindrücken ihrer Umgebung abschotten. Das verhinderte allerdings nicht, dass ihre Gedanken lautstark in ihrem Kopf herumtanzten. Diese in eine übersichtliche Form zu bringen, erwies sich als schwierig.

Julia bemühte sich, für den Rest ihrer Auszeit eine gute Touristin zu sein. Das war gar nicht so schlecht, stellte sie fest. Umsorgt vom Hotelpersonal und von Führern zu den Sehenswürdigkeiten gelotst, konnte sie sich ihrem inneren Durcheinander stellen. Etwas anderes, als sich den Forderungen ihrer Gedanken zu ergeben, blieb ihr sowieso nicht übrig. Nur die Erinnerung an die zwei Menschen aus der Louisenstraße wehrte sie kategorisch ab. Da gab es nichts zu denken. Schröder und Patrick hatten sie nach Strich und Faden belogen und manipuliert. Wie dämlich sie gewesen war, Patrick zu glauben, er wolle ihr bei der Suche nach Peter Gerlach helfen. Und sie hatte sich auch noch auf eine Affäre eingelassen. Gut, dass diese nicht so intensiv war, dass sie ihr nachtrauerte. Oder doch? Vermischten sich die Enttäuschung über Patrick unter die Trauer um Oma Belle? Und wenn schon, sie würde diesen Herrn Anwalt Mehler nie wiedersehen.

Als der Tag ihres Abflugs bevorstand, fragte sich Julia, was sie während der drei Tage bis zur Ausstellungseröffnung in der Galerie Habicht & Klausner in der Stadt tun sollte. Sie könnte ihre Eltern besuchen, in ihren Gästezimmern schlafen. Sie könnte sich ein Gästezimmer in einem Hotel mieten. Keine verlockende Aussicht. Sie würde jede Sekunde spüren, dass sie nicht zu Hause, nicht bei Oma Belle war. Also stornierte sie ihre Flugbuchungen und verschob den Abflug um zwei Tage. Das Zeitfenster bis zum Beginn der Vernissage würde jetzt eng werden. Wenn sie zu ihrer eigenen Ausstellungseröffnung zu spät käme, würde man es ihr verzeihen. So machte man das mit Gästen.

Als sie am Strand auf einer Liege unter einem bunten Sonnenschirm Kokoswasser trank, kamen die Zweifel. War sie wirklich Gast auf der Ausstellung ihrer Fotos? Nein, das war ihr Werk. Gäste waren die Leute, die zu der Eröffnung kamen, um sich ihre Bilder anzusehen. Sie griff zu ihrem Handy. Die Umbuchung ließ sich nicht mehr ändern. Sie verbrachte noch zwei entspannte Tage in der paradiesischen Umgebung und als sie ihre Koffer packte, musste sie sich der Frage stellen, der sie bisher ausgewichen war. Wie wollte sie ihr Leben gestalten? War Oma Belles Tod nicht auch ein Bruch in ihrem System der reisenden Fotografin? Und als das Flugzeug abhob und sie unweigerlich zurückbringen würde, war Julia klar geworden, dass sie sich selbst ein Zuhause schaffen musste. Sie würde klein anfangen, indem sie sich eine Wohnung in der Stadt suchte, in der sie ihre Kindheit und Jugend verbracht hatte. Alles andere würde sich, wie sonst, wenn sie eine Reise unternahm, von selbst ergeben.

Kapitel 21

In der Louisenstraße leerte sich das erste Regal der Erinnerungswohnung. Die Objekte lagerten in Seidenpapier gewickelt in Kisten, deren Geschichten auf Datenspeichern.

Vor einigen Tagen hatte Schröder die Jalousien an den Fenstern der Erinnerungswohnung das erste Mal seit Jahrzehnten wieder hochgezogen. Sie klemmten, als wehrten sie sich, Luft und Licht in die Räume zu lassen.

Als er bei Tageslicht durch die Zimmer gegangen war, hatte er über die Menge an Erinnerungsstücken gestaunt, die in den Regalen lagerten. Erschlagen von der Masse, ließ er sich in den Sessel sinken. Nur nicht nachzählen, mahnte er sich. Wenn er sich die Anzahl der Objekte und damit die Erinnerungen von fremden Menschen in seinem Gedächtnis bewusst machen würde, so fürchtete er, würde er sich für komplett gestört halten. Wie konnte er Regal für Regal, Zimmer für Zimmer mit Erinnerungsstücken füllen, ohne zu bemerken, wie tiefgreifend die fremden Leben sein eigenes bestimmten? Unweigerlich suchte Schröder nach eigenen Erinnerungen an die letzten Jahrzehnte in der Louisenstraße 13. Eigentlich, so stellte er fest, drehten sie sich um Patrick. Wie er den Jungen vor fast zwanzig Jahren aufgenommen hatte, seine anfänglichen jugendlichen Ausbrüche bis zum Abitur, Studium und Abschluss. Aber mit welchen Freunden verbrachte Patrick seine Freizeit? Mit welchen Frauen war er zusammen? Enttäuscht stellte Schröder fest, dass er von Patrick weniger wusste, als er geglaubt hatte. Nicht einmal für den jungen Kerl, den er von Anfang an in sein Herz geschlossen hatte, war er in der Lage gewesen, seinen Kopf aus dem Erinnerungslager zu stecken. Schröder atmete tief durch. Hier zu sitzen und zu lamentieren, hatte keinen Sinn. Er hatte die Jalousien nach oben gezogen und er konnte sie auch wieder runterlassen. Schröder entschied sich, es zu wagen, Licht in das Erinnerungslager zu lassen.

Beim gemeinsamen Abendessen bot Schröder Patrick an, die Erinnerungswohnung als Kanzlei zu nutzen. Er plante, zügig ein Zimmer leer zu räumen, indem er die Erinnerungsstücke auf die Regale der anderen Zimmer verteilte, bevor er sie in Kisten archivierte. Patrick überlegte nicht lang. »Gute Idee! Mein Büro quillt über und ich könnte auch langsam eine Sekretärin gebrauchen.«

»Und die Wohnungen im zweiten Stock können vermietet werden, wenn ich sie renoviert habe«, schlug Schröder vor. »Ich habe mir das so vorgestellt: Du übernimmst den Vermieterkram und die Einnahmen verwendest du als Anwaltshonorar, um Kalle aus der Sache mit dem Juwelier rauszuholen. Was meinst du?«

Patrick legte das Besteck auf den Teller und wischte sich den Mund mit der Serviette ab.

»Wie lange denkst du schon darüber nach?«, fragte er.

»Schon eine Weile. Es war angenehm, Julia hier zu haben. Da dachte ich, ich wage es, auch anderen Menschen über den Weg zu laufen. Natürlich ist Julia etwas Besonderes. Sie ist, wie soll ich sagen?«

»Deine Enkelin?«

Schröder stocherte verlegen in seinem Essen herum.

»Hätte nicht gedacht, dass du noch ein richtiger Familienmensch wirst, Robert. Ein Sohn Karsten mit Frau und zwei Kindern, eine Enkelin Julia und ein Neffe Sebastian. Der ist auch verheiratet. Wenn er noch Geschwister hat, dann bist du noch mehr Onkel.«

»Hör auf!«, schnaubte Schröder. »Schön langsam. Ein alter Mann ist kein Rennpferd. Das alles heißt nicht, dass ich zu einem netten Menschen werde.«

Patrick lachte. »Nein, das wäre wahrlich ein steiniger Weg.«

»Eben, und es bleibt die Frage, ob ich das überhaupt will«, brummte Schröder und hackte mit dem Messer auf eine Kartoffel ein.

Die Einladung für die Vernissage zur Ausstellung von Julias Fotografien in der Galerie Habicht & Klausner hing seit Wochen an der Pinnwand in der Küche. Patrick nahm sie ab und steckte sie in die Jackentasche seines blauen Anzugs.

»Sehr gut, Junge. Mach nicht den gleichen Fehler wie ich vor langer Zeit«, kommentierte Schröder Patricks Aufzug mit einem Augenzwinkern. »Die feinen Leute muss man ernst nehmen. Sie verzeihen nur ihresgleichen eine lässige Garderobe.« Er deutete an seinem Karohemd und der beigen Cordhose herunter. »Mein Ruf ist schon lange dahin. Deshalb gehe ich als komischer Kauz durch.«

»Robert, einen Anzug brauche ich sowieso für die Arbeit«, protestierte Patrick und zog die Krawatte zurecht.

»Ach so! Ich dachte schon, du hättest dich für Julia so in Schale geworfen«, stellte Schröder grinsend fest.

»Lass uns einfach gehen, alter Mann«, konterte Patrick und hielt die Tür auf.

Durch die Schaufenster der Galerie drang genügend Licht, um auch noch die halbe Straße zu beleuchten. Als Schröder den ersten Ausstellungsraum betrat, fühlte er sich wie ein seltenes Fabelwesen, das sich in die falsche Geschichte geschlichen hatte. Ein wenig bereute er, sich nicht herausgeputzt zu haben. Aber das war schnell vergessen, als er Karsten mit ausgestreckten Armen auf sich zukommen sah.

»Freut mich, dass Sie gekommen sind«, sagte er und schüttelte kraftvoll Schröders Hand. Dann stellte er ihm seine

Ehefrau Karin und die zwei Kinder vor. Schröder schwirrte der Kopf.

»Ich weiß, das ist nicht die Gelegenheit über Ihre und Mutters Vergangenheit zu sprechen«, sagte Karsten und griff nach zwei Weingläsern, die ein Kellner auf einem Tablett vorbeitrug. »Aber wie wäre es, wenn Sie ...«

»Du«, warf Schröder ein. »Wenn es recht ist.«

»Du, Peter, oder du, Robert?«, fragte Karsten und hielt ihm sein Glas zum Anstoßen hin. Schröder überlegte kurz, stieß dann sein Glas gegen Karstens und antwortete: »Robert.«

Das hätte Schröder schon gereicht. Doch Karsten lud ihn zu einem Sonntagsessen mit seiner Familie ein, was in Schröder das dringende Bedürfnis weckte, sofort eine Kiste Erinnerungsstücke zu bearbeiten. Da er aber gekommen war, um sich endlich bei Julia für seine Täuschung und Lügen zu entschuldigen, verdrängte er seine Fluchtgedanken. Stattdessen sah er sich zum wiederholten Male vergeblich nach Julia um. Sie konnte doch nicht ihre eigene Vernissage verpassen?

Als die Galeristin Gerlinde Klausner wiederholt nervös suchend zwischen den Gästen umherwanderte, hielt ein Taxi vor dem Eingang. Julia, in einem dunkelroten Etuikleid, stieg aus und half dem Fahrer einen großen Koffer, zwei Umzugskisten und einen vollgepackten Reiserucksack aus dem Kofferraum in den Eingang der Galerie zu schleppen.

Schröder, der Julia zuerst erblickte, machte Patrick ein Zeichen. Der entschuldigte sich bei seinen Gesprächspartnern und eilte zum Eingang. Er kam zu spät. Die Galeristin hakte sich strahlend bei ihrer Künstlerin ein und führte sie zum Rednerpult. Julia ignorierte Patrick, obwohl sie direkt an ihm vorbeiging. Schröder sog scharf Luft zwischen den Zähnen ein, legte die Hände auf dem Rücken zusammen und wippte auf den Zehenspitzen. Das war keine gute Voraussetzung für eine

Entschuldigung. Patrick allerdings, musste er bewundernd feststellen, reagierte souverän auf Julias Desinteresse. Er führte sein Gespräch mit Sebastian Gerlach weiter, als sei nichts gewesen.

Schröder dagegen senkte den Blick auf den polierten Marmorboden und wünschte sich einen Spalt, in den er sich verkriechen konnte. Wie würde sie erst auf seine Anwesenheit reagieren? Schröder wappnete sich. Er würde seine Entschuldigung auf jeden Fall heute Abend loswerden. Er war es leid, mit Schuldgefühlen herumzulaufen. Notfalls würde er sich Julia in den Weg stellen oder ihr quer durch die Galerie hinterherrufen.

Während die Laudatio auf die Fotografin Julia Pfeiffer gehalten wurde, schnappte sich Patrick einen Stuhl und stellte ihn neben Julias Gepäck. Ausgerüstet mit einer Flasche Bier setzte er sich und schien nicht die Absicht zu haben, den Platz vor dem Ende des Abends zu verlassen. Und das konnte lange dauern, denn Julia wurde von Gästen umringt und herumgereicht, was sie mit Eleganz und Freundlichkeit durchlief. Schröder sah ihr dabei gern zu, weil er in ihr die Isabelle beobachtete, die er nicht kennengelernt hatte. Aber es kam der Zeitpunkt, an dem er müde wurde und sich nicht mehr in der Lage fühlte, noch ein freundliches Wort zu sagen. Er würde seine Entschuldigung auf den nächsten Tag verschieben.

»Ich fahre nach Hause«, sagte er, als er an Patricks Wachposten vorbei die Galerie verließ. »Grüße Julia von mir, falls sie das überhaupt hören will.«

Am nächsten Morgen, trat Schröder in den Hausflur und stolperte beinahe über Julias Koffer und Kisten. »So, so«, dachte er zufrieden. Er holte die Zeitung herein, frühstückte und öffnete vorzeitig den Laden. Er erwartete keine Kunden und es gab auch nicht wirklich etwas zu tun, aber für die Arbeit in der Werkstatt war er zu nervös, angespannt und unkonzentriert.

Irgendwie musste er die Zeit totschlagen, bis Julia sich im Hausgang blicken ließ. Irgendwann musste sie ja aus Patricks Wohnung kommen und sei es nur, um wieder zu verschwinden. Also holte er einen Lappen, suchte den Staub in den Regalen und wischte ihn weg. Eine sinnlose Tätigkeit, denn Staub, der nicht ins Auge fiel, störte Schröder nicht. Er legte sich auf die Chaiselongue und überließ sich seinen Gedanken, die sich seit Neuestem mit der Zukunft beschäftigten. Sollte er den Laden umgestalten? Wenn er Julia alles erklärt hatte und sie ihm verzieh, dann wäre es schön, einige ihrer Fotos aufzuhängen. Ihm waren bei der Ausstellung zwei Bilder aufgefallen, auf denen Julia Antiquitätenläden aus Paris abgelichtet hatte. Und was war mit Karsten? Wie würde es sich anfühlen, wenn Schröder einmal begriffen hatte, dass er sein Vater war? Anders als bei Patrick auf jeden Fall. Karsten war ein Mann mittleren Alters und ihm vollkommen fremd. Karsten war in der Welt der Kellermann-Schäfers aufgewachsen, die Schröder als junger Mann inbrünstig verachtet hatte. Wenn er Karsten kennenlernen wollte, musste er seinen Snobismus diesbezüglich an die Kandare nehmen. Ob er das schaffen würde? Natürlich! Vor fünfzig Jahren hatte er Isabelle nicht vertraut, als sie ihn in ihre Welt hatte einführen wollen. Karsten war ihr Sohn und wenn Schröder sein Misstrauen nicht überwand, stieß er Isabelle ein weiteres Mal von sich. Wenn er irgendetwas aus der vermaledeiten Geschichte gelernt hatte, dann, dass er diese Chance, die Karsten ihm mit der Einladung zum Familienessen geboten hatte, nutzen musste. Vielleicht gelang es ihm, den Folgen seiner unverzeihlichen Dummheit als junger Mann noch eine positive Wendung zu geben.

Schröder erinnerte sich an einen Auftrag, den er vor einigen Jahren angenommen hatte. Ein weißhaariger Mann in einem Lodenanzug, der Schröder abschätzig von oben bis unten gemustert hatte und wahrscheinlich gern die Nase gerümpft hätte, wenn er nicht Schröders Fachwissen beim Restaurieren von Möbeln gebraucht hätte. Der Kunde brachte einen Schreibtisch, massiv aus Mahagoniholz gefertigt, von gigantischem Ausmaß, neun Schubladen in den Seitenschränken, Messingbeschläge und eine schwarze Lederplatte. Er erzählte stolz die Geschichte dieses Schreibtisches aus den 1920ern. Sie war dunkel. Der Schreibtisch hatte dem Vater des Kunden gehört, einem Richter während der Nazizeit. Schröder hatte geschaudert beim Gedanken an die zahlreichen Urteile, die auf dieser Schreibplatte unterzeichnet worden waren. Von hier aus waren Menschen enteignet, in ein Lager, Gefängnis, eine Anstalt oder an den Galgen geschickt worden. Schröder hatte daran gedacht, den Auftrag abzulehnen. Stundenlang an einem Möbel zu arbeiten, dessen Geschichte ihm kalte Schauer über den Rücken trieb, war eine unangenehme Vorstellung. Doch dann hatte der Kunde erzählt, dass er den Schreibtisch seiner Tochter schenken würde. Sie sei Schriftstellerin und brauche viel Platz für ihre Unterlagen. Die Wandlung der belasteten Vergangenheit des Möbels in eine der Literatur gewidmete Zukunft hatte Schröder gefallen. Er sagte zu, die Restauration sorgfältig auszuführen. Den Preis für seine Arbeit setzte Schröder überdurchschnittlich hoch an.

Vielleicht war er jetzt der Schreibtisch und bekam eine neue Aufgabe. Restaurieren musste er sich allerdings selbst. Das würde nicht einfach werden. Aber Schröder hoffte auf die Hilfe von Patrick und die Nachsicht all der Familienmitglieder, die in seinem Leben aufgetaucht waren.

»Robert! Schläfst du?« Patrick weckte Schröder aus einem traumlosen Schlaf. Er setzte sich träge auf, wurde aber sofort hellwach, als er Julia auf dem nächsten Sessel sitzen sah.

»Es tut mir leid!«, platzte er heraus, bevor er es wieder vermasseln konnte. »Ich war ein Idiot und ich bitte dich, mir zu verzeihen, dass ich dich angelogen habe.«

»Ist schon gut, Opa, ich nehme deine Entschuldigung dankend an«, erwiderte Julia grinsend. »Mein Onkel hat mir die ganze Geschichte haarklein erzählt.«

Schröder blieb der Mund offen stehen und Julia lachte.

»Du weißt schon, wer der Onkel ist?«, fragte Patrick, als er sich neben Schröder auf die Chaiselongue setzte.

Schröder schüttelte verwirrt den Kopf. Wer gehörte denn noch alles zur Familie?

»Ich«, lachte Patrick und stupste Schröder in die Seite. Das war zu viel! Schröder stöhnte auf und vergrub sein Gesicht in den Händen.

Patrick klopfte ihm aufmunternd auf den Rücken. »Ich mache uns erstmal einen Tee. Wir wollen noch etwas mit dir besprechen.« Er stand auf, nahm Julias Hand und zog sie zu sich. Schröder sah dem Paar nach. Enkelin, Onkel – egal, Hauptsache, die beiden fanden einen Weg, zusammenzubleiben. Die Ladenglocke bimmelte und ein junger Mann in löchriger Jeans und Basecap betrat den Laden.

»Entschuldigen Sie«, sagte er schüchtern. »Ich suche den Schröder. Den Mann, der das mit den Erinnerungsstücken macht.«

Schröder winkte ihn zu sich.

»Worum geht's?«

»Ich würde gern etwas abgeben. Oder wie sagt man da? Hinterlegen?«

»Tut mir leid. Ich bin heute beschäftigt. Kommen Sie morgen um elf Uhr nochmal vorbei. Geht das?«

»Klar«, antwortete der Kunde erleichtert und verließ den Laden.

Als Schröder die Küche betrat, goss Julia Tee in drei Tassen. Patrick saß am Tisch und sah ihr dabei zu.

»Die Sachen im Hausflur, sind das deine, Julia?«, fragte Schröder, als er sich setzte und eine Tasse zu sich heranzog.

»Ja, das sind die Sachen, die ich im Penthouse von Oma Belle hatte«, antwortete Julia. »Die Fotoausrüstung habe ich in der Galerie gelagert.«

»Wo willst du damit hin?«, fragte Schröder und rührte Zucker in seinen Tee.

»Das ist so ...«, begann Patrick, sah Julia an, dann Schröder und redete schnell weiter: dass Julia jetzt heimatlos sei – gerade nicht wisse, wohin zwischen ihren Reisen – da sei es doch wichtig, einen Platz zu haben, der ein Zuhause ist – und da Schröder selbst vorhabe, die Wohnungen im zweiten Stock zu vermieten – ob es nicht schön wäre, wenn Julia in eine Wohnung einziehen würde. Schröder senkte seinen Blick bis auf den Boden der Tasse, wo sich einige Krümel Teeblätter drehten, und hoffte, Patrick würde endlich aufhören auf ihn einzureden, als würde er nicht kapieren, worum es ging.

Endlich schwieg Patrick. Gespannte Stille füllte die Küche und Schröder spürte die bohrenden Blicke der beiden. Er atmete dreimal ein und aus, nahm sich die Zeit, die Freude, die wie ein Springbrunnen in ihm hochgestiegen war, in den Griff zu bekommen.

»Kein Problem«, sagte er schließlich, als ginge es um die Bitte, die Zuckerdose über den Tisch zu reichen. »Du kannst dir aussuchen, in welche Wohnung du ziehen möchtest.«

Julia klatschte in die Hände, beugte sich zu Schröder und küsste ihn übermütig auf die Wange. »Danke!«

»Moment«, sagte Schröder und hob mahnend den Zeigefinger. »Ich habe zwei Bedingungen.«

Julia nickte sofort, als hätte sie nichts anderes erwartet,

während Patrick die Arme verschränkte und Schröder mit finsterer Miene fixierte. »Erstens, ihr begleitet mich zu dem Familienessen von Karsten, und wenn Sebastian kommt, seid ihr auch da. Zweitens, Julia hilft mir den Laden neu auszurichten. Habe da so eine Idee.«

»Den Mietvertrag unterschreibe ich gern«, sagte Julia und drückte unter dem Tisch Patricks Hand.

»Dafür musst du dich an meinen Anwalt wenden«, sagte Schröder, stand auf und holte aus dem Schubfach des Küchenschrankes die Wohnungsschlüssel.

Dank

Hans, Clara und Paul, danke für eure Geduld und offenen Ohren, wenn ich während der Schreibphasen dieses Buches wieder und wieder eure Meinungen einforderte.

Ich danke Doris, der Besitzerin der Boutique, in der ich einen Tag in der Woche arbeite. Ohne ihren Laden wäre die Idee zu einem »Ladenbuch« gar nicht entstanden.

Dass der Laden im Roman dann zu einem Erinnerungsladen wurde, liegt an dem Urquell von Erzählungen – den Familiengeschichten. Die eine oder andere liegt und steht als Erinnerungsstück bei uns zu Hause. Somit gilt ein weiterer Dank den Menschen, die alte Objekte ob wertvoll oder nicht aufheben, um die damit verbunden Erinnerungen nicht verloren gehen zu lassen.

Diese Vorhaben wurde im Rahmen des Stipendienprogramms des Freistaats Bayern Junge Kunst und neue Wege unterstützt.

Vielen Dank!

Danke Allen, die eine Rezension oder Kommentare auf den Portalen hinterlassen, wo sie die Louisenstraße 13 gefunden haben.

Die Autorin

Petra Teufl, 1965 in Niedersachsen geboren, landete nach einigen Stationen in Bayern. Mit ihrer Familie lebt sie in Regensburg. Sie studierte Sozialpädagogik sowie Biografisches und Kreatives Schreiben, schrieb für die regionale Tageszeitung und veröffentlichte Kurzgeschichten, »Das Schreiblustbuch« sowie zwei Kinder- und Jugendromane. »Der Erinnerungsladen« ist der erste Band aus der Reihe mit Geschichten über die Bewohner der »Louisenstraße 13«.

Mehr über die Autorin auf petrateufl.com.